河南省高等学校哲学社会科学基础研究重大项目
（教社科〔2019〕213-12）研究成果

后理论时代的西方文论症候研究

邵红杰　著

中国水利水电出版社
www.waterpub.com.cn
·北京·

内容提要

“后理论时代的西方文论症候研究”必须立足于中国文论发展的实际需要，扎根于中国社会文化实践与文学实践的现实土壤；必须与现代性进程相一致，必须符合现代性精神。在引进西方文论话语时坚持“选择性摄入-消化吸收-创造”的接受方式，把古希腊早期文艺思想与美学概念、罗马古典主义的诗艺原则与理性倾向、启蒙主义时代的文论雏形、象征主义的艺术传统与语言才能、现象学的文论初衷与思想游戏、形而上学的当代色彩，同中国及外国经典文本的解读结合起来，兼顾宏观与微观、求同与求异，着力在求异中实现突破与创造。同时，我们还要按照中国文学发展的现实需要，有目的、有重点、有选择地借鉴吸纳西方存在主义、精神分析学、结构主义、解构主义、马克思主义学派、现代阐释学与文学接受理论、文化政治诗学、后现代思潮缘起的某些思路、范式、理论框架、观点学说、概念范畴、推论方式等，回顾展望后理论时代中西文论思潮对话格局的延异与变奏，并坚持以此作为我们建构新世纪中国文论体系的理论资源，这在一定意义上就是西方文论“中国化”的基本途径。

图书在版编目（CIP）数据

后理论时代的西方文论症候研究 / 邵红杰著. -- 北京 : 中国水利水电出版社, 2020.9
ISBN 978-7-5170-8791-5

Ⅰ. ①后… Ⅱ. ①邵… Ⅲ. ①文艺理论－研究－西方国家 Ⅳ. ①I0

中国版本图书馆CIP数据核字(2020)第155163号

书　　名	**后理论时代的西方文论症候研究** HOU LILUN SHIDAI DE XIFANG WENLUN ZHENGHOU YANJIU
作　　者	邵红杰　著
出版发行	中国水利水电出版社 （北京市海淀区玉渊潭南路1号D座　100038） 网址：www.waterpub.com.cn E-mail：sales@waterpub.com.cn 电话：(010) 68367658（营销中心）
经　　售	北京科水图书销售中心（零售） 电话：(010) 88383994、63202643、68545874 全国各地新华书店和相关出版物销售网点
排　　版	中国水利水电出版社微机排版中心
印　　刷	清淞永业（天津）印刷有限公司
规　　格	184mm×260mm　16开本　11印张　268千字
版　　次	2020年9月第1版　2020年9月第1次印刷
定　　价	**58.00**元

序言

“后理论时代的西方文论症候研究”，从发生学、本质论的角度来讲，主要是一个反思性的议题。它既是对中国近百年来学习西方文论、马克思主义文论所存在问题的反思批判，同时也是对一种理想的学习输入西方模式的追求和倡议。这一议题也常常被西方理论终结后的“反理论”思潮用作一种判断，但是这种判断并不是纯客观的、价值中立的事实分析，而是一种肯定性质的价值判断。在中西文化的交流史上，西方文论与中国文论大规模的相遇迄今为止发生过三次。第一次是“五四”前后，以王国维、梁启超、鲁迅、胡适等人对欧美文论的译介为代表；第二次是从1949—1966年，以对俄苏文论的接受和以朱光潜、伍蠡甫、袁可嘉等人对西方文论的译介为代表；第三次是新时期以来的30年（1978年至今），以全方位吸纳与传播西方文论为主要特点。我国自20世纪初就开始引进西方现代文论。西方文论的引入为中国当代文论的变革与创新提供了强大的理论支撑，同时也造成了事实上的挤压效应，导致了文论话语“表面过剩”的危机。比较这三个阶段，在第三次中西文论的相遇中，西方文论在中国传播的广度和深度远远超过了前两次，西方文论（特别是20世纪文论）对中国文论建设的影响也更明显。新时期以来，后理论时代的西方文论有哪些特点？其演变过程怎样？在中国当代文论建设中到底发挥了怎样的作用？有什么教训需要汲取？本书试采用对比分析和叙事分析为主的综合分析法，结合文本研究和语境研究，分析其成因并提出一种解决方案，认为“后理论时代的西方文论症候研究”可以通过立足通约性、注重实效性，立足普泛性、侧重民族性，以及立足主体性、保持开放性的融合策略来加以解决，并对中西文论话语形态的内在关联性加以透视，最后提出：研究后理论时代西方文论症候的价值在于认识他者最新发展的文论身份和特殊张力，进而促使中国当代文论全球化和多元化的创新，以期完成世界诗学宏伟蓝图的构想和有益尝试。

本书的研究内容是2020年度河南省高等学校哲学社会科学基础研究重大

项目“后理论时代的西方文论症候研究”（教社科〔2019〕213－12）成果之一，作者为华北水利水电大学教授。本书可以为文艺理论的教学与研究、外国文学教学与研究提供参考，为西方文论与中国诗学的专题性比较研究提供可通约性的崭新视角，也可以作为了解西方社会、政治、历史和中国传统古典文学叙事的文化读本。

目录

症候1讲

古希腊早期文艺思想与美学概念

柏拉图《理想国》当中的一个著名论题，是要将诗歌“从我们的城邦里驱逐出去”（韦子木，1999）[124]；而为了不让诗人责怪哲学家“过于简单粗暴”，他承认“哲学和诗歌之间的争吵古已有之”（韦子木，1999）[125]。就其要义，文学与哲学之所以有此一争，是因为诗人和哲学家都相信唯有自己才能解释世界、把握真理。可见，从古老的意义上说，文字并不只是要提供审美的享受，古希腊文学犹如希伯来人的《圣经》一样，包含着远古初民全部的历史、伦理、教化，包含着他们对于世界的全部想象和认识。也许只有在这时，诗人才可能像雪莱《诗之辩护》中所说，兼具先知和立法者的职能。

英国作家皮科克（Thomas Love Peacock）曾发表《诗歌的四个时代》一文，对当时浪漫主义诗歌的堕落提出了尖刻的批评，甚至认为诗歌的堕落不是由于智力和学识之衰落，而是因为智力和学识已经转入其他更有意义的途径。在他们的广大视野中，诗坛只占据渺小的一块地方。于是，雪莱以《诗之辩护》作为回应。他提出：“在较古的时代，诗人都被称为立法者和先知。因为诗人本质上就包含并且综合这两种特性，因为他们不仅明察客观的现在，还能从现在看到未来，我并不断言诗人就是广义的先知，我也不承认诗人能预言未来之事的情况，像他能预见未来之事的精神一样的准确；这类见解是迷信的托词，硬说诗是预言的属性，预言反不是诗的属性。”乃至后世有许多学者认为：西方美学和文论就产生于诗歌与哲学之争；而“文学批评在西方诞生之时”，或许就“希望文学消失”，正如“柏拉图对荷马的最大不满，就是荷马的存在”（Brook，1981）[110]。基于这样的背景，早期希腊人对“美”的界说，是相当宽泛的。

一、“美”的概念演变

“美”，希腊人称之为“καλόμ”，而罗马人则称之为“pulchrum”。拉丁文的这个单词在古代与中古时代一直是有人使用的，只是到了文艺复兴时期才被一个新的单词

(bellum) 所代替。这个新的术语源于"bonum",经其指示词"bonellum"而写成"bellum"。随着早期的"pulchrum"一词的消失,许多语言接受了"bellum"一词:意大利语和西班牙语是"bello",法语是"beau",英语是"beautiful"。在古代语言和近代语言中,都至少有这样两个词根相同的名词和形容词,一个是指美的抽象属性,另一个则涉及美的特殊事物。希腊人为了满足这一要求,便把形容词用作名词保留下来表示抽象的意义。

简而言之,"美"这个术语的词义演变经历了这样的过程:希腊的美的概念与我们的概念相比,在含义上要广泛一些,这个概念不仅触及美的事,而且也延伸到美的思想与习惯之中。柏拉图在《大希庇阿斯篇》中列举了美的品格和美的法律,作为美的实例;在《会饮篇》中,他所称作美的理念的东西,同样也可以被称作善的理念,因为他在那里所关心的并不是视觉和听觉的美。

公元前6世纪就有西奥尼格斯的诗句:"宙斯的女儿唱着优美的歌:'美的是使人愉快的,丑的是使人不愉快的。'"(Levenson,2000)[162]就所谓"美的本质"等问题而言,这种诗意的思考其实已经可以联系到后世关于"美感"的种种论说。德尔斐神庙的预言者则提出:"最多的正是最美的。"(郦稚牛,张照进,2004)[145]这也许同古希腊"一是一切、一切是一"的思辨相对应,暗示着西方人由"多"而"一"的总体思路。女诗人萨福的名句也常常被人引用:"长得美只是外表美,而品德出众也是美的。"研究者认为这代表了希腊人对"美"和"善"的典型看法,由此引申出的内在美德之观念,最终使美与善合一。

在这些理解的基础上,逐渐出现了专指艺术的美。它在诗歌的意义上可以翻译为魅力(charities),在造型艺术的领域就称为对称(symmetry),从修辞学的角度则被称作和谐(harmony)。因此可以说,希腊人后来对文学艺术之美的不同讨论,都已经潜在于他们最初的"美"的概念之中。

二、关于"艺术"

希腊文的"艺术",显然含有"技术"(technique)的意味,它泛指人类的创造活动,所以建筑、木工、纺织等本来就是"艺术"的一部分;而现代意义上的"艺术",在欧洲语言中常常要以"美的艺术"来表达(比如英文的fine arts)。与之相应,我们可以发现,直至亚里士多德"技术摹仿自然"的讨论,其对"技术"的具体例证其实是指"绘画""音乐"和"文法"。

"艺术"这个表述源自拉丁文的ars,而拉丁文这个词则是希腊文一词的翻译。希腊文的这一翻译词汇,在罗马时代、中世纪,甚至直到近代初期文艺复兴之时,都是表示一种"技艺"的意思,即制作某个对象的技能。文艺复兴时期,美开始得到较高的评价。画家、雕塑家、建筑家也得到了较高的评价,他们将自己看作是超出匠人之上的。晚期的中世纪,经济形势的恶化出人意料地帮助了他们:曾经繁荣一时的商业与工业开始凋敝,以往所有的投资形式都已不再那么可靠,艺术作品被视为"更为保险的一种投资形式"(Stein,1998)[90]。这便改善了艺术家的经济状况与社会地位,从而他们有了更高的愿望——要被看作"自由艺术"的代表。

15世纪中期，佛罗伦萨的人文主义学者将 artes ingenuae 从技艺之中独立出来，这可以译作“睿智的艺术”。这些艺术是心灵的产物，是诉诸心灵的。卡布里亚诺 1555 年在他的《诗学》中又将“高雅的艺术”独立出来，认为这一名称只属于那些直接以永恒为特征的艺术，亦即诗、绘画、雕塑。16 世纪和 17 世纪，“诗意的”是指比喻、隐喻而言。比喻、隐喻乃是构成高雅的、非工艺性的艺术的真正共同性因素。泰索罗在 1658 年的《亚里士多德诠释》中对此作了说明。布隆德尔 1675 年出版的《论建筑》，连同建筑一起列举了诗、论辩术、喜剧、绘画与雕塑（以后还加上了音乐和舞蹈，认为各种艺术都是通过美来发挥作用的），而将这些艺术联系在一起的也是美。1744 年，维科的《新科学》建议将这些艺术称作“愉悦的艺术”。同一年，詹姆斯·哈里斯的《三论集》又提出了“优雅的艺术”。1747 年，查里斯·巴托《论美的艺术的界限与共性原理》则将这些艺术命名为“美的艺术”。到了 18 世纪末，席勒在《美育书简》的第三封信中提出这样的断言：“艺术，亦即那种为自己制定了法则的东西。”（Stein，1998）[90]

因此，据说古希腊人是根据耗费体力的程度来分别艺术的高下的。比如：耗费体力较少的音乐，被认为是“自由的艺术”；多受劳役之苦的雕塑、建筑（起初甚至包括绘画），则属于“奴隶的艺术”。后来普罗提诺和黑格尔都曾以“理性投入”的多少来评价艺术，与此一脉相承。值得注意的是，希腊人创造了辉煌的艺术，却并没有创造出足以概括其艺术活动的完备概念。比如掌管艺术的九位缪斯女神，分别代表喜剧、悲剧、哀歌、抒情诗、雄辩术英雄诗、音乐、舞蹈、历史、天文学。历史和天文学被缪斯所接纳，绘画、雕塑却被排除；喜剧、悲剧被“分而治之”，哀歌、抒情诗、英雄诗也居然不能生成一个统一的“诗歌”概念。

在早期希腊人的观念中，雕塑家属于工匠，而诗人是预言者。雕塑靠的是家传的技巧，写诗则要靠得之于神的灵感。技巧是可以学的，灵感却只能靠神灵的赐予。所以后来柏拉图所说的“迷狂”“神灵凭附”等，在希腊人看来应当是很自然的。这样，雕塑家的地位就要低于诗人：因为在他们的创作之中，材料由大自然所提供，知识来自传统，雕塑家所能付出的只是劳役。早期希腊人另一种衡量艺术的标准也很奇特。比如他们认为音乐高于诗歌，原因在于：当时没有供人阅读的诗歌，诗歌只是用来朗诵或演唱的，所以只作用于听觉，而当时的音乐离不开舞蹈，所以音乐同时作用于听觉和视觉。（崔海峰，2006）[58-59]

三、关于“摹仿”

在古希腊的思辨哲学肇始之时，宇宙论、心理学以及对人类创造活动的研究被认为是三大分支。其中的核心问题就是试图描述一种包罗万象的统一秩序。一切都应当是这一秩序的体现。于是人类社会的基本要素（人性、理想、道德），也被对应上宇宙元素的活动和规则。这也许就是赫拉克利特所说的“人要按照自然而生活”（Qian Zhaoming，2003）[14]。德谟克里特则将人类称为“小宇宙”（microcosm）。文论意义上的摹仿说，显然深深植根于这种宇宙学说和信念。直到德里达，曾经被湮没的“摹仿”又被再度提起。他认为文学的问题实际上是文学与真理的关系问题，因此西方人关于这一问题的思索最集中地凝聚在“摹仿”的概念当中。文学意义上的摹仿（mimesis），最初是指宗教祭祀活动中的一种激情表达。古代的希腊，诗歌、音乐和舞蹈曾经是三位一体的，其中又常常以舞蹈为核心。所以希腊文“舞蹈”（choreia）是从“歌队”（chorus）衍生而来的。而当诗歌（语言）、音乐（旋律）和舞蹈（动作）合为一体的时候，为什么会以舞蹈为核心？这可能正是由于宗教祭祀活动中的“摹仿”使然。

早期的希腊人相信，灵魂由于罪孽而被肉体所束缚，只有在神秘的祭祀仪式中投入歌、舞、乐合一的热烈表演，才能将内心的情绪摹仿出来，使灵魂在最激情的瞬间离开肉体，获得解脱。一些当代批评家之所以认为流行音乐的形式带有某种宗教意味，正在于其中的激烈、震撼和互动性。

圣西门知道人是需要灵感的，基督教的影响衰退时，新的崇拜便应运而生。他在对艺术本身的崇拜中发现了这种新的崇拜。通过一位艺术家和一位科学家的对话，圣西门为“先锋派”的概念赋予了一种现代的文化意义：“正是我们这些艺术家，在作为先锋派为您服务。艺术的力量实际上是最直接、最迅速的。我们想在人群之中传播新的观念时，我们会将这观念体现于雕塑或者画布上。从而成功地施加影响。我们诉诸人类的想象和情感，因此永远都应当投入最活跃、最具决定性的行为。有如牧师一般为社会提供积极的力量。这是多么美丽的艺术宿命！这是艺术家的职责，是他们的使命。”（徐正英等，2008）[101]

如今已经没有重要的先锋派，震撼性的新艺术和被震撼的社会之间也不再有激烈的张力，这的确是事实，不过它恰好说明先锋派已经获得了成功。随着时代向前发展，呈现出一种关注静物的明显趋势。最现代的艺术将一切实在的东西都转换成静物的形式。这意味着有机的形式已经消失，始终与描绘有机形式相关的理想主义也随之消失。我们的存在不再是有机的，而是原子论的、分裂的。现代艺术家视这些分裂的存在形式为显示的真正因素，并对此采取了惊人的举动。他们将以往印象派画家和理想主义者的丰富多彩的世界化为愈益立体的形式，这种处理方法始于塞尚。立体形式是构建世界的非有机形式，然而艺术家并不承认这些形式仅仅是非有机的，认为生存力量本身也包含在这种非有机的形式之中。立体主义和未来主义之所以突出这种分裂性，无非是为了透过表层、透过有机的统一体，去窥视深层的实在。

这里需要指出的是：如果在上述意义上讨论“摹仿”，那么这似乎正是后世所说的“表现”。可见“摹仿”与“表现”的对立在古希腊本来并不存在，而用“摹仿”特指“摹仿自然”“摹仿外物”，甚至“传移摹写”，可能是在德谟克里特以后逐渐演变的结果。

四、关于“净化”或者“宣泄”

“净化”（katharsis 或者 catharsis）又译为“卡塔西斯”，亦即后来弗洛伊德所用的“宣泄”。净化是指宗教祭祀活动所导致的一种情感作用：通过热烈的歌、舞、乐将内心的激情摹仿出来，使灵魂得到了解脱，也得到了净化。灵魂的净化和解脱，被古希腊人视为最重要的生活目的。问题在于，净化究竟是指情感的升华、纯化、完善，还是指情感的释放、排解及宣泄？至少从词源上看，catharsis 具有较多的宣泄之意，比如与其同根的“cathartic”就是指通便用的泻药。正如公元 3—4 世纪的阿里斯提德所说：“祭祀所表演的舞蹈和歌唱具有一种安慰作用。”（蔡仪，1979）[124]这后来成为亚里士多德解说悲剧的重要概念。

五、毕达哥拉斯学派的智慧

毕达哥拉斯学派（the Pythagoreans）大约在公元前6世纪兴起，公元前5世纪—公元前4世纪得到继承发展。据说在希腊萨摩斯岛曾经出土一枚古代钱币，钱币上刻有毕达哥拉斯（Pyhagoras）的雕像，他一手指向前方的星球，手里拿着君主的节杖。这可能恰好体现了古希腊人的理想：智慧与权力应当合一。由此我们可以知道为什么在柏拉图以后古希腊人总想培养“哲学之王”。

毕达哥拉斯学派将宇宙和世界都简化为数字的秩序，所谓宇宙（komo）就是指秩序，或者按照维柯的说法，即是从丑恶的混沌（chaos）中创作出来的美好的秩序。在发现了宇宙秩序之后，便是按照宇宙的秩序建立起人间的规则，人类社会的基本要素诸如人性和道德等，也都被对应于宇宙元素的活动和法则。世间万物乃至人本身，也都成为这一秩序的体现。在毕达哥拉斯学派看来，同音乐中的音阶一样，人的身体也具有一些不同的、经常是相反的因素，诸如热与冷、湿与干等，需要进行协调。柏拉图在《斐多篇》中就曾提到：毕达哥拉斯学派认为，人们可以像调乐器一样调节身体和生活。一旦人类能够以宇宙的秩序为规范，按照和谐的比例安排生活，就能够求得心灵的净化，最终得到不朽的归宿。后来德谟克里特首次使用“小宇宙”指代“人”，从而使“小宇宙”成为文艺复兴时期人文主义思想的核心概念。

毕达哥拉斯学派的美学和文论思想，与其哲学的基础和道德的目的直接相关。就哲学意义而言，毕达哥拉斯学派最著名的命题就是“数即宇宙”。根据狄奥根尼·拉尔修的引用，毕达哥拉斯认为：“万物的本原是一。从一产生出二，二是从属于一的不定的质料，一则是原因。从完满的一和不定的二产生出各种数目；从数产生出点；从点产生出线；从线产生出面；从面产生出体；从体产生出感觉所及的一切形体，产生出水、火、土、气四种元素。四种元素以不同的方式互相转化，于是创造出有生命的、精神的、球形的世界。”（Moore，1903）[63]

有趣的是，毕达哥拉斯关于“数即宇宙”的表述好像与中国古人极为相似。比如《老子》第四十二章“道生一，一生二，二生三，三生万物”（王国维，2012）[12]；又如《周易·系辞上》“易有太极，是生两仪，两仪生四象，四象生八卦”。徐梵澄《老子臆解》则称：“‘易’之‘太极’，即老子之‘道’也。曰‘道生一’，谓‘道’，一而已，非另有某物曰‘一’者自道而生也。”（王国维，2012）[16]然而如果这样，《老子》《易经》之“生”就只能解作“呈现”或者“显示”，而并非“产生”。与“数即宇宙”的逻辑相比，这里已经有一层不同。另外，将“生”与“产生”相分别，似乎可以使《老子》《易经》之“道”等同于毕达哥拉斯学派的“一”。但是周敦颐《太极图说》又以“无极”解释“太极”，“无极而太极”之说，正合于老子“天下万物生于有，有生于无”的思想。“无”当然不是实体性的，所以中国古人加在“数目”之前的“道”，恐怕还并不就是“一”而已。

从总体上说，毕达哥拉斯从“数”推导出“物”，“数”是寓于实体的“有”，其中最根本的思路是“万物生于有”。中国古人则要从“数”回溯出“道”，“道”不是一种物质性的“有”，其中的独特逻辑在于“有无相生”。大而言之，寓于实体的“数”与西方式的渐进认识有关，因此他们比较强调主体与客体的关系，比较强调对象描述的精确性。非物质性的“道”则可能与中国式的终极体悟有关，从而由此通向了“物”与“我”的神合。就道德的目的而言，毕达哥拉斯学派将世界化约为数字的秩序，又使这种秩序与人类自身相关联。一般认为，毕达哥拉斯学派的这种信念与他们受到奥尔菲斯（又译“奥菲斯”）教“灵魂转世说”的影响有关。

至于数字之学与人类心性的对应，他们不仅从奇与偶、一与多、静与动、直与曲关联到人类的善恶观念，而且认为“一”可以代表理性，“二”可以代表意见，“四”可以代表正义，“八”可以代表爱情等。所以亚里士多德在《形而上学》当中这样描述毕达哥拉斯学派：“他们认为在整个自然中数目是最初的，数目的元素也就是所有存在物的元素。整个的天是和谐的，是数目。天内的各种现象，在数目中，在和声中都有一致之处。”（甘阳，1985）[73]根据宇宙的数字秩序建立人间的道德规范，又以此比之于最能体现数字秩序的艺术形式——音乐，从而“数即宇宙”就成为人类全部精神活动的共同基础。古希腊的“四艺”之所以由几何、算术、天文和音乐组成，显然与毕达哥拉斯学派对于这种数字关系的揣测有关；古希腊人的“和谐”观念，也可以由此找到依据。

在这方面，希腊古典时期的一部重要著作，即著名雕刻家波利克里托斯的《法则》起了关键性的中介作用。在这部著作中，毕达哥拉斯学派的数的和谐理论被运用于雕刻艺术，并基于其上给出了完美人体比例的各种数据。波利克里托斯还依据《法则》中的数据创作了一座雕像来说明他的理论，那就是著名的《持矛者》。如前所述，希腊造型艺术在公元前7世纪时还不是很发达，其雕刻作品大多还是僵死的观念主义表现。而在公元前5世纪时，希腊的造型艺术突然发生了一个飞跃，出现了建立在有机和谐之上的逼真的现实主义表现，被后人称作“伟大的觉醒”和“希腊革命”，这显然同毕达哥拉斯学派的数字理论有关。可惜《法则》这部作品已经失传，现在我们只能从公元前3世纪时的注释者加兰那里，以及罗马建筑学家维特鲁威（Marcus Vitruvius Pollio）的《建筑十书》中，看到《法则》的一些片断。幸运的是，古罗马建筑理论家维特鲁威偶然为我们记载下了某些准则。在《建筑十书》第三书中讨论神庙的规则时，他突然转向对于一个男子躯体比例的讨论，其依据的应该就是《法则》中的数据。

达·芬奇正是根据维特鲁威的这段文字，画出了男子人体的完美比例，即著名的素描《维特鲁威男子》。《法则》曾广为流传，柏拉图使用过波利克里托斯的一些术语，亚里士多德在讨论悲剧时也提到过《法则》，维特鲁威不仅记载下《法则》中的一些数据，而且将它们直接应用于建筑中；后来昆提连在词组和文本整体结构之间发现了相应的联系，卢西安甚至认为理想的舞蹈者的动作也应该符合数的和谐关系。“数即宇宙”的信念，使得“数学上的恰当排列”被理解为主宰宇宙的法则。这种“恰当排列”亦即一定的比例或者对称，亦即古希腊人的审美理想和谐。这是肇始于毕达哥拉斯学派的最根本的美学命题。它对古希腊的绘画、建筑、雕塑等产生了明显的影响。比如黄金分割律、毕达哥拉斯三角。同时，尤其是通过古希腊最早的声学理论，它也影响到一般的美学问题。

按照毕达哥拉斯学派的看法，宇宙有如一个“神奇的八音盒”，每一种运动都会产生一个和谐的声音，这个声音“由天体运动的速度所决定，这速度又是以各天体之间的距离为转移；这些天体之间的距离与八度音程之间间隔的比率相一致”。（葛林等，1987）[59]所以人类的心灵也体现着宇宙的和谐，也同样存在着以数字关系为基础的感应能力。这样，人所创造的艺术，应当摹仿着宇宙的和谐，应当是对宇宙秩序的呼应和共鸣。

第一，心灵秩序与宇宙秩序的对应，往往被后世用于解释艺术活动中的审美愉悦。人们之所以从某些艺术活动中得到特殊的快感，是因为其中所涉及的对象符合人们内心的节奏和期待。比如在音乐之中，人们总是普遍地接受某些和谐的声音而排斥某些不和谐的声音。如果接受毕达哥拉斯学派的理论，这就并不仅仅是艺术传统和审美习惯的问题，而是深深植根于人类被宇宙秩序所决定的生理心理结构。而人类的生理心理结构不可能从根本上被改变，所以人类所能产生的审美感受应当是相对稳定和普遍的。从这意义上说，某些现代艺术试图颠覆原有的一切艺术规则和阅读习惯，恐怕更多的是具有理论上的价值而不是美学上的价值。

第二，人类心灵对宇宙和谐的感应能力，或许可以说明人类为什么能够摹仿宇宙的和谐。与摹仿说最古老的形态相应，人类心灵对宇宙的感应能力，最终使艺术摹仿的直接对象并不在于宇宙，而是在于人类心灵本身。这同后世“摹仿自然”的理论有很大区别。因此毕达哥拉斯对于音乐的讨论又转向“音乐的精神气质”，这是“音乐净化灵魂”（Martin，1986）[102]的缘起，也通过柏拉图的讨论逐渐汇入后来的“寓教于乐”传统。总之，“数即宇宙”的观念使宇宙的和谐延展为道德的和谐、艺术的和谐，从而“美在于和谐”得到了理论的说明，成为古希腊美学和文论的奠基性概念。

六、赫拉克利特的和谐说

赫拉克利特（Heraclitus，约公元前540—约前480与470之间）的著作只有一些残篇传世，可以参阅商务印书馆《古希腊罗马哲学》（1961年）一书。他对美学和文论的最主要贡献就在于从一种独特的角度深化了毕达哥拉斯学派的和谐说，强调“对立产生和谐”的宗旨。

作为一项重要的美学命题，“对立产生和谐”的思想对后世影响极大。但是赫拉克利特的“对立说”既成为古希腊“和谐说”的基础，又暗示出一条通向相对主义的思路。比如赫拉克利特认为“生和死、醒和睡、少和老都是同一的，因为这个变成那个，那个又变成这个”“上升的路和下降的路是同一的”“在圆周上，起点和终点是同一的”等（成复旺，2007）[22]，乃至他的名言“人不能踏进同一条河流”（被他的继承者克拉底鲁引申为“即使踏进一次也不可能”）。这样，生活感知到的变化，就否定了存在本身。由于在任何一种言说之时，言说的对象都已经改变，所以人的任何言说都不可能正确，最终则根本不能言说。赫拉克利特关于对立统一的另一类讨论，实际上是强调“主体决定标准”。比如“海水既是最清洁的，又是最肮脏的；对于鱼，它是能喝的和有益的；对于人，它是不能喝和有害的”“驴子宁愿要草料，而不要黄金”。直接承袭这一思路的，也许就是智者学派的相对主义和怀疑论态度，而普罗塔哥拉斯“人是万物的尺度”（Smith，1967）[115]的命题，也只能在这样的思路中得到解释。

赫拉克利特的另一个重要概念是“逻各斯”（logos）。在古代希腊哲学中，始终存在着一种“究元”的冲动，比如泰勒斯（Thales）追溯到“水”、赫拉克利特追溯到“火”等。但是正如尼采《希腊悲剧时代的哲学》所说：这种“究元”包含着一种“形而上的直觉”，其实质是要表达“一切是一”的形而上学命题；如果没有这一点，泰勒斯以来的所有追溯都“只是错误的假设”。在这样的意义上，赫拉克利特的“逻各斯”便是根本性的：“那些不听从我而是听从了逻各斯，同意一切是一的人，是明智的。”（Lukacs，1964）[55]

逻各斯在希腊文当中，含有“思想”和“语言”的双重意义。因此古希腊关于“人是逻各斯的动物”之说，既可以译为“人是理性的动物”，也可以译为“人是语言的动物”。逻各斯所蕴含的“思”与“言”，对于理解20世纪的西方文论仍然非常重要。另外，赫拉克利特最早提出“艺术像是人的自然”之说，其后继者还谈到“艺术通过摹仿自然而实现其职责”（陈伯海，2006）[65]，等等。以致到了德谟克里特那里，早期希腊人的“摹仿内心激情”、毕达哥拉斯学派的“摹仿灵魂音乐”，逐渐向“摹仿自然”的后世意义转化。

七、智者学派的精神

智者学派（the sophists）活跃于公元前5世纪中叶。他们所关注的最主要问题已经不是宇宙的秩序，而是更直接的人类生存和精神活动，所以他们较多地探讨了道德、法律、宗教和艺术问题。智者这个名称是当时人们对于那些以教育为生的教师和职业哲学家的称呼。在这一点上，他们类似于中世纪的经院学者，但与经院学者潜心学术不同，智者们的一个主要工作是教授人们如何在打官司时为自己辩护，这就是他们长于演说和辩论术的原因。当时的法庭有法官和陪审团，没有律师，但允许被审判者自己为自己辩护。智者就成为教授人们为自己辩护的人，也可以说是最早的不出庭的律师。其实，智者的相对主义哲学倾向与此也有关系。作为“律师”，他们主要关心的不是被审判者在道德上是否站得住脚，而首先是如何通过论辩，使其在法理上有根据。后世认为，智者学派是古希腊学术从自然哲学转向人类哲学的起点。由于智者学派对人本身的偏重，其美学和文论更强调主观的、相对的、感觉的审美体验。但也正是其“相对化”的基本思路，使智者学派成为古希腊形而上价值观的解构者。这或许在20世纪可以找到诸多呼应，但在当时却遭到了严厉的批评。

普罗塔哥拉斯（Protagoras，公元前481—约前441，又译普罗泰戈拉）是智者学派的主要代表。他的主要观点在于对“美”的相对性之论述。在智者学派看来，人类社会中的一切价值、制度和信仰都是约定俗成的，“真”和“善”都是相对的，“美”也不例外。《古希腊罗马哲学》收有《普罗塔哥拉斯著作残篇》，其中有他的名言：“人是万物的尺度，是存在的事物存在的尺度，也是不存在的事物不存在的尺度。”（Culler，1997）[22]柏拉图的《泰阿泰德篇》对此的解释一针见血，认为普罗塔哥拉斯的意思是说：“事物对于你是它向你呈现的样子，对于我就是它向我呈现的样子。”（Edel，1958）[115]这样，“人是万物的尺度”实际上是说“我（审美主体）是万物的尺度”。（Edel，1958）[115]正如李学丽提及过的这种证明一样：如果让人们在一块地毯上取走他们认为美的东西、留下他们认为丑的东西，那么地毯上会什么也不剩，因为所有的人的看法都不会相同。“没有任何东西是完全美的或者完全丑的，只是那些掌握并区分它们的准则，使得一些丑、一些美的尺度各从其类罢了”。

另一位智者也曾说：“我们能够为自身提供愉悦，并把自己视作大自然的完美作品，这并没有什么奇怪。同样，对狗来说狗似乎也很漂亮，对牛来说牛如此，对驴来说驴如此，甚至对猪来说也莫不如此。”（陈铭，2001）[129]通过这样的转换，“人是万物的尺度”就等于说“美的尺度，各从其类”。“类”的相对性，亦即“主体”的相对性，从而“美”只能是相对的。这种相对主义的态度，对后世西方关于“美感”甚至“文本接受”的分析都有巨大影响。

高尔吉亚（Gorgias，约公元前 483—约前 375）是智者学派的另一位代表，也是西方文论史上第一个讨论“艺术幻觉”问题的人。高尔吉亚的“艺术幻觉说”来自他的三个著名的认识论命题。第一，任何事物都不存在。因为“本生的”即无限的存在，应该无始无终、无穷无尽，应该不是开始于任何一点，而不开始于任何一点的存在是不可想象的，所以，没有“本生的”存在；“派生的”即有限的存在，不可能从“不存在”中派生，只能从“存在”中派生，所以需要证明的还是“本生的”存在；如果它不能被证明，就意味着没有存在。第二，即使有事物存在也是不可认识的。因为认识是思想，能够被想到的东西并不一定是真实的，所以即使真实存在的东西也不能被思想。第三，即使有可以认识的事物也是不可传达的。因为认识一种存在是靠感觉，传达一种认识则是靠语言。同属于“感觉”的视觉、听觉尚不能互相替换，语言当然更不能正确地传达感觉。基于这样的认识，艺术只能被认为是“制造幻觉”甚至“欺骗”。

不过应当注意，高尔吉亚并不是要通过“幻觉”和“欺骗”来否定艺术，而且恰好相反，他相信艺术的价值就在这里。普鲁塔克曾转述高尔吉亚的一段话：“借助传奇和情感，悲剧制造一种欺骗，（但是）在这种欺骗中，骗人者比不骗人者更诚实，受骗者比不受骗者更聪明。”（Selden，2004）[17]骗人者更诚实，大概是因为本来就不存在任何真实的事物；受骗者更聪明，则是如高尔吉亚所说：一旦进入这样的艺术幻觉，观赏者就可以“像感受自身的情感一样，感受到其他人的行为和生活所激起的情感”，从而实现艺术“安慰人、诱导人、转移人的情绪”（傅璇琮等，1999）[145]之作用。《论辩集》中的说法与此相似：“在悲剧和绘画中，最易于被类似真实的虚构事实引入迷误的人，才是最好的观赏者。”（傅璇琮，1999）[146]在后世的西方文论中，我们可以看到 19 世纪英国浪漫主义诗人华兹华斯关于“诗人的虚构能力”“被不在眼前的虚构事物感动”（傅璇琮，1999）[149]等相关论说，还可以看到 20 世纪苏珊·朗格对“戏剧幻觉”问题的引申。

八、小苏格拉底学派的申辩

小苏格拉底学派（Minor Socratic Schools）是后世对麦加拉学派（the School of Megara）、库兰尼学派（the Cyrenaic School）、犬儒学派（the Disciples of the Dog）的称谓。其意思并不是说这些后继者承袭了苏格拉底学说，而是说他们各自都是将苏格拉底的思想在某一特定的方向上加以延伸。

苏格拉底没有建立形而上学的体系，也没有提供认识论和关于行为的理论。在亚里士多德构建的整个形而上学体系的启示下，苏格拉底式的“诘问”，正是一种建立在“回忆说”之上的教授德性的行为。欧几里得所建立的麦加拉学派，把苏格拉底“德性即知识”的论点同存在为一统体的学说结合起来，夸大苏格拉底学说中种证法的一面，喜欢研究各种隐晦的微末细节。此外，还有两个伦理学派兴起，各以苏格拉底的某些学说为基础。这就是由阿里斯提普斯所建立的快乐学派和由安提斯泰奈斯所建立的犬儒学派。快乐学派以快乐为至善的理论，由伊壁鸠鲁学派继承和完成；而犬儒学派反对快乐论，提出“有德行才有幸福”作为座右铭，由斯多葛学派发展了这种学说。

麦加拉学派从纯粹思辨的角度延伸了苏格拉底的“善”，所以其命题往往由于过分执著于逻辑而近似诡辩。比如著名的“秃头之辩”和“谷堆之辩”，还有关于“只有现实的才是可能的”之论证，以及“只有现实的才是最真实的”，等等。通过他们的讨论，“善”的目的不能被感知，只能被论说，从而无法得到真正的落实。当“善”仅仅成为思辨对象的时候，也许必然会丢弃实际的道德。

如果说“善”的思辨导致了“道德”的丢弃，那么这恰好是库兰尼学派“善即快乐”原则的出发点。他们的推论是：知识来自感觉，而如果我个人的感觉是我实际行为的准则，那么行为的结果就应当是获得快乐的感觉，所以“快乐就是生活的目的”，快乐就是“善”。后来库兰尼学派发展出两种极端：前者强调完全的个人快感，乃至任何行为的道德与否都以个人的利害为依据；后者则认为真正的快乐不可能获得，所谓的快乐只是“没有悲苦”，而事实上生活中又不可能“没有悲苦”。据西塞罗记载，库兰尼学派的一位学者在亚历山大城发表演讲，导致许多人自杀。

犬儒学派对“善”的解释，似乎又回到苏格拉底的人间道德，但是他们寻求道德的途径不是“知识”，而是极端的自我限制。他们提出：“美德就是没有欲望、摆脱欲求，全然无待。”（Plato，1888）[118]因此最大的智慧就是放弃人世间一切虚伪的标志，通过禁欲来保持道德。与苏格拉底相比，也许可以说：当个人对社会的崇高目的尚存信念时，人们总会相信“善”可以建立普遍的秩序；但是“精神”一旦疲惫，伦理规范则更容易退回到个人的慰藉和灵修。从小苏格拉底学派各自选择的路径来看，纯粹思辨、感官快乐或者修身禁欲都不能将他们带往苏格拉底的“至善”。“善”能否落实于现世，“善”的脆弱究竟如何解决，这成为柏拉图所要处理的问题。在思想脉络上，小苏格拉底学派的如上探讨通过晚期希腊的怀疑主义、伊壁鸠鲁主义、斯多葛主义与后来的基督教观念达成了某种衔接。就文论方面的意义而言，麦加拉学派的“思辨论”同智者学派的相对主义美学观相联系，甚至在20世纪的阅读理论中仍然可以找到某些逻辑痕迹。库兰尼学派的“感觉论”主要关联于后世种种强调审美快感的学说。犬儒学派的“无待论”则可以视为艺术教化、艺术救世等观念的先声。

症候2讲

罗马古典主义的诗艺原则与理性倾向

古罗马政体的变迁主要经历了三个阶段：一是马其顿王朝的王政时期（公元前753—前510年）。二是共和时期（公元前510—前27年），马其顿王朝的腓力二世和他的儿子亚历山大就处在这个时期。三是帝政时期（公元前27—公元467年）。虽然君士坦丁堡成为罗马首都才是罗马帝国建立的象征，但整个这一时期，实际上已经在逐步地奠定帝国建立的基础了。我们现在通常所说的古罗马时期，主要是从亚历山大征服欧亚奠定霸业开始的，这时的罗马正处在大一统之中。我们从文化角度上所讲的古罗马文学和文论主要是指共和时期和帝政时期。

罗马原是意大利半岛上台伯河畔的一个小小村落，后来与其他村落联合发展成一个城邦。公元前6世纪以后，经过与雅典类似的一些政治改革，日渐兴旺壮大起来。亚历山大死后，罗马在混战中得势。公元前290年，罗马统一了整个意大利中部；公元前275年，罗马在迦太基的支持下，打败了希腊的伊庇鲁斯，逐一消灭了在南意大利的希腊人城邦，占领了意大利全境。迦太基是非洲北部的奴隶制国家，位于今天的突尼斯东北部，首都迦太基城，部队由雇佣军组成。意大利全境统一后，罗马与迦太基争夺地中海霸权，发生了战争。罗马人称迦太基当时的统治者腓尼基人为“布匿克斯”（拉丁文Puncius），意为背信弃义的、无耻的小人，随之罗马人就称两者之间的战争为“布匿战争”。

公元前264—前146年，经过三次布匿战争，罗马人打败了强敌迦太基，随之乘胜东进，征服了马其顿、希腊和小亚细亚，取得了对地中海及其沿岸广大地域的统治权。与此同时，罗马内部经过革拉古兄弟（提比略·革拉古：公元前162—前133年；盖约·革拉古：公元前153—前121年）的改革，也已为帝国的建立扫清了道路。苏拉、恺撒等独裁者在战争和改革声中相继爬上了政治权力的顶峰，然而为时不久又都跌落了下来。直到罗马帝国的第一个皇帝、恺撒大帝的甥孙及养子屋大维大元帅（即元老院授予“奥古斯都”和“祖国之父”尊号的大帝）时期，罗马才达到了内部与外部的统一，走上了稳定发展的道路。到公元3世纪，罗马帝国面临危机，奴隶制影响着帝国的进一步发展，后来戴克里

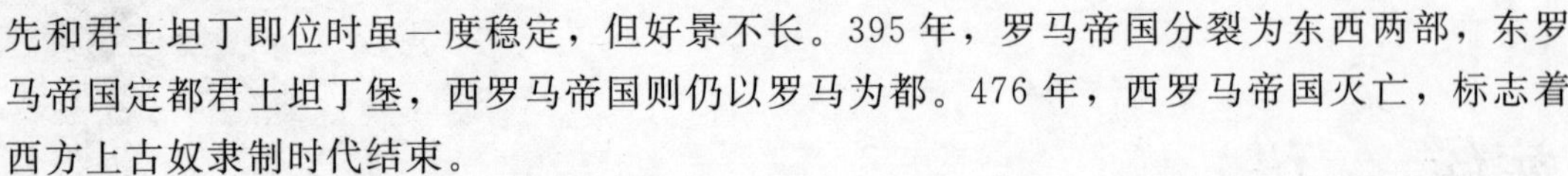

先和君士坦丁即位时虽一度稳定，但好景不长。395 年，罗马帝国分裂为东西两部，东罗马帝国定都君士坦丁堡，西罗马帝国则仍以罗马为都。476 年，西罗马帝国灭亡，标志着西方上古奴隶制时代结束。

一、文化背景

罗马的文化是在继承希腊文化的基础上发展起来的。由于雅典文化中心的地位在长年的兵荒马乱中日渐衰微，而此时的亚历山大对世界的征服则把雅典文化传播到他所征服的各城邦，后来的四分五裂并没有影响希腊文化的传播。这种情形一直持续到公元前 30 年，罗马统帅屋大维攻占亚历山大城，把沿革较久和较强大的古埃及征服为止。从亚历山大十年征战到屋大维征服埃及的这段时间，历史上称为“希腊化时期”。在希腊化时期，希腊文化对其他城邦、其他民族的影响，例如叙利亚、巴比伦仿照希腊政体，成立了元老院，建立了人民议事堂，希腊的语言和文学在埃及和波斯广泛地流行，而且希腊本身也吸取了外来文化。这时，柏拉图、亚里士多德博大精深的体系被冷落，东方的自然科学连同占星术、巫术等一起涌进希腊人的精神领地。这种文化的交流和融合同中国的魏晋时代相类似，主要是政治上的混乱，使得专制政权不能控制局面，学术上非常自由，商业上也很自由。

公元前 323 年，亚历山大去世，他的两个遗孤，一个尚在襁褓之中，一个尚未出世，不久便被拥戴者抛弃了。庞大帝国被分为三个部分：一是位于欧洲的希腊——马其顿王国；二是位于非洲的埃及——托勒密王国；三是位于亚洲的叙利亚——塞琉息王国。这正是混战的开始。混战以后文化上的变化主要表现在：①希腊的雅典等古老城市开始衰落，亚历山大理亚、柏加曼、罗德斯等新型都会兴起。这些都会地处欧亚非交通要道，有着便利的港湾，商业发达，而且因统治者的大力经营，兴建了规模宏大的城堡、竞技场、图书馆、露天剧场、议事堂等。②无所不包的哲学体系解体。不同门类的专业学科兴起。如阿基米德、亚里士多德、欧几里得等，都是近代意义上的专业学者。③希腊传统宗教和道德观念的衰微，对个人的追求及对不幸的恐惧是最主要的论题。犹太人、波斯人、印度人的宗教，巴比伦或迦勒底人的占星术、巫术等已经混入罗马人的文化领域（Thickstun, 1988）[172-173]。

在哲学上，这时主要有三大流派：一是伊壁鸠鲁派。伊壁鸠鲁是德谟克利特的再传弟子瑙昔芬尼的学生，强调身心快乐是幸福生活的开端与归宿，快乐是道德的基础，欲望应该受到节制。他主张物质第一，感觉是推理的基础，要求避世、恬静。伊壁鸠鲁很少谈神，从来不谈来世。二是怀疑派。该派由皮浪创始，宣扬不可知论，认为对事物最好不下判断，不置可否，这样才可以保持心境的平静与安宁，寂然不动。三是斯多噶派。该派的创始人是芝诺，早期受赫拉克利特影响，有唯物辩证倾向，主张世界源于水，复归于火，火是上帝，是灵魂，是支配世界的法则。他们把人类的基本出发点和归宿作为德性，而德性是人的自然本性，是快乐的基础，美德之外别无真正的快乐。

在科学上，杰出的数学家欧几里得的《几何原本》从公理和公设出发，用演绎法叙述平面几何学，使大部分数学知识系统化。天文学方面，希帕恰斯发明了天文仪器，编制了最早的星座图表。托勒密的天文学著作和“地心说”体系，在当时也有重要影响。另外，在医学上通过解剖学对人体有了较为全面的研究，阿基米德则是流体静力学的创立者。古罗马的文学与文论正是在这种背景下发展起来的。

二、文学概貌

罗马文学是在继承了希腊文学的基础上发展起来的。罗马的第一位诗人安德罗尼库斯是罗马人俘虏来的希腊奴隶。他第一个将荷马史诗《奥德赛》译成拉丁文，并改编了希腊的悲剧和喜剧。传世的优秀罗马戏剧主要是喜剧。优秀作家有普劳图斯（约公元前254—前187），代表作有：《一坛金子》和《孪生兄弟》等，对后世影响很大。后世莫里哀的《悭吝人》即受《一坛金子》的影响，而莎士比亚的《错误的喜剧》则受《孪生兄弟》的影响。泰伦斯（约公元前190—前159）则主要有《两兄弟》和《婆母》等。这些罗马喜剧在题材上大都改编了希腊新喜剧，针对当时的习俗进行善意的嘲讽，并在形式上作了改良，扬弃了歌队的合唱，为近代戏剧奠定了基础。

罗马时期在诗歌上成就最高。杰出诗人主要有维吉尔、贺拉斯和奥维德等。维吉尔（公元前70—前19）的主要作品是《牧歌》《农事诗》《伊尼特》。《牧歌》受希腊田园诗人忒奥克里托斯的影响，赞美农村田园情调，同时又流露出感伤的情调。《农事诗》在形式上类似于希腊诗人赫西俄德的《农作与日子》，在思想内容上类似于《牧歌》，表达了诗人对田园景色和农事的热爱。维吉尔的代表作是《伊尼特》，临终前未改完，他嘱咐将诗稿烧毁，但屋大维命令保存原样，于公元前17年问世。《伊尼特》又译《埃涅阿斯纪》，是一部史诗，取材于特洛亚王子、爱神维纳斯儿子伊尼亚斯在特洛亚灭亡后到意大利创业建国的罗马神话传说，歌颂了罗马建国的丰功伟绩，塑造了罗马的爱国英雄形象。全诗共12卷，一万两千多行。《伊尼特》很大程度上受荷马史诗的影响。在情节结构上前6卷摹仿《奥德赛》，后6卷摹仿《伊利亚特》。语言则多用荷马式的比喻。与荷马史诗源自民间创作基础上的加工不同，《伊尼特》乃是文人史诗，缺少民间作品清新的活力，而语言则更严谨、凝练。

奥维德（公元前43—公元18）是继贺拉斯之后出现的古罗马著名诗人，其主要作品有《恋歌》《女英雄》《爱的艺术》《变形记》等。诗中多情欲和性爱技巧描写，以至于奥维德在50岁时，因《爱的艺术》被奥古斯都视为伤风败俗而被放逐到边塞，历经磨难，直到61岁病逝。《变形记》是奥维德的代表作，取材于神话故事，借以讽世，讽刺了统治阶层的荒淫无耻和专横残忍的行径，对受到迫害的小人物寄予无限的同情。

屋大维死后，罗马文学开始衰微，进入所谓文学史上的“白银时代”。宫廷文学占主导地位。这时的主要作家有塞涅卡（约公元4—公元65），主要作品有讽刺剧《变瓜记》，其悲剧作品大都取材于希腊三大悲剧家的作品。另外还有彼特隆纽斯（死于公元65年），他的《萨蒂里卡》是欧洲第一部流浪汉小说，而阿普列尤斯（约124—约175）的《金驴记》则是罗马文学中最完整的一部小说。总的说来，罗马文学从希腊时期开始，在内容和形式上都发生了很大的变化。

在希腊时代，诗人们关心着重大的社会和人生等问题，文学作品中体现着爱国主义和英雄主义的情怀，对于严肃的人生问题予以关注。而罗马时代，由于集体主义精神的消逝，文学主要描写日常的生活，表现个人的情怀，在反映社会方面，已经不像希腊文学那样积极地反映生活的本质，而常常流为消极地摹写。在喜剧方面，也由往日的政治喜剧而转为世态喜剧和拟曲等。在诗歌方面，作品中更多地表达诗人在现实生活中的感伤情调。他们往往寄情于田园风光，追求乌托邦式的桃花源，或是表现脆弱的恋情和失恋的忧伤，多为矫揉造作的作品。因此，牧歌和恋歌在此时占有很大的比例。这从中反映出罗马时代动荡不定的社会生活和城乡的矛盾、理想与现实的差距给人们心灵所造成的痛苦。在散文方面，许多作品都忽视内容的深刻性与真实性，片面地追求形式的浮靡奢华。正因如此，罗马文论家们才针对时弊，倡导文质统一和崇高的风格。

三、文论综述

古罗马文论继续了晚期希腊的一些学术观点。在雄辩术方面，伊索克拉提和忒奥夫拉斯特等人继承亚里士多德的《修辞学》传统，使修辞学得到了长足的进步。诗学方面，研究者多为语法修辞学者，更多地侧重于作品的技巧和体裁问题的研究。与古罗马不同的是，古希腊主要是哲学家讨论文学与现实的关系和文学的社会功能等宏观问题；而古罗马则更多的是雄辩家和诗人讨论文学问题，侧重于研究文学的内部规律，诸如内容与形式的关系、天才与技巧的关系、风格问题及寓教于乐问题等。由于古罗马的文学批评推崇古希腊文学，最终使得古典主义文论得以确立。

在这个时期，由于亚里士多德的《诗学》被埋于地窖中，尚未发生重大影响。这当然不代表产生亚里士多德《诗学》土壤的希腊没有产生过类似亚里士多德《诗学》的作品并且这片土壤对罗马也产生了影响。但是，古罗马的文论确实与古希腊有着明显的不同，前者更注重文学的自身规律。这一点，从斯多噶派哲学家尼奥托勒密的《诗学》中可以看出。

尼奥托勒密的《诗学》主要包括三部分内容：

(1) 诗意论。主要讨论诗的内容等方面的原理。他认为诗应该写现实的真事和历史的史实，其中既要有独特的见解，又要有现实的内容，只有这样，才能给人以教益。他认为诗的任务是教与乐兼备。“教”是通过“所刻画的事物”进行的。“乐”则通过诗的语言和韵律进行。

(2) 诗法论。主要讨论诗的体裁和技巧。

(3) 诗人论。他把诗人分为两种，一种是靠技巧取胜的诗人，有很高的造诣；一种是靠天赋才情取胜的诗人。他认为理想的诗人是既有天赋又有修养。(Bradbury，1976)[84]

这三种分法及其内容，对贺拉斯的《诗艺》产生了重要影响。

罗马末期著名的散文家、演说家西塞罗（公元前106—前43)，也曾在一些著作，特别是《论演说家》和演说辞《为阿尔基阿斯辩护》等著作中阐明了自己的文学思想。在文学的社会功能上，他认为文学有三个功能。一是弘扬英雄业绩。在《为阿尔基阿斯辩护》中，他认为“文学的称颂是对美德的最高奖赏”(江宁康，2005)[139]。二是给人们提供观照自我的范例。在《为罗斯基乌斯辩护》中，他认为：“诗人塑造形象正是为着让我们能以他人为例，看到我们自己的习性和日常生活的鲜明画面。”（江宁康，2005）[141]这是后人以文学为“镜子”的先声。三是让人愉悦。在《论法律》的专著中，他认为“历史要求一切真实，而诗歌则主要在于给人以快感”。在文学的本质上，他继承柏拉图的模仿说，认为理式具有高度抽象的典型意义，是美的最高体现，艺术家可以通过想象、凭借心智领悟和表现理式的美。西塞罗进而推崇灵感的作用。另外，西塞罗还强调了作品的“合适”的原则、尺度和分寸，并且重视作品的语言韵律结构，这些看法在后来贺拉斯的思想中得到了发挥。这种现象也反映出，一个时代的杰出文论家，常常是那个时代文论思想的代表，他所重视的问题和理论贡献，在他那个时代也是在一定程度上被关注着。

罗马的许多演说家、修辞学家对文艺问题发表了许多自己的看法。昆体良（Quintilian，约公元35—100）就是其中的一位。他在《演说术原理》中，曾就演说谈及才能与技艺的关系。与贺拉斯强调技艺不同，昆体良更强调天性。他认为“如果把天性与教育分开，有天性没有教育，也能做好许多事；如果有教育而没有天性，则做不好任何事”（Abrams，1953）[84]。所以他认为天性更重要，学习则是使天性更完善。他把有天性的人比作良田，而没有天性的人则比作瘠地。他认为良田即使不耕作也能丰产，而瘠地即使最杰出的农夫也无能为力。这种比方是不太恰当的，因为没有才干固然不行，有才干而不学习同样不行。在内容与形式的关系中，昆体良更强调内容。他认为“哪里炫耀技巧，哪里便会缺乏真实”（赖力行等，2003）[97]。他关于演说中创构幻觉的思想对文学问题也有启发。他说“谁能很好地构成这些形象、映象，谁便能产生最强有力的效果；谁能够最好地为自己想象出与真实相对应的物体、声音和行为，谁便被认为是最善于构成幻觉的人”（赖力行，2003）[99]。

古罗马晚期在文论方面做出贡献的还有琉善（Loucianos，约129—180），他是叙利亚的萨莫萨特人，幼年学雕塑，后又学法律，从事辩护律师和教师职业，有深邃的艺术修养，曾漫游希腊。琉善从40岁开始攻哲学，流传至今的文章有80篇，其中许多涉及文艺问题。作为罗马向中世纪过渡的人物，琉善被恩格斯称为“古希腊罗马时代的伏尔泰 ”（蒋孔阳，1997）[136]，是一位唯理论学者。在《画像辩》中，琉善强调肉体美与精神美的统一，艺术作品的美是现实与理想的统一。在《华堂颂》中，他强调自然环境对心灵的感发和对精神的影响，认为它有着无穷的魅力。他对当时罗马盛行的浮靡绮丽的艺术趣味进行了抨击，反对滥用修饰，而将质朴的作品比作天生丽质的佳人。在歌颂华堂时，他提出了自己的审美理想，要求“金碧的点缀恰到好处，雅致而无虚饰”，仿佛“美人淡妆素裹。”（蒋孔阳，1997）[130]古罗马最重要的文论著作，是贺拉斯的《诗艺》和朗吉诺斯的《论崇高》。

四、贺拉斯的《诗艺》

（一）贺拉斯生平及著作

贺拉斯（Horatius，公元前65—前8），罗马帝国初期奥古斯都时代的优秀诗人和杰出的文学批评家，出生于意大利东南部的韦努西亚。父亲是一位获释奴隶，有一定的财产，早年他把贺拉斯送到罗马接受很好的教育，后来又让他到雅典去学哲学。公元前 44 年，罗马独裁者恺撒被共和派的布鲁图等人刺死，雅典成为共和派对抗帝制的中心。21 岁的贺拉斯加入布鲁图的共和派军队，并担任了一个军团的指挥官。两年后，布鲁图的军队失败，贺拉斯弃盾而逃，其在罗马的领地及财产被没收，并被敕令不得回意大利居住。公元前 40 年，屋大维上台后大赦，贺拉斯回到罗马，谋得小小的书记官职位，并开始创作诗歌。公元前 38 年初，经大诗人维吉尔介绍，贺拉斯加入了奥古斯都的宠臣麦刻纳斯的文学集团，便开始写诗讴歌帝制和奥古斯都。公元前 33 年，麦刻纳斯送给贺拉斯一座庄园，贺拉斯从此过上了平静的生活，直到公元前 8 年 11 月去世。自从进入麦刻纳斯的文学集团，贺拉斯的文学地位日益上升，特别是公元前 19 年维吉尔去世以后，贺拉斯成了罗马第一诗人，深得奥古斯都宫廷的青睐，但他依然保持了一定程度的人格独立性。据说他曾以自己不善于写史诗为由，婉言谢绝了写歌颂奥古斯都功绩的史诗的要求，也谢绝了奥古斯都让他作私人秘书的要求。去世后，他的墓安放在伯乐麦刻纳斯的墓旁。

贺拉斯的作品几乎都由他本人亲自整理。他的早期诗作有《讽刺诗集》二卷和《长短句集》一卷，后来陆续又有《歌集》四卷，以庄重、严肃的抒情诗为主。在公元前 17 年奉奥古斯都之命，为罗马每隔 100 年举行一次的世纪庆典写出的《世纪之歌》，将他的荣誉推向了巅峰。另有《书札》两卷：第一卷类似于讽刺诗；第二卷中包括体现他文学评论思想的三首长诗，其中第一首是《致奥古斯都》，第三首为《致皮索父子》，即《诗艺》中的《罗马贵族皮索父子》等。《诗艺》原为致罗马贵族皮索父子三人的诗体信简。当时皮索的两个儿子正向贺拉斯学诗。该信简发表后不到百年，便被昆体良称为《诗艺》。贺拉斯的主要文艺思想反映在他的《诗艺》中。这是西方文论史上的第一部诗人论诗的著作，其理论很大程度上体现了贺拉斯自己的创作心得，有切身体验，属经验之谈。

（二）古典主义原则

贺拉斯在自己的创作和欣赏中，竭力推崇古希腊文学，主张向古希腊文学学习，以古希腊的文学作品为典范。他在《诗艺》中曾对皮索父子说："你们应当日日夜夜把玩希腊的范例。"这种以古希腊文学作品为典范的文学主张，被称为古典主义，而贺拉斯就是罗马古典主义的奠基人。17 世纪，他的诗学理论经法国的布瓦洛推崇和继承及教条化，成为法国古典主义的圭臬。借鉴希腊经典是罗马的文学现实和社会现实决定的。罗马本来是在落后的村落的基础上形成的，加之连年的征战，在文化上尤其是在文学上，既没有坚实的基础和优秀的遗产，也没有能力和精力凭空促进文学的繁荣。于是，要想使文学有较高的起点，必须借鉴外来的优秀文学。而源自雅典的优秀的希腊文学长期以来已在罗马发生了一定的影响，罗马诸神对希腊诸神的借鉴并因此而形成的神话，便反映了希腊文化影响的痕迹。希腊语在罗马也较为流行，在此基础上，借鉴古希腊文学不但是必要的，而且是可行的。

贺拉斯强调要向希腊文学的精品学习，主张模仿古希腊文学精品，而不同于亚里士多德要求模仿自然，这主要是针对当时的一般罗马诗人基础太差而言的。在缺乏起码的文学基础的背景下，仅仅强调独到，是很难产生优秀作品的。在罗马文学相当落后的背景下，贺拉斯主张模仿古希腊文学有一定的合理性。我们不能完全脱离当时的社会背景去理解贺拉斯的古典主义主张。贺拉斯说："用自己独特的办法处理普通题材是件难事；你与其别出心裁写些人所不知、人所不曾用过的题材，不如把特洛亚的诗篇改编成戏剧。在公共的产业里，你是可以得到私人的权益的，只要你不沿着众人走俗了的道路前进，不把精力花在逐字逐句的死搬死译上，不在模仿的时候作茧自缚。"（侯维瑞，1985）[108]这里主要强调使用独特手法对于罗马作家的难度，以及观众、读者水准对作品理解的难度，同时反对落入俗套。对经典题材的借鉴历朝历代不乏佳作出现，如莎士比亚的悲剧，高乃依、拉辛的悲剧，乃至歌德的《浮士德》等。

同时，贺拉斯也并非只是强调模仿而反对创新。他同时还说："我们的诗人对于各种类型都曾尝试过，他们敢于不落希腊人的窠臼，并且（在作品中）歌颂本国的事迹，以本国的题材写成悲剧或喜剧，赢得了很大的荣誉。"（雷体沛，2006）[12]这是在明确地强调创新。在《致奥古斯都》的书信中，他还明确反对"非今重古""我愤恨人们指摘一首诗不问精粗，不问风格之美丑，而只说它不够古""假如希腊人像我们那样非今重古，他们对今日的读者又有什么用处？我们又怎能各从所好读他们的书？"（雷体沛，2006）[15]贺拉斯对天才所给予的一定的重视和在一定的范围内强调想象和虚构，都反映出他并不片面地追求亦步亦趋地模仿古人。

另外，我们也要看到，贺拉斯在对艺术技巧的借鉴中，过分地拘泥于希腊作品的形式，甚至将其程序化，不仅是刻板的，而且对后来古典主义产生了相当大的消极影响。他曾经根据当时的戏剧实际和观念的心理期待提出："如果你希望你的戏叫座，观众看了还要求再演，那么你的戏最好是分五幕，不多也不少。不要随便地把神请下来，除非遇到难解难分的关头非请神来解救不可，也不要企图让第四个演员说话。"（Eagleton，2005）[107]这些具体的规定，在当时有一定的合理性。但是，后人把它作为僵死的教条，不顾作品表达内容的实际，限制作品的创新，显然是不当的。贺拉斯提到的"帝王将相的业绩、悲惨的战争，应用什么诗格来写，荷马早已作了示范"（Eagleton，2005）[108]是指一种六步诗行。贺拉斯的其他见解如"先落火光，然后大冒浓烟""尽快地揭示结局，使听众及早听到故事的紧要关头"（李振声，1998）[56]，等等，作为一种表达方法，可能确实是巧妙的，但如果作为原则，就束缚了诗人的思想，在表达方式上也显得单调。

（三）恰到好处的合式原则

贺拉斯推崇古希腊的文学，而古希腊文学的最高原则便是合式。所谓合式，是指和谐、适当，妥帖得体，恰到好处。这主要表现在形象的整体、人物和题材等方面。在形象的整体方面，贺拉斯认为"不论做什么，至少要做到统一、一致""或则遵循传统，或则独创；但所创造的东西要自相一致"（喻阳等，2003）[87]贺拉斯将整一、统一、合理、恰切、一致等要求运用到艺术创造的多个环节，力图实现全面的艺术范式。他强调要注意整体的效果。"在艾米留斯学校附近的那些铜像作坊里，最劣等的工匠也会把人像上的指甲、鬈发雕得纤微毕肖，但作品的总效果却很不成功，因为他不懂得怎样表现整体。"（喻阳，2003）[87]在作品的结构方面，贺拉斯盛赞荷马写特洛伊战争虚实参差毫无破绽，开端和中间、中间和结尾丝毫不相矛盾。语言表现也是如此，个别的句子要服从形象的整体。在人物的性格方面，贺拉斯认为人物性格要符合人物的年龄特征的原型和传统的模式，对人物有定型化、类型化的要求。他认为，如果作家要想获得观众赞赏，“那你必须（在创作的时候）注意不同年龄的习性，给不同的性格和年龄以恰如其分的修饰。（在创作的时候）注意不同年龄者的习性，给不同性格和年龄者以恰如其分的修饰。已能说语，脚步踏实的儿童喜和同辈的儿童一起游戏，一会儿生气，一会儿又和好，随时变化。口上无髭的少年，终于脱离了师傅的管教，便玩弄起狗马来……”（苗力田，1997）[50]人的性格各不相同，“我们不要把青年写成老人的性格，也不要把儿童写成成年人的性格，我们必须永远坚定不移地把年龄和特点恰当配合起来。”（苗力田，1997）[52]

贺拉斯强调，尤其是古典题材，每个人物所具有的性格，都是许多人所熟悉的，无论怎样虚构情节，都要符合人物的性格。例如写阿喀琉斯，“你必须把他写得急躁、暴戾、无情、尖刻，写他拒绝受法律的约束，写他处处要诉诸武力。写美狄亚要写得凶狠、剽悍”“假如你敢于创造新的人物，那么必须注意从头到尾要一致，不可自相矛盾”（陈浩莺等，2004）[90]。这种类型化的要求在当时有一定的意义，但不足之处在于公式化和概念化。这同样表现贺拉斯对作品中人物的语言方面的要求：“如果剧中人物的词句听来和他的遭遇（或身份）不合，罗马的观众不论贵贱都将大声哄笑。神说话，英雄说话，经验丰富的老人说话，青春、热情的少年说话，贵族、妇女说话，好管闲事的乳媪说话，走四方的货郎说话，”乃至不同地区的人说话，“其间都大不相同”（胡家峦等，1992）[24]。贺拉斯指出在字句与表达内容的配合方面，也要追求合式：“忧愁的面容要用悲哀的词句配合，盛怒要配威吓的词句，戏谑配嬉笑，庄重的词句配严肃的表情。”（Abrams，2004）[89]同时也不能因避免一种偏颇而导致另一种偏颇：“我努力想写得简短，写出来却很晦涩。追求平易，但在筋骨、魄力方面又有欠缺。想要写得宏伟，而结果却变成臃肿。”（Abrams，2004）[112]

在题材的处理方面，贺拉斯主张要切合诗人的能力和题材的自身特点。他认为喜剧的主题决不能用悲剧的诗行来表达。同样，悲剧的题材也不能用日常的适合于喜剧的诗格来叙述。贺拉斯说：“悲剧是不屑于乱扯一些轻浮的诗句的，就像庄重的主妇在节日被邀请去跳舞一样，它和一些狂荡的‘萨堤洛斯’在一起，总觉有些羞涩。”（韦子木，1999）[57]

（四）理性

贺拉斯还强调理性，使之成为古典主义原则的一个特点。《诗艺》开篇就反对非理性化的诗，包括神话式的内容。诸如“上面是个美女的头，长在马颈上，四肢是由各种动物的肢体拼凑起来的，四肢上又装饰着各色羽毛，下面长着一条又黑又丑的鱼尾巴。”“有的书就像这种画，书中的形象就如病人的梦魇，是胡乱构成的，头和脚可以属于不同的族类。”（高奋，2000）[62]他还明确反对“在树林里画上海豚，在海浪上画条野猪”式的作品。他虽然有时沿袭时人的说法提到“诗神”，但对迷狂的诗人则予以坚决的反对，并且予以讽刺挖苦：“懂道理的人遇上了疯癫的诗人是不敢去沾染的，连忙逃避，就像遇到患痒病的人，或患‘富贵病’的人，或患疯痫病或‘月神病’的人。只有孩子们才冒冒失失地去逗他，追他。这位癫诗人两腿朝天，口中吐出些不三不四的诗句，东游西荡。他像个捕鸟人两眼盯住了一群八哥鸟儿，不提防跌进了一口井里，或一个陷坑里，尽管他高声喊道：‘公民们，救命啊！’但是谁也不高兴拉他出来。万一有人高兴去帮他，悬一根绳子下去，

那我便会（对那多事的人）说：‘你怎么知道他不是故意落进去，不愿让人帮忙呢?’”（程爱民，王正文，1987）[106]

（五）天才与技巧

贺拉斯虽然要求向古希腊经典文学学习，但他并不否认创作的禀赋。天才的概念在古希腊和罗马非常流行，主要指先天的或神明赋予的才能，尤其是指艺术方面的才能，它与后天的、靠习得而来的技巧相对。柏拉图把天才的表现视为“神赐的迷狂”。亚里士多德则将疯子与天才区分开来，认为：“诗的艺术与其说是疯狂的人的事业，毋宁说是有天才的人的事业；因为前者不正常，后者很灵敏。”（吕同六，1995）[41]从理论角度看，贺拉斯认为天才与技巧需要相互结合，缺一不可。他说：“有人问：写一首好诗，是靠天才呢，还是靠艺术？我的看法是：苦学而没有丰富的天才，有天才而没有训练，都归无用；两者应该相互为用，相互结合。”（吕同六，1995）[43]贺拉斯对希腊人写诗人的天赋能力和表达的技巧给予很高的评价，认为罗马人则常被“铜锈和贪得的欲望腐蚀了人的心灵”（吕同六，1995）[44]。他首先强调诗人必须要有天才，在一篇讽刺诗中，他曾认为仅仅有音调抑扬顿挫的语言和韵脚还不一定是诗，仅仅有像诗一样的分行的句子也不一定是诗。写诗一定要有“天生的才华、非凡的心灵，高雅的措词”。不过这种天才不仅仅是迷狂，还应该包含着一定的理性。

同时，贺拉斯强调艺术家们必须经过勤学苦练。他举例说：“在竞技场上想要夺得渴望已久的锦标的人，在幼年时候一定吃过很多苦，经过长期练习，出过汗，受过冻，并且戒酒戒色。”他还说：“你们若见过什么诗歌，不是下过许多天苦功写的，没有经过多次的涂改，没有（像一座雕像，被雕塑家的）磨光了的指甲修正过十次，那你们就要批评它。”（Eagleton，1996）[63]贺拉斯是推崇希腊古典的，号召大家向希腊古典学习，通过勤学苦练，以接近传统和典范。

（六）诗歌的社会功能——寓教于乐

贺拉斯是西方较早提出诗歌“寓教于乐”思想的学者，这是柏拉图教化思想和亚里士多德净化思想的综合。他说：“诗人的愿望应该是给人益处和乐趣，他写的东西应该给人以快感，同时对生活有帮助。”“寓教于乐，既劝谕读者，又使他喜爱，才能符合众望。”（韦子木，1999）[94]贺拉斯继承了传统的观点，强调文艺在社会生活中的教化作用。在《上奥古斯都》的书信中，贺拉斯说：“诗人不会作战、耕耘，但能效劳社稷，尽他绵薄的力量，达到伟大的目的。诗人使牙牙学语的小孩知耻积礼，教他们听到粗鄙的话则掉首掩耳；诗人能循循善诱，使人心默化潜移，矫正粗暴的行为，排除愤怒和妒忌；诗人能歌功颂德，立模范以教后世，给悲观失望的心灵带来无限慰藉。若不是诗神或诗人授予恋慕之思，窈窕淑女又怎能了解君子的情意?”（钱穆，1986）[95]这里强调了诗歌给人以潜移默化的教育作用。

而从罗马的哲学基础看，斯多噶学派的克己制欲的人生价值观和伊壁鸠鲁学派所奉行的快乐主义原则分别在哲学价值观上有所体现。贺拉斯的寓教于乐思想乃是兼取两家之长。贺拉斯在具体阐释诗歌在希腊时期的作用时说：“举世闻名的荷马和提尔泰俄斯的诗歌激发了人们的雄心奔赴战场。神的旨意是通过诗歌传达的；诗歌也指示了生活的道路；(诗人也通过）诗歌求得帝王的恩宠；最后，在整天的劳动结束后，诗歌给人们带来欢乐。”另外，他还把形式的和谐与作品内在的吸引力区别开来强调，认为前者是“美”，而后者则被称为“魅力”：“一首诗仅仅具有美是不够的，还必须有魅力，必须能按作者愿望左右读者的心灵”（徐复观，2001）[50]。

（七）贺拉斯《诗艺》的影响

从理论的角度看，贺拉斯的文学思想不像柏拉图和亚里士多德的文学思想那样具有很强的理论性。作为西方文论史上第一部诗人论诗的著作，贺拉斯的《诗艺》主要是对创作实践的总结，这就使得他的观点与哲学家们从抽象的哲学观念及其体系出发所推衍出的文学观有着相当大的不同。由于贺拉斯本人是当时杰出的诗人，所以他的来自实践的体验常常非常精辟，如勤学苦练、寓教于乐等，至今都还是文艺学的箴言。不过他根据当时的创作实际所强调的一些具体规则，则早已随着后创作实践的变迁而被突破。后人无疑不能刻舟求剑，照搬古罗马的文学尺度来衡量后代的创作实践。

贺拉斯在西方文学理论史上是一面旗帜。他对诗歌崇高地位的推崇，对文艺复兴时期的诗人与评论家起着激励作用，同时也给古典主义文学批评家提供了理论依据。贺拉斯所说的“你们应当日日夜夜把玩希腊的范例”（伍蠡甫，1979）[66]，成了古典主义运动中的一个鲜明的口号，被后来的法国古典主义者布瓦洛等人反复强调。贺拉斯的寓教于乐说还对18世纪的启蒙作家产生过重要影响。另外狄德罗和康德等人沿用了贺拉斯关于“判断力”的概念，并进行了发挥。直到19世纪，西方文艺界非理性主义思潮兴起后，贺拉斯的影响才开始减退。

五、朗吉诺斯的《论崇高》

（一）扑朔迷离的作者及其时代

古罗马的文献《论崇高》，在文艺复兴以前一直湮灭无闻，直到1554年，人文主义者罗伯特洛将其发表，才开始引起大家的注意。1674年，法国古典主义批评家布瓦洛将它译成法文，并详加评注，多次重印，被古典主义者奉为至宝。

《论崇高》对17世纪的文论产生了重要影响，从而成为古代优秀的文论遗产。但其作者和成书年代，至今一直是谜。在文艺复兴时期，流传下来的抄本共有11种，其中最早也是最佳的抄本乃是巴黎抄本。抄本上面署名为“狄奥尼修斯或朗吉诺斯”，这个署名本身就是模棱两可的。最初，学者们一般认为它的作者是公元2世纪的雅典修辞学者、演说家、文艺批评家、哲学家、柏拉图主义者朗吉诺斯。他学识渊博，曾任叙利亚帕尔米拉女王芝诺比亚的谏议大臣，其间曾劝说女王脱离罗马帝国联盟。273年，罗马大帝奥尔良攻克叙利亚，生擒女王，将朗吉诺斯处死。但有人提出疑义，认为文中引证的都是公元1世纪以前的作品，倘是公元3世纪的作品，不可能只字不提2、3世纪的作品。于是到19世纪初，有人提出《论崇高》的作者应是公元1世纪的狄奥尼修斯。狄奥尼修斯是一位修辞学者，奥古斯都时代在罗马生活多年，著有罗马史、修辞学和文艺批评著作，但有人认为《论崇高》无论在风格或主张上都与狄奥尼修斯的作品不同，而且狄奥尼修斯的时代，基督教尚遭罗马禁止和迫害，但《论崇高》中却引用了《旧约·创世记》第1章中的“神说，要有光，于是就有了光”这句话。

从19世纪开始，又有一些学者认为《论崇高》的作者，应是公元1世纪中期的另一位修辞学家朗吉诺斯。根据《论崇高》中“如果我们希腊人可以说句话”（王岳川，1999）[161]推测，他可能是希腊人，生活在罗马，还撰写过《论色诺芬》《论情致》等。为了讨论方便起见，我们姑且称《论崇高》的作者为朗吉诺斯。由于《论崇高》的成就，德莱顿曾经称朗吉诺斯是亚里士多德以后最伟大的希腊批评家。《论崇高》是作者致一位名叫波斯吐米乌斯·特伦提阿努斯的罗马人的一封长信，此人可能是朗吉诺斯的学生。通过书信来阐释自己理论主张的方式在罗马是常见的。贺拉斯的理论主张也常见于他的长信之中。朗吉诺斯的《论崇高》在古代未见其他学者征引，在当时流传不广，可能只是作为收信者家藏而为少数人所知晓。

在《论崇高》产生的公元1世纪，罗马文学已经开始衰退，诗已由“黄金时代”沦落到“白银时代”，作品没有思想内容，只追求形式上的华丽绮靡。这一点，与中国齐梁时代的文风相类似。散文摹仿希腊风格，主要有亚细亚派和阿提刻派。亚细亚派主要追求文辞的生动感人，常常使用排比、对偶、对照等修辞手法，透过华丽辞藻和铿锵音调，以增强感染力，其末流则陷于丽词绮句、文风萎靡中。阿提刻派则反其道而行之，力求文辞的朴素、简练、古雅、遒劲，其末流则古奥、苟省、枯涩，读来佶屈聱牙。前者主要是骄奢淫逸的王公贵族追求华丽纤巧趣味的反映，当时罗马的建筑也有类似特征；而后者则主要是地处偏僻的乡绅情调的体现。从总体上看，当时的文风颓废，无病呻吟、矫揉造作居多。《论崇高》正是针对这种颓靡文风有感而发的。

（二）崇高的含义

“崇高”的观念早在古希腊时期就有了。毕达哥拉斯曾经从音乐家气质的角度，把音乐分为两类：一种是男子气的，尚武、粗犷而又激动人心的；另一种则是甜蜜蜜、软绵绵的。忒奥夫拉斯特曾把风格分为高、中、低三种，后来西塞罗和昆体良都继承这类说法。西塞罗把美分成“秀美”和“威严”两种：“我们可以看到，美有两种：一种美在于秀美，另一种美在于威严。我们必须把秀美看作是女性美，把威严看作是男性美。”（王博，2004）[107]专门从审美意义上讨论崇高问题的，从朗吉诺斯的《论崇高》中可见，较早的要数朗吉诺斯所批评的凯齐留斯的《论崇高》。因年代的邈远，文献散佚，凯齐留斯的思想已不可知。从目前的文献看，正式提出“崇高”这一范畴，并第一个系统阐释审美意义上的崇高问题的，当数朗吉诺斯的《论崇高》。朗吉诺斯的“崇高”主要指与优美相对的广大的“壮美”或“阳刚之美”范畴。

朗吉诺斯认为，崇高乃是人的伟大的灵魂对比人更为伟大的对象的渴慕、追求和竞赛的结果。这就不仅仅局限在文学的范畴，而且还包括对自然的崇高的评价。在《论崇高》第35章中，朗吉诺斯是这样描述崇高的对象的：“天之生人，不是要我们做卑鄙下流的动物；它带我们到生活中来，到森罗万象的宇宙中来，仿佛引我们去参加盛会，要我们做造化万物的观光者，做追求荣誉的竞赛者，所以它一开始便在我们的心灵中植下一种不可抵抗的热情——对一切伟大的、比我们更神圣的事物的渴望。”“我们决不会赞叹小小的溪流，哪怕它们是多么清澈而且有用，我们要赞叹尼罗河、多瑙河、莱茵河，甚或海洋。我们自己点燃的爝火虽然永远保持它那明亮的光辉，我们却不会惊叹它甚于惊叹天上的星光，尽管它们常常是黯然无光的；我们也不会认为它比埃特纳火山口更值得赞叹，火山在爆发时从地底抛出巨石和整个山丘，有时候还流下大地所产生的净火的河流。”（盛宁，1997）[69]

朗吉诺斯在这里尤其强调了主体在欣赏崇高时的主导作用。朗吉诺斯从人的价值出发，说明人不能满足于当一种卑微的动物，而应当向往那些真正伟大的、神圣的事物；不应当只是赞赏小溪小涧的美，而要赞赏尼罗河、多瑙河、莱茵河，赞赏那些不平凡的、伟大的、巍然高耸着的事物。这种思想，让人们感到自己尊严的伟大，从渺小的动物变得更为伟大、更为神圣。这样既肯定了主体，又强调了对象感性形态的前提。

（三）崇高风格的五个要素

在《论崇高》的第 8 章中，朗吉诺斯提出文学作品的崇高在天赋的文艺才能的基础上“有五个真正的源泉”。这五个源泉实际上是指作品中构成崇高的五个要素，即“庄严伟大的思想”“慷慨激昂的激情”“辞格的藻饰”（包括“思想的藻饰和语言的藻饰”）“高雅的措辞”“尊严和高雅的结构”。其中，前两个因素主要依赖于作家的天赋，后三个因素则来自技巧（史忠义，1998）[17]。

朗吉诺斯尤其强调第一个因素，认为“庄严伟大的思想”比其他的因素更为重要。他认为“崇高风格是一颗伟大心灵的回声”（殷企平，1995）[73]。这个思想像一根红线，贯穿在整个《论崇高》之中。他还认为伟大心灵必然有伟大的思想和强烈的感情。对此他作了进一步的论证：“一个素朴不文的思想，即使不形之于言，也往往仅凭它本身固有的崇高精神而使人赞叹。”（袁可嘉，1989）[101] 他以《奥德赛》中的“招魂”为例；“试看在‘招魂’一章中，埃阿斯的沉默是多么悲壮，比任何的谈吐还要崇高”。埃阿斯在与奥德修斯争夺阿喀琉斯死后的遗甲时，失败而含恨而死，后来奥德修斯在招请冥土的亡魂时，埃阿斯在亡灵中出现，仍然余恨未消，含怒不语。奥德修斯深受感动，痛悔昔日争甲的事，向他道歉，请求和解。而埃阿斯始终不发一言。这种沉默本身，具有感人肺腑的精神力量。假如这时的埃阿斯把奥德修斯大骂一顿，反而破坏了他崇高的形象。“雄伟的风格乃是重大的思想之自然结果，崇高的谈吐往往出自胸襟旷达志气远大的人。”而不可能源自“卑鄙龌龊的心灵”和狭隘的、奴性的思想的人。后来的学者如布封说到“风格即人”，其实与朗吉诺斯的话也是相吻合的。本来朗吉诺斯对此还要作进一步阐释的，但抄本至此开始缺了六页。

崇高风格的第二个因素是“慷慨激昂的热情”（林同华，1994）[79]。朗吉诺斯认为作者的热情可以引发读者的共鸣。因此，作者的热情必须是崇高的，才能引起别人崇高的热情。但朗吉诺斯认为不是所有的热情都是崇高的，而崇高也不一定是热情的。这话对了一半。他批评凯齐留斯“忽略了爱情这个因素”，这是对的；他同时认为，“有种热情是卑微的，去崇高甚远，例如怜悯、烦恼、恐惧”。这也是正确的；但他认为

“不少崇高的篇章却没有热情”，例如“演讲家的颂词、典礼的发言、炫才的演讲，每一句都有尊严的崇高辞令，却多半没有热烈的感情”（申丹，2001）[127]。这种判断是错误的，任何具有感染力的崇高的作品，都必须从情感上震撼人心。是否从情感上打动人心，是评判审美对象与非审美对象的根本标志。无论是颂词，还是典礼的发言，抑或是演讲，其实都必须要主体非常投入，激情荡漾，才能具有崇高的效果。倒是第8章的末几句，非常精当：“我大胆地说：有助于风格之雄浑者，莫过于恰到好处的真情。它仿佛呼出迷狂的气息和神圣的灵感，而感发了你的语言。”这里有两个要点，一是“恰到好处”，二是“仿佛呼出迷狂的气息”。

所谓“恰到好处”，是说感情必须真挚而适时适事，反对误用或用在不恰当的场合。所谓“误用感情”，被前人讥之为“乞灵于酒神杖”，主要指“感情用得不合时宜，在应该抑制时候不知抑制。不少作家，宛若醉汉，尽情发泄感情，而不顾其主题是否需要。此等感情纯粹是个人的造作，因此使人生厌。在没有动情的听众看来，真有失观瞻；当然，说者固然心荡神驰，听者却无动于衷”。这里主要强调崇高的感情要出现在恰当的时候，要符合主题的需要，还要使欣赏者受到感染。在第32章中，朗吉诺斯举德谟斯提尼的演讲为例，认为德谟斯提尼用隐喻时，“在热情有如春潮暴涨”的时候，说出对卖国贼的愤慨，让人不觉得其中在用隐喻，从而引起欣赏者的共鸣。

而所谓“仿佛呼出迷狂的气息”，乃是使人“心荡神驰”。“凡是使人惊叹的篇章总是有感染力的，往往胜于说服和动听。因为信与不信，权在于我，而此等篇章却有不可抗拒的魅力，能征服听众的心灵。”（赵一凡，2006）[81]这里强调了审美的感染力，而非理性的“说服”。崇高风格的第三个要素是“辞格的藻饰”。朗吉诺斯认为表达崇高的内容的作品，在修辞上使用“辞格的藻饰”，仿佛是情感的自然流露，要顾及具体的条件。关于情感的自然流露，朗吉诺斯认为修辞格的使用“有助于使演讲词热情奔放，慷慨激昂”（李维屏，2000）[123]。他还认为“辞格乃是崇高风格的自然盟友，反过来又从这盟友那取得惊人的助力。唯有当听者不觉得你的辞格是个辞格时，那个辞格似乎最妙”（李维屏，2000）[125]。恰到好处的辞格的使用，有利于崇高的表现，也有利于情感的自然流露，但不能滥用。同时，这种真情的流露还要顾及具体的条件和情境。在第16章谈到誓词时，朗吉诺斯说：“仅仅发一个庄严的誓并不算是雄浑的手法，还得顾及发誓的地点、情况、时机和动机。”（Eagleton，1970）[82]在讨论设问格时，朗吉诺斯说：“热情的词句，当仿佛不是说者有意为之而是从情境中产生时，更能感染人；而这种自问自答的方法却似乎是感情的自然流露。凡是受别人质问的人，往往为情势所迫，竭力答辩，而且真情流露。”（Eagleton，1970）[84]在谈到隐喻格时，朗吉诺斯也认为许多大胆的隐喻如果表现出强烈的感情和真正崇高的意境，有着磅礴横扫一切的气势时，人们便不会觉其隐喻之多。

崇高风格的第四个要素是“高雅的措辞”，主要讲述作家如何巧妙地发问、省去关联词、颠倒词序，以及如何运用隐喻、明喻、排比、对照、夸张、节奏和音律来增强作品的感染力。朗吉诺斯认为语言与思想是相互发明、交相辉映的，一方面高雅的措辞能增强思想的感染力，显示出思想的光辉；另一方面思想的感染力能够使语言的魅力变得实在，如在热情暴涨的时刻使用隐喻等手法，可以增强作品的气势。他认为选择恰当和壮丽的辞藻，可以使作品有惊人的效果，既能吸引读者又能感染读者。他拒绝猥琐的辞藻，认为要使语言配得上主题的庄严，但并不回避俗语。

第五个要素“尊严和高雅的结构”，是指如何将上述内容所呈现的形式的各个部分组合起来，使之成为一个有机的整体。这一点，朗吉诺斯继承了亚里士多德的“有机统一”观。他说：“在使文章达到崇高的诸因素中，最主要的因素莫如各部分彼此配合的结构。”（史忠义，2001）[87]他把结构提到最高的地位，并且以人体打比方，说明结构可以使篇章产生崇高的效果。萨福描写恋爱狂的痛苦，其出色之处就“在于她能选择和组织那些最主要最动人的征候。”“许多散文家和诗人，虽没有崇高的品赋，甚或绝无雄伟的才华，而且多半是使用一般的通俗的词儿，而这些词儿也没有什么不平凡的意义，可是单凭文章的结构和字句的调和，便产生尊严、卓越、不同凡响的印象。”（史忠义，2001）[89]他指出节奏繁缛的篇章，过于紧凑、短促的音节，都会使作品缺乏雄浑感。

启蒙主义时代的文论雏形

本讲分为三个部分。第一部分从启蒙主义时代以个人经验为前提的理性话语出发，通过塞姆勒主张“历时性阅读”的释经学思想，介绍启蒙主义与现代诠释学的关联。

第二部分通过两个方面讨论启蒙主义文论的哲学基础。第一个方面是介绍从洛克、贝克莱到休谟的经验主义认识论批判，从而分析这种基于感性经验的理性和自主性如何会导致后世对理性的质疑。第二个方面是介绍“自然法学派”的主要观点，并描述西方文化从文艺复兴时代肯定个人的感性权利、17 世纪肯定个人的理性权利到 18 世纪将个体理性作为制度的出发点之发展过程。

第三部分分别介绍狄德罗和莱辛所代表的 18 世纪文论成就，并在此基础上对启蒙主义的理性作出总体评价。

一、启蒙时代的现代诠释学雏形

（一）启蒙话语与传统释经学的张力

达朗贝尔（Jean le Rond d'Alembert，1717—1783）在《哲学原理》一书中指出，文艺复兴始于 15 世纪；宗教改革运动在 16 世纪中叶达到高潮；而在 17 世纪中叶，由于笛卡尔哲学的胜利，人们对于整个世界的看法发生了根本转变。那么，“如果仔细考察一下，18 世纪中叶，考察一下那些激励着我们，或者至少也对我们的思想、风俗、成就甚至娱乐活动产生了重大影响的事件，就不难看出，我们的观念在某些方面正在发生一种极为显著的变化，这种变化的速度之快，似乎预示着一种更为巨大的改变即将来临，唯有时间才能告诉人们这场革命的目标、性质和范围。”（叶维廉，2006）[47]

的确，启蒙运动的目标、性质和范围已经随着时间的推移而清楚地显示出来，而我们也能更清楚地了解它的缺点和功绩。所谓启蒙运动是场范围广泛的思想解放运动，其影响波及哲学、文学、语言、艺术、宗教和政治理论等，在时间上持续了近一个世纪，即大约从1680年开始至18世纪末结束。但是，即使启蒙主义思想家们对各种问题的具体看法也不尽相同，唯一的共同点可能在于，他们都试图摆脱人类思想和组织中的小理性偏见和迷信，将人类社会从封建束缚、政治专制和宗教禁锢中解放出来。显然，这一宏大任务的基础，是对于人类自身能力的完全自信。

曾在20世纪30年代流亡法国的俄国思想家科耶夫，对启蒙运动作过极其形象的评价："普遍化了的拉摩的侄儿，这就是启蒙运动。"（殷企平等，2001）[53]虽然他认为狄德罗小说中的这位主人公表达了启蒙理想所导致的极端个人主义，不过这只能是20世纪的人对启蒙主义的认识。

当代西方思想界确实越来越倾向于严厉地批判启蒙主义运动。按照当代的普遍看法，甚至在康德对启蒙运动的理解中，"理性的自由就居于核心和歧义的双重地位"（梁漱溟，1921）[141]。这是因为康德"自主性"（spontaneity）概念的问题之一，就是"假设了哲学向诠释学的转变"（梁漱溟，1921）[142]。这里的意思是说："诠释学"就是"以个体理性含纳一切"（卞重道等，2002）[61]的冲动，就意味着哲学所要追寻的一切真理都被化解为诠释。

所以有当代学者认为："无论我们从主体的自由活动开始（这是指康德），还是从随意的自我解构开始（这是指德里达），纯粹的结果是同样的；即存在始终是而且必然是被诠释的存在。"（张大明，2001）[85]在这样的意义上，我们会发现不仅"康德通向了尼采"，而且浸透着启蒙精神的"自主性"也成为"德里达的时髦概念'延异'的历史先驱"。当代人的这种批评对于康德可能过于苛刻，但是要在启蒙时代的整体气氛中理解相关的文本诠释理论，上述批评可以提供重要的参照。

与笛卡儿在17世纪所强调的"内在观念"的"理性"相比，启蒙时代的"理性"带有明显的经验色彩。从"个人"在宗教改革以来逐步被确认的"感性权利"和"理性权利"，至此汇合为一种对象化的延伸，即"个人"成为制度的出发点。这样，《圣经》关于上帝与人类"立约"的描写全然成为一个遥远的神话。在现实的世界中，一切"契约"的基础都是独立的个人，一切"契约"的签订都在人与人之间进行；国家、社会、道德，都只能作如是诠释。

起源于基督教释经学的一切文本诠释，在此必须面对一种根本性的困难：一方面似乎是代表"意义"的上帝创造了理解"意义"的个人，另一方面却是"理解"的语境被个人化了，或者说"意义"被"理解化"了。因此启蒙主义的话语使一种对立格外鲜明地突显出来：一方是"文本"和"意义本身"（比如作为权威文本的《圣经》），另一方面则是"读者"以及由读者作为主体的阅读活动。这正是从"自主性"导致"哲学向诠释学转变"的必然结果。

在这样的背景下，敬虔派运动（pietist movement）开始在欧洲大陆产生广泛的影响。敬虔派运动的主要特征，就是将个人经验视为基督教信仰的基本需要，认为信仰者的经验可以带来真正的神学洞见。其代表人物甚至主张《圣经》意义要与读者的"灵恩体验"（charismatic experience）相结合，以便用其中的"启示教义"克服纯粹的文本阅读。因此伽达默尔认为："诠释学的早期传统将其分为理解（understanding）和诠释（interpretation），虔主义添加了第三种因素，即应用（application）。"（张德明，2004）[69]

还有的敬虔派神学家声称："一些异端所明白的真理比历代教会所明白的总数还多，

因为‘异端者的灵性高于信徒教徒的灵性’。”（张乾元，2006）[117]这种“灵恩体验”的神秘和不可言说的性质，恐怕很难使其具有普遍的论释学意义，但是它对“个人经验”的强调确实是与启蒙话语相应和，它在“思解”“论释”之外添加的“应用”，则被认为要解决“文本”与“读者”之间的紧张关系。这成为启蒙主义时代西方文论的一道独特风景，并且通过“现代论释学之父”施莱尔马赫，对后来的早期浪漫派有所影响。

（二）塞姆勒的“历时性阅读”

试图从另一条路径上协调启蒙语境与文本诠释的，还有德国的新教神学家塞姆勒（Johann Salomo Semler）。他与德国唯理主义的代表沃尔夫（Christian Woff）和鲍姆嘉通（Siegmund Jacob Baumgarten）同出于哈雷（Halle）大学，而且有直接的师承关系：鲍姆嘉通是沃尔夫的学生，塞姆勒做过鲍姆嘉通的学生。另外，沃尔夫和鲍姆嘉通要以理性标准维护新教信仰，这一努力也同塞姆勒的“理性神学”（rational theology）有所共鸣。不过塞姆勒结合宗教史及历史批判方法所进行的神学诠释，却是他的独特贡献。

塞姆勒并没有详细描述文本诠释的方法，他只是提出：传统诠释活动的基础必须彻底改变。因为即使以《圣经》的文本为特定对象，诠释也不能仅仅是证明某种教义，而应当是对文本本身进行真正的批判式读解。这样，任何一种诠释也不可能幻想或期待“共时性的文本理解”，而只能是“历时性的文本阅读”。也就是说，诠释者的任务在于揭示“文字和历史的意义”。

所谓“历时性阅读”亦即塞姆勒的“历史批判性诠释”，其最基本的原则在于：诠释者必须意识到自己“与文本之间的历史间隔”。而一旦在这种“历史间隔”的基础上运用“普遍的诠释学原则”，便可以清晰地意识到“文本”与“读者”的张力。所以伽达默尔从塞姆勒的理论中看出“诠释学就此摆脱了教义的限制。基督教的神圣文本成为历史资料的汇集，与文学文本无异，乃至不仅要服从语法，也要服从历史的诠释”（朱光潜，1987）[103]。因塞姆勒所代表的诠释方法，与启蒙时代的精神气质的确存在着较多的呼应。他所寻求的“真正科学的神学”，无非是要在《圣经》诠释中运用理性的批判方法，因此基督教神学不再可能是种宗教的经验，而成为“关于基督之宗教的理性话语”。游刃于其间的，则是“通行的、理性的方法论”（朱光潜，1987）[104]。从这样的意义上看，他的论说成为后人理解现代诠释学的重要背景。

二、启蒙时代文论的哲学基础

（一）从“经验的理性”回到“怀疑”

要进一步读解18世纪启蒙主义文论，首先应当建立的“问题意识”必然关系到“理性”对17世纪与18世纪欧洲人的不同含义，即：作为同样崇尚理性的思想者，18世纪代表人物所说的“理性”究竟发生了怎样的变化？这种理性的世界观为现代西方文论提供了什么样的背景？“经验的理性”在何种意义上进一步张扬了个人的自主性，乃至成为当代人批判“现代性”和“主观主义的客观主义”之主要标靶？

塔那斯（Richard Tomas）的《西方心灵的激情》一书中提到“启蒙运动是从一种史无前例的、对人类理性的确信开始的”。科学在解释自然界方面取得的成功，以两种方式影响了哲学的进路：①把人类知识的基础植根于心灵及其与物质世界的接触；②把哲学引向对人类心灵的分析。这种主体与客体的对应以及对主体心理的关注，其实也正是启蒙主义之后的西方文论重心。其基础被认为是17世纪末期英国哲学家洛克及其《人类理解论》(1690年)，笛卡儿、斯宾诺莎和培根则为之提供了思想的铺垫。(张耕云，2007)[89-90]

笛卡儿通常被看作现代哲学之父。在其《论方法》一节中，笛卡儿是以怀疑的方式开始思考的，即怀疑所有的事物，包括自己的感觉、理解和外部世界的实在性，直到追寻出可以确定的基础，而这正是“我思”中的“我”，于是有著名的命题“我思故我在”。由此，所谓“身心二元论”也就被确定下来了，即将心灵看作思维实体，将身体看作归属物质的世界。这样，世界就可以用机械的或者数学的方式加以看待了。这种思想所隐含的意义，使信仰与科学理性相互分离。

斯宾诺莎是出生在阿姆斯特丹的犹太人。他在《伦理学》（*Ethics*）中明确提出：最高的善就在于对激情的理性把握，在于对自然秩序以及和谐神性的接受。在这里，上帝和神性实际上都不再指向具体的神，而是指向自然和人自身所呈现的普遍之善。这一思想对于后来的启蒙思想家，无论是英国的洛克和休谟，还是法国的伏尔泰、狄德罗和达朗贝尔，或者德国的莱辛，都有深刻的影响，使他们在祛除迷信、神迹和圣物时对宗教给予理性的宽容。

培根在其主要著作《学识的进步》（*The Advancement of Learning*）和《新工具》(*The New Organon*）书中，系统阐述了归纳法（induction）并将其看作更可靠的途径和更科学的方法，归纳法的基础是对事实的观察，而以往的演绎法（deduction）却只能依靠所谓的先验理性。在培根看来，那些作为传统或者权威的错误认识就是“偶像”，而要获取正的知识，就必须打破偶像。他把偶像分为四种：部落偶像（即由于感知不充分而对自然的扭曲印象)、洞穴偶像（即个体认识世界的局限性所带来的曲解)，市场偶像（即社会话语所造成的含混）和剧场偶像（即哲学家基于个人观念而非真实世界的思想体系及其对认识的阻碍)。

洛克与笛卡儿侧重“内在性”的理性分析完全不同，试图将17世纪对“内在观念”的理性主义信仰转换为一种经验主义的原则：“在人的理智中，没有任何东西未曾在感觉中存在过。心灵如块白板，经验在其上写下东西，从而心灵才取得合理的结论。”（朱良志，2006)[101]因此人类心灵中的“力量”是内在的，心灵中的“观念”却不是内在的，而是随“感觉”展开的“认识”。这一理论通过伏尔泰传到欧洲大陆，引起了对于“理性绝对主义”的更大怀疑。人们感到：即使是“科学”，也只能在“有关现象的假设之基础上”发现“或然的真理”（朱良达，2006)[103]，而并不能揭示事物的真实结构。这样，“理性”的种种假设甚至理性本身，都随之动摇。我们可以从洛克到贝克莱《人类认识的原理》、休谟《人类的悟性研究》看到一条有趣的线索。

为了解决上述问题，洛克不得不对“第一性的质”和“第二性的质”加以区分。前者是物体自身的性质（如重量、形状)，或可称“对象”；后者是人对物体的主观经验（如色、香，味)，亦即“印象”。正是由于这样的“质”是确定的，所以人类的科学认识才成为可能，科学认识的结论才具有一定的可靠性。也许在洛克看来，通过这一区分，“经验理性”的基础就可以更加稳固，“经验理性”的认识就可以免遭怀疑。但是贝克莱并不相信这一点，并且尖锐地指出了洛克的漏洞。

贝克莱认为，无论“第一性的质”还是“第二性的质”，实际上都是人类心灵对于“质”的感觉，所以它们最终的体现不过是心灵当中的“观念”。而“观念”是否能真正代表它所表达的物质对象，甚至是否能真正相似于该对象，在“经验理性”中都不可能有最后的定论。那么进而言之，与这些“观念”相对应的物质世界是否真正存在，也是无法肯定的，这就是说，“经验”只能形成“观念”而不能证明“实在”；如果不能在“经验”之外找到其他正当的基础，人类的一切经验性认识就仅仅是心灵化的，却不一定反映了客观的现实。这样，通过“经验”所了解的世界，其实不过是证据不足的假设。洛克试图从“经验”为理性认识提供辩护理由，结果却被贝克莱用“经验”消解掉了。不过作为一位主教，贝克莱更需要从“经验”走向信仰而不是糊底的标能，所以他最终要论证的，是个别心灵之上的“普遍心灵”——上帝。上帝一旦存在，人类按此可以不断去体会上帝所揭示的奥秘；如果这个“奥秘”被视为“自然的定律”，那么，理性的科学仍然是可能的。在这里，经验性认识的物质基础虽被质疑，毕竟还留下一重信仰的基础，而对经验主义的认论批判而言，贝克莱的怀疑还远非极致。于是随着经验理性的层层展开，休谟必然要出现。

休谟的起始性论题是对“印象”与“观念”的区分。这恰好处于洛克和贝克莱之间：他必须越过洛克的“对象”，因为那已被贝克莱证明为“观念”；他也必须撇开贝克莱的“观念”，因为它所归属的上帝仍然是“经验的理性”无法证实的。这样，感觉印象被确定为认识的基础，这一出发点似乎比贝克莱更有“经验”，但是它对“经验理性”和“既有真理”的否定却是毁灭性的。根据休谟的论证，“感觉印象”是个别、混乱的：之所以可以从“感觉印象”上达成被人类假定为“真理”的知识，仅仅是因为我们在“感觉印象”之上强加了心灵自身的秩序。这“秩序”就是“一切人类认识的假定基础”——因果关系。而问题在于，“因果关系”只能在表面上得到经验的肯定，就较为严格的意义而言，它从来没有也根本不可能真正得到直接的经验证实。人们所谓的“因果关系”，其实是来自多次重复却并未穷尽的经验积累，所以只能被视为一种对预期结果的揣测和心理期待。

在怀疑情绪日趋普遍的20世纪，休谟的论题或许已不再耸人听闻，但是对于正处在“理性独断主义迷梦”之中的人们，休谟的怀疑确实相当可怕。“理性的推论”被他动摇了，任何有所“期待”的推论都不能自称与世界真相存在着必然联系；“理性的归纳”也被他动摇了，因为支撑着“归纳”的只是对个别例证的“揣测”。如果连“经验理性”的“归纳”也不能得到逻辑上的合法性，那么人类所渴望的任何真理或确定知识，便完全失去了可能。最为有趣的是，以休谟等人为代表的经验主义认识论批判，本来似乎是要将已经在自然科学研究中获得成功的“经验”方法推广到“人”的研究领域，结果却是在不断推翻经验科学的客观确定性。

上述思路中的休谟，要比洛克和贝克莱彻底得多。对于他，所有规律、真理、实体甚至上帝，都是理性所虚构的信念，而绝不是必然的。对于他，“真理的标准”一旦从“理念”转移到“经验”，便也意味着真理内容的彻底相对化或然化。在休谟之后，西方人曾经拥有的一切“真理”，都不得不面临重新的审视。20 世纪以来“怀疑”和“否定”的普遍情绪，正是以此为枢纽。

（二）从“理性的设定”到“合理化”

就正面的价值而论，宗教改革以后真正为近代西方人提供了种新的世界观的，被认为是“自然法学派”的思想，如：斯宾诺莎（《伦理学》）、霍布斯（《利维坦》）、洛克（《人类理解论》）、孟德斯鸠（《论法的精神》）和卢梭（《社会契约论》）等。这正是启蒙主义文论的哲学基础。所谓“自然法”其实就是“理性”。按照自然法学派的看法，人类的自然状态、自然处境和自然权利是一种相互关联的逻辑前提；同样基于这种逻辑前提的不同个人，要在群体中与他人相处，便会通过相互制约达成一定的理性约束。这种理性的约束就是人与人的“契约”，就是“自然的律法”，也就是一切传统、道德、社会制度的基础。在这一逻辑线索中，自然状态的“个人”是一切法理的出发点，作为自然律法的“社会契约”，是理性的对象化结果；从而“独立”的独立价值可以与“理性”的要求相互说明。

关于“个人”的逻辑预设显然并没有充分的根据，因此“自然法学派”的思想家对于个人的界说有时甚至完全相反。霍布斯将人的自然状态设想为相互敌对。洛克则认为自然的人应当是平等地享有各种权利。“自然法学派”作为一个思想的整体，也许只是在一个基本问题上相互呼应，人类从自然状态向“公民社会”的发展，必须取道于理性的社会契约。

霍布斯认为：“自然律是理性所发现的一般法则。它禁止人们去做损毁自己生命或者剥夺自己生命手段的事情，并禁止人们不去做自己认为最有利于生命保全的事情。”（张寅彭，2006）[51]洛克认为：“理性，也就是自然法，教导着有意遵从理性的全人类：人们既然都是平等的和独立的。任何人就不得侵害他人的人生、健康、自由或者财产。”（朱通伯，1996）[77]这实际上是说：基于自然状态的人，为了自己的立场与他人达成利益的平衡和相互的妥协，所以每个人都参与了社会契约的缔结，所谓国家也就是每一个个人相互结成的理性共同体。

“自然法学派”的这些思想，显然是力图更加贴近古代式的“和谐”。乃至卢梭《社会契约论》所表达的某些理性竟与黑格尔对古希腊社会的描述如出一辙：“要寻找出一种结合的形式，使每一个与全体相联合的个人只不过是在服从自己本人，并且仍然像以往一样的自由。”（朱立元，2001）[95]从这一意义上看，卢梭所谓的“回到自然”也就是回到理想中的古“和谐”。但是问题在于：这种从“个人”出发的“理性”，最终是通过“个人”与“理性”的统一，达成“个人与社会之间相对合理化的互制”（朱立元，2001）[97]。所以在启蒙理性背景下的“合理化”，往往并不是自我与样体、个人与社会的古代式“和谐”，却是重新成为外在权威、成为“环境”对“人”的规定性。

也许正因如此，启蒙主义时代的文论在经验理性的基础之上，形成了一种对于“环境”因素的特别关注。在这条线索上，英国经验主义传统已经从方法论（培根）、认识论（洛克）、伦理学与政治学（霍布斯）方面对“环境”加以强调；法国人则是从社会学的角度（爱尔维修、霍尔巴林）提出“人是环境的产物”以及所谓的“地理环境决定论”（孟德斯鸠）。具体到当时最为典型的文论思想，除去温克尔曼的《古代艺术史》中对古希腊地理环境和人文环境的分析之外，狄德罗、莱辛也都提出过相似的“情境说”。

阅读启蒙主义思想家的著作，我们会发现一个有趣的现象，即他们都兼通哲学、文学和美学。我们知道，伏尔泰（《老实人》）、孟德斯鸠（《波斯人的信札》）、卢梭（《爱弥尔》）和狄德罗（《拉摩的侄儿》）都写小说，更不要说莱辛和后来的席勒与歌德了。这种现象绝非偶然，“真理的性质问题同美的性质问题是不可分割的，因为二者的根据和终极原理是一致的。全部美都是真，但只有通过形式的意义，也就是通过美的意义才能了解全部真。在艺术创造和欣赏之后，所存在的正是一种不为任何‘利益’所驱使的思索。由于这种力量，人实现了真正的自我，获得了所能获得的最高的甚至唯一的幸福。”（宗白华，1987）[113]

但是另一方面，也有论者认为：严格来说并不存在一种启蒙主义文论，因此就文论史而言，这段时期的文艺思想通常被称作18世纪文论。换句话说，这一时期的文艺思想更多地显现为承前启后的过渡，却未必形成了独立的内容。比如韦勒克就曾说：“18世纪中叶至19世纪30年代的文学批评史是十分明确地提出我们现今仍然尚未解决的批评上的所有基本问题的时期。它是从古代继承下来并在16、17世纪的意法两国得到发展和定为古典的新古典主义批评的庞大体系逐渐解体，而酿成19世纪早期浪漫主义运动的种种新运动竞相涌现的时代。”（Martin，1986）[102]的确，当真实、虚构、想象、灵感、天才、趣味、教化等一系列问题都得到明确的讨论时，它们往往只是以新的形式重述古典主义的思想。

三、狄德罗与莱辛

（一）狄德罗

狄德罗（Diderot，1713—1784）一生著作丰富，自1746年出版第一部著作《哲学思想录》起，先后写出了《怀疑论者的散步》（1747年）、《论盲人书简》（1749年）、《对自然的解释》（1754年）、《达朗贝尔与狄德罗的谈话》（1769年）、《达朗贝尔的梦》（1769年）和《关于物质和运动的哲学原理》（1770年）等哲学著作；创作了《宿命论者雅各和他的主人》《修女》和《拉摩的侄儿》三部哲理小说，以及戏剧《私生子》和《一家之主》。这两部戏剧作品虽然不是很成功，但为这两个剧本写的《关于〈私生子〉的谈话》（1757年）和《论戏剧诗》（1758年）却同《演员奇谈》一起，成为重要的戏剧理论作品。

歌德对《宿命论者雅各和他的主人》赞不绝口，后来米兰·昆德拉的剧本《雅各和他的主人》不仅取材于狄德罗的作品，也是与狄德罗的对话。而《拉摩的侄儿》影响更为深远，对于那个十分矛盾的人物形象——音乐家拉摩，狄德罗说：“他是高傲和卑鄙、才智和愚蠢的混合物”“没有比他自己更不像他自己的了”，因为“他毫不夸张地表露了自然赋予他的优秀品质，但也毫不羞耻地表露了他所接受的恶劣品质”“这种人打破了我们的教育、我们的社会习俗、我们关于礼貌的惯常观念所造成的令人厌恶的常规”。后来，歌德亲自将《拉摩的侄儿》译成德文，黑格尔《精神现象学》中的若干思想也来自此书，马克思也称《拉摩的侄儿》为“无与伦比的作品”（徐正英等，2008）[61]。

狄德罗的文论著作内容丰富，分别涉及了美的分析、戏剧理论和艺术理论，包括他所撰写的百科全书条目“美之根源及性质的哲学研究”，还有《论戏剧诗》《关于〈私生子〉的谈话》《演员奇谈》《两论》《沙龙随笔》等。就其主要观点而言，可以大体分为“美在关系”学说、论“文学的教化作用”、论“文学的真实性”、论“人物与环境”以及关于“创造和虚构”的讨论。

“美在关系”的命题见于狄德罗为百科全书撰写的“论美”条目，即“美之根源及性质的哲学研究”。他认为以往一切关于“美”的定义，只有用“关系”的范畴才能涵盖。他所谓的“关系”分为四种：第一，个别事物内部的自身关系，即比例、对称等形式因素；第二，事物之间的相对关系，即就不同对象之比较而言的美或者不美；第三，个别事物与整体、与环境之间的关系，即在特定环境之下的美或者不美；第四，对象与主体意识之间的关系，即最终的美或者不美在于审美主体的感受。这四种关系就对象之于主体、对象之于环境的依赖性，作出了相当独到的分析（郦稚牛等，2004）[99]。与“美在关系”的命题相应，狄德罗认为艺术真实的三种标准亦在于生理与物理的规律、社会生活的规律、精神生活的规律。换言之，这三种规律正是分别指向艺术活动的对象、环境和主体。三者各自的规律及其构成的关系，便也决定了文学的真实与否。

另外，狄德罗还提出“戏剧的基础是历史的艺术”（Selden，2004）[69]。这并不仅仅是说戏剧是一种“时间性的”叙事艺术。在狄德罗看来，“人们曾把诗和绘画相比，但是把历史和诗相比可能更有益、更有真实性”（陈伯海，2006）[134]。从“真实”的角度将“诗”与“历史”相比，从“真实”的角度将“诗”与“历史”相比，狄德罗显然是要在亚里士多德的意义上重申“艺术真实”的实质，即：“诗里的真实是一回事，哲学里的真实又是一回事。”其中的区别何在？狄德罗认为：“比起历史学家来，他（诗人）的真实属性少些，逼真性却多些。历史家只是简单地、单纯地写下了所发的话，他（诗人）就会写出一切他认为最感人的东西。他（诗人）会对历史添枝加叶。对于他（诗人），重要的一点是做到奇异而不失为逼真。”（陈铭，2001）[97]这里的论说既与亚里士多德的“必然律和或然律”一脉相承，又通过“逼真”的概念而与布瓦格的“像真性”如出一辙。难怪韦勒克认定狄德罗是用新的词句重复古典的观念。

关于“文学的教化作用”，狄德罗提出了建立“严肃剧”的主张。“严肃剧”是针对从英国传入的“感伤剧”而言。狄德罗声称这是介于悲剧和喜剧之间的一个“中间剧种”。其基本含义包括两层：第一是指“以美德和责任为对象”的“严肃喜剧”，第二是指描写小人物和家庭不幸的“家庭悲剧”。文学的教化作用如此之大，以至狄德罗甚至认为：“人物可以在舞台上讨论最重要的道德问题，而不至妨害剧情迅速的发展。”（Qian Zhaoming，2003）[61]为什么呢？因为“戏剧诗人所要争取的真正喝彩不是一句漂亮的诗句之后徒然发出的掌声，而是长时间静默的抑压以后发自内心的一声深沉的叹息。”（Levenson，2000）[129]这当然只能是道德教化作用使然。

关于“人物与环境”的讨论，狄德罗的看法非常明确：“把人物刻画得好，他怎么会不获得成功？可是人物性格要根据情境来决定。真正的对比是人物性格和情境之间的对比。”（蔡仪，1979）[55]虽然这里仍然可以辨认出一些新古典主义的色彩，但是从根本上说，狄德罗首先侧重的还是“环境”对“人”的规定性。狄德罗所讨论的“创造和虚构”，是同他对“想象”的肯定联系在一起：“想象，这是一种素质，没有它，人既不能成为诗人，

也不能成为哲学家、有思想的人、有理性的生物，甚至不能算是一个人。”（崔海峰，2006）[79]

他由此再度回到亚里士多德“戏剧比历史更真实”的论题：“有三种东西。一是历史，其内容都是已经发生的事。二是悲剧，诗人在这里可以凭个人想象在历史以外加上他认为可以提高兴趣的东西。三是喜剧，可以完全出于诗人的创造。由此可见，喜剧诗人是最地道的诗人。他有权创造。他在他的领域中的地位‘就跟全能的上帝在自然界中的地位一样’。从事创造的是他，他可以无中生有。他用以感动我的那些痛苦是虚构的；不错，但是他毕竟把我感动了。”（Edel 等，1958）[99]

狄德罗所谓的“喜剧”当然是指他的“严肃喜剧”。然而他所提到的喜剧诗人的地位“就跟全能的上帝在自然界中的地位一样。从事创造的是他，他可以无中生有”（成复旺，2007）[189]，等等，则让我们不能不想到中世纪神学家对“创造”和“摹仿上帝”的论述。由上可知，即使就美学和艺术来说，狄德罗的著作也相当不少，同时涉及各种艺术问题。不过，如韦勒克已经指出的：将狄德罗当作一位批评家来讨论，是一个茫无头绪的题目。首先，这是因为他兴趣广泛，探讨的美学和文学艺术论题众多。其次，更重要的也是较为不被注意的是，在狄德罗早年著作和后期著作之间，存在着一个明显的演化过程，因而出现了许多矛盾的看法。韦勒克认为，归根结底，了解狄德罗文艺思想的难处所在，是他气质上的多变和个性上的活力全部反映在其风格和著述中。所以，系统化地总结狄德罗的观点几乎是不可能的。

其实，在狄德罗文艺思想中所存在的种种矛盾可能不仅是气质和个性所致，同时也是时代精神的结果。这主要是指，启蒙运动本身存在着内在的矛盾，文学艺术作为情感的表现，现在却要服从于理性的要求。因此，在艺术真实与想象和虚构、个人天才创作与社会道德教化、人物性格与普遍人性、古代经典与现代趣味等方面，启蒙思想家都有些犹豫不定。很大程度上，这些矛盾都归结为理性与情感之间的冲突。在 18 世纪许多思想家和批评家那里，实际上都可以找到类似的情况，较为明显的例子包括卢梭、约翰逊、温克尔曼、莱辛、歌德和席勒等。这一点，是我们了解启蒙时代文艺思想时要特别加以注意的。

（二）对启蒙主义“理性”的简单评价

在 18 世纪的启蒙主义运动中，“理性”同样是一面高扬的旗帜。但是与 17 世纪相比，其中有至关重要的两个不同点：第一，启蒙思想家对“理性”的确认，已不是笛卡儿那种对于“内在观念”的理性主义信仰，而是在洛克经验主义哲学的基础上，从个人的感觉经验重建真理的体系。第二，如果说 17 世纪的法国最典型地体现了以“理性”的规范理顺个人和社会的信念，但其实“理性”的绝对性与专制主义制度相呼应，那么 18 世纪的启蒙主义者正是反抗这种荒谬的结果。可惜的是，他们将这种结果重新推上“理性的法庭”，试图让它们“为自己的存在作辩护，或者放弃存在的权利”，他们的后人却看到：这只是达成了一种个人与社会之间相对合理化的互制，只是改变了上述荒谬结果的存在方式，问题本身仍然没有解决（甘阳，1985）[141]。

“理性”的种种演化和多义，使思想者逐渐领悟到这样一个问题：最需要用“理性”加以反抗的，或许并不是外在的对象，而正是“理性”本身的异己性。17—18 世纪“理性”内涵的种种变化，或许都可以用“reason”（理智）与“rationality”（理性）的区别加以体会。后世“非理性主义”所否定的，从来不是“reason”（理智）的精神能力，而是“rationality”（理性）所包含的对象化秩序。另外，还应当注意到：就“理性”或者“个人与社会的合理化互制”所能蕴涵的可能性而言，启蒙时代的文论似乎还未能充分反映“理性”观念的转变；更多体现“个人”意识的文论思想，被推延到德国古典美学和浪漫主义的时代。

象征主义的艺术传统与语言才能

实证主义、自然主义和前期象征主义都诞生在19世纪的法国，这与法国当时的社会风尚是密切相关的。从19世纪30年代开始，法国的资本主义势力取得了决定性的胜利，但资产阶级与封建贵族之间的斗争还没有结束。1830年的七月革命结束了波旁复辟王朝的统治，但封建贵族的势力依然存在。中小资产阶级与大资产阶级的矛盾、资产阶级与工人阶级的矛盾日趋复杂。40年代，反对七月王朝的斗争日趋激化，终于酿成了1848年的二月革命和六月起义。1851年12月，作为大资产阶级的代表拿破仑第三次发动政变，第二年12月，拿破仑正式称帝，结束了第二共和国的统治。1871年，爆发了震惊世界的巴黎公社革命。随着资本主义的迅速发展，工业文明突飞猛进，崇尚科学成为当时的时尚。与此同时，掠夺、丑恶和贫穷现象也进一步显露出来。

19世纪30—60年代，随着自然科学突飞猛进的发展，哲学领域提倡尊重科学和人的心理，科学实验的方法被广泛地运用于医学、生物学和文艺学。法国哲学家孔德提出了实证主义思想，主张从人类感觉到的经验事实出发，依靠人们的观察和经验以获取实证的知识。他把欧洲的思想主要分为神学阶段、形而上学阶段和实证阶段这三个阶段。他提出了实证阶段以科学为本，尊重经验和事实。这实际上是经验主义思想在新的科学时期的表现，是对思辨的形而上学和教条论的反驳。孔德用实证主义科学的原则对社会和文学进行研究，并在丹纳那里得到了进一步的加强和深化。这种做法实际上是在科学方法的影响下，将自然现象与社会现象混同起来。

自然主义是法国19世纪另一个重要的文学思潮。与实证主义一样，自然主义也将科学实验的方法运用于文学的创作、研究和批评。它将人看成偶然存在的孤立的生物，仅仅是杂乱而无意义的化学现象，他们认为人的存在没有形式、没有意义、没有理想、没有道德，甚至没有上帝。人的性格和行动，乃是生命的生理遗传和环境自然作用的结果。他们将这种意识运用到创作之中，对现象作静态的生物学的描述。左拉将写小说看成与在实验室做实验一样，认为它不应受社会规律的支配。

19世纪的法国文坛，深受社会环境和人们的观念的影响。除了实证主义作为一种研究方法间接地影响到自然主义创作外，自然主义，特别是象征主义均形成气候，出现了一批作家和大量的作品。左拉根据自己的实验小说理论，进行自然主义的创作，强调文学作品的科学性和真实性，要求作品对现实采取超然的态度，超越政治、党派和道德。左拉的《德莱丝·拉辛》和《玛德兰·费拉》注重对人物的生理分析，然后他又专门花整整三年时间，研究了大量的病例资料，并用25年的时间，写出包括20篇长篇小说的《卢贡·马卡尔家族》。但实际上，他并不完全采用自然主义。而自然主义小说的典型代表，则是龚古尔兄弟合写的小说《日尔米尼·拉塞德》。小说不触及拉基德悲惨人生的社会原因，而是对人物进行病理的分析。

波德莱尔不仅提出了象征主义理论，还写出了诗集《恶之花》，成为法国象征主义的开山之作。它包括《忧郁和理想》《巴黎画景》《酒》《恶之花》《叛逆》和《死亡》六个诗组。这些作品通过象征的手法，揭示了资本主义社会的种种污秽，在创作过程中发掘恶中之美，波德莱尔不仅敬重美国象征主义先驱爱伦·坡，还将他的作品翻译成法文。这种象征主义倾向影响了马拉美、魏尔兰和兰波以及比利时的诗人梅特林克等人。马拉美的《诗与散文》和梅特林克的剧作《青鸟》等象征主义作品，是其中的优秀之作。

受孔德实证主义精神的影响，丹纳以种族、环境、时代研究文学，并且写出了讲究实证的《英国文学史》。而法国的另一个重要批评家圣·佩韦，在孔德实证论的基础上，只承认人的感觉是“可以实证的确实事实，而科学只是主观经验的描述”（Eagleton，2005）[73]。他对文学家的实证包括种族、国家、时代、出身、环境、教育和首次的成功与失败等。他还将文学批评比作植物的采撷，主张用生物学的办法搜罗事实，加以阐明。他自认为这种文学批评是以间接的方式来提示隐藏着的诗和创造，而且意味着是一种发明和永恒的创作。他还认为文学批评的重点是作家，而非作品。他高度重视创作和批评对于创作的作用，认为文学批评的目的是要寻找和培养具有古典精神的作家，以复苏艺术趣味。

在前期象征主义运动中，美国诗人爱伦·坡在创作《乌鸦》等大量作品的同时，还写了《创作哲学》《诗歌原理》等文论著作。他主张诗歌应该震动人的灵魂，要以追求最高境界的神圣的美为目标，这种神圣的美是超脱于客观物质世界的彼岸的辉煌，从而实现灵魂的升华。他认为外在事物与内在精神之间有着感应关系，象征主义正通过事物与思想间的多样结合，引领灵魂进入神圣美的境界。他还特别强调了音乐在象征主义诗歌中的重要性。与爱伦·坡一样，法国著名的象征主义诗人马拉美不仅创作了一定分量的诗歌，而且提出了自己的理论主张，要求“诗歌表现心灵状态，心灵的闪光，是用魔法提示出客观物体的纯粹本质，并认为诗歌高尚地帮助了语言，拓展了日常语言的表现力”（Eagleton，1996）[104]。他还进一步强调了诗歌的音乐性，主张文学完全是个人的，是表现个人的内心体验，诗人是孤独者。由于马拉美在象征主义运动中居于领袖地位，因而其创作及主张对象征主义运动了产生了广泛的影响。

一、波德莱尔

波德莱尔（Charles Baudelaire，1821—1867），法国著名诗人、文艺批评家。1821年

生于巴黎，6岁丧父，母亲一过服丧期即改嫁。波德莱尔自幼仇恨继父，并迁怒母亲。他自幼才华出众，喜欢想象，玩世不恭。中学时因拒绝交出同学传递的纸条而遭开除。中学毕业后于1839年进入文坛。他喜爱巴尔扎克和雨果的小说，也喜欢雨果、戈蒂耶、拜伦和雪莱的诗，尤其推崇爱伦·坡，曾翻译爱伦·坡作品达17年。早年生活放荡，晚景凄凉，1867年8月31日去世。代表作有诗集《恶之花》。文艺批评涉及小说、诗歌、戏剧、绘画、雕塑、音乐、舞蹈等领域，其中包括1845年、1846年、1849年和1951年的《沙龙画评》，后来的艺术批评论文结集为《美学探讨》，文学批评论文结集为《浪漫派的艺术》，以及《德拉克洛瓦论文集》等。

（一）感应论

波德莱尔认为，人们对于美的本能反应，是对上天的感应，审美世界是客观世界后面超验的本体，而象征是一种固有的客观存在。在自然界的万事万物之间、在外部世界和人的精神世界之间，有一种内在感应关系，彼此沟通，互为象征，大自然就是一座象征的森林，它暗示着多重复杂的含义，各种感官之间也存在相互沟通融合的通感关系，形、声、色、味交相感应，感觉间可以相互挪移，诗人对这种神秘深奥的感应心领神会，诗人的任务在于发现、感知和表现这种固有的象征关系和其中深藏的意蕴。他在十四行诗《感应》中，便表达了他的感应与象征统一的理论主张。他认为，自然在冥冥之中发出神秘的信息，仿佛是人类自身的悠长的回音，反映了人与自然的感应关系。这种感应关系，便可以看作一种艺术的象征。

波德莱尔认为，诗歌的目的是在寻求天堂中一种缥缈、玄妙的最高的美，它是反映在自然真实中的超自然的真实。万事万物中神秘的象征关系是不可以直接呈现的。从象征论的立场出发，波德莱尔否定了现实主义的理论和摹仿说，“我认为描绘存在的东西是无用的，是枯燥乏味的”，惟妙惟肖地摹写自然“是艺术的敌人”（傅璇琮等，1999）[102]。他将摹仿自然看成艺术对自然的拙劣的抄袭。为此，波德莱尔非常重视想象，他将想象视为“各种能力的王后”。在浪漫主义那里，想象是情感的翅膀，而波德莱尔的想象则是感受、分析、综合的一种统合。诗人正是通过想象力去穿越表象，透视现实世界，洞悉其中的感应关系，发掘深藏其中的超自然的“精神上的含义”，探索到高于象征意味的境界，从而达到物质世界高度融合的境界。这便是永恒的艺术世界，便是一种最高的美。正因如此，波德莱尔认为，“由于想象力创造了世界，所以它统治这个世界”（傅璇琮，1999）[104]。

波德莱尔透过感应去理解世界，把世界看成是彼此沟通的整体，对于艺术化的思维方式起到了拓展的作用。从艺术的眼光看，他认为是诗人将意义赋予世界，并且发现和创造了世界最高的美，这是富有诗情画意的。但如果从认识论的角度看，这又过分地夸大了艺术的作用。

（二）恶之美

波德莱尔把世界与人的心灵看成一种感应关系，既然世界上存在着丑，艺术中就要表现丑，他明确指出，艺术应该表现丑，丑是艺术美的必不可少的组成部分。他在为《恶之花》草拟的序言中提出要“把善同美区别开来，发掘恶中之美”（Eagleton，1970）[105]，并且把表现恶中之美，看成是诗歌的重要目的之一。他认为“丑恶经过艺术的表现化而为美，这是艺术的奇妙的特权之一”（高奋，2000）[112]。在艺术中，发掘和表现恶中之美，并不是美丑不分，以丑为美。而是经过艺术表现从丑恶中揭示出社会和人生带有本质特征的深刻内涵，传达诗人因现实的丑恶而产生的忧郁、愁思及不幸等情感特征和诗人的叛逆精神，要从丑恶的现实中发现其中所蕴含的审美价值，化腐朽为神奇，点铁成金。其中反映了波德莱尔能够直面人生的艺术态度，反映了他对包含着丑恶、不幸和痛苦的人生的体验和思考，其间虽不乏悲观主义成分，但他主张用象征的方法去表现丑恶，抛开对丑恶现象和事实的描述。《恶之花》便是他发掘和研究现实生活中的恶中之美，并且通过象征的手法加以表现的。

这种恶中之美带有鲜明的时代色彩，与古代正统的优美、和谐、崇高等范畴是迥然不同的，波德莱尔通过象征的方法来表现丑恶的本质，从而给读者的心灵以强烈的震撼。这种通过象征的方法对恶中之美的表现，对西方现代的文学艺术产生了深远的影响，完成了浪漫主义文学艺术向现代主义文学艺术的过渡，加深了西方文学的悲观主义情调，开启了法国象征主义的航向。

二、叶芝

威廉·巴特勒·叶芝（1865—1939），爱尔兰著名象征主义诗人、剧作家、文学批评家，后期象征主义代表作家之一。生于都柏林一个画师家庭，自小喜爱诗画艺术。1886年叶芝就读于都柏林艺术学校，并开始文学创作，19世纪80年代后期积极参加爱尔兰民族自治运动，1890年创建爱尔兰文学研究会，1896年结识格雷戈里夫人与约翰·沁孤，得到格雷戈里夫人的许多支持，并创办爱尔兰国家剧场活动，团结了一批爱尔兰作家，创作反映爱尔兰民族斗争与生活的作品，促进了爱尔兰的文艺复兴运动，1904年创建阿贝剧院。1921年爱尔兰独立以后，他被选为参议员。1923年，“由于他那些始终充满灵感的诗，它们通过高度的艺术形式展现了整个民族的精神”（Smith，1967）[44]，叶芝获得诺贝尔文学奖。1939年叶芝病逝于法国罗格布鲁勒，被艾略特称为“当代最伟大的诗人”。

叶芝是个勤奋的作家，一生创作成绩丰厚。其主要的诗集包括《芦苇中的风》（1899年）、《在七座森林中》（1903年）、《绿盔》（1910年）、《责任》（1914年），重要诗集有《柯尔庄园的野天鹅》（1919年）、《马可伯罗兹与舞者》（1920年）、《古堡》（1928年）、《回梯》（1929年）等（1950年结集为《诗集》），诗剧有《胡里痕的凯瑟琳》（1902年）、《黛尔丽德》（1907年）、《炼狱》（1938年）等（1952年结集为《戏剧集》）。在创作的同时，他还写作大量的文学评论、诗论文章，死后结集在《论文与序言》（1961年）、《探索集》（1962年）、《评论选》（1964年）等书中。

（一）象征主义的内涵

在法国，象征主义文学理论经过了马拉美，发展到瓦莱里。在英语国家，发展象征主义的是爱尔兰诗人叶芝。与他的前辈和同一流派的象征主义文论家一样，叶芝反对自然主义的文学创作方法，认为只利用科学家的实证方法来研究文学和指导文学创作是错误的，因为自然主义式的观察世界的方法只能看到社会现实的表象，对蕴涵在表象之下的“最高真实”却无法认识，文学作为语言艺术，要表达的正是“最高真实”，因此，自然主义的文论与文学创作方法不能指导文学的研究与创作。要表现“最高真实”，就应该回到人的内心，用象征的、暗示的语言来表现人的心灵世界，而不能纠缠于客观的细节，应该通过沉思，使灵魂向上升华，去抓住内心的幻想。

1900 年，叶芝发表了一篇论文，叫作《诗歌的象征主义》。在这篇论文里，他系统地阐述了自己的象征主义文学理论观点。首先，他认为象征主义手法存在于任何艺术形式当中，比如音乐、绘画、雕塑、舞蹈等，尤其表现在文学之中，他甚至夸张地提出一切文体都意在表现“那种连续性的难以言喻的象征主义”（Thickstun，1988）[106]。他举英国诗人彭斯的两句诗为例，来具体说明文学中的象征手法是如何体现在诗句中的：“洁白的月在白色的海浪后面落下去了，时光也和我一起消逝，哦!”对这两句诗，他评论道：“没有比彭斯的这些诗句更富于令人感伤的美的诗句了。而且这两行诗具有完美的象征意义。去掉了形容月亮的白与海浪的白，它们与时光消逝之间的关系便非人的智力所能捉摸，从而你就失去了它们的美。但是，当这一切，月、海浪、白、消逝的时光，还有那最后一声感伤的呼喊，都聚集在一起时，它们唤起了一种情感，这种情感是任何别的颜色、声音和形式的组合所无法唤起的。我们可以称它是隐喻手法，但最好把它叫作象征手法。”（韦子木，1999）[54]

在这个评论中，我们首先注意到诗句是如何构成象征的，即只有当“月、海浪、白、消逝的时光，还有那最后一声感伤的呼喊，都聚集在一起时，它们唤起一种情感”，或者说：“全部声音，全部颜色，全部形式，或者是因为它们的固有的力量，或者是由于源远流长的联想，会唤起一些难以用语言说明，然而却又是很精确的感情。”（韦子木，1999）[97]当诗句中的各个因素都发挥作用时，才构成象征，就是说，象征必须是整体的象征。接下来，叶芝强调说：“当声音、颜色、形式三者像音乐般地和谐美妙时，它们变得就像同一种声音、同一种颜色、同一种形式，它们所唤起的感情虽然互有差异，然而却是同一种感情。”（Moore，1903）[77]叶芝认为象征来自诗句的构成因素，像音乐般协调一致。他对音乐的比喻使人想起瓦莱里纯洁的音乐化理论，显然，瓦莱里只强调诗歌语言的音乐化，以及由此产生的诗情世界与梦幻世界的和谐，而叶芝更强调诗歌的各个构成因素以及整体的象征性。

其次，虽然隐喻与象征都要求人们从客观物象之外看到隐含的内容，但是叶芝还是认为它们是不同的：“当隐喻还不是象征时，就不具备足以动人的深刻性。而当它们成为象征时，它们就是最完美的了。”（Moore，1903）[77]可见，在叶芝看来，隐喻不如象征具有深刻性，它可以成为象征的基础，但象征更完美、更动人。

（二）象征的表达

一切的象征都是为了表现出感情，但是，象征怎样才能表达出最强烈的感情呢？叶芝认为，一种感情只有找到它的表现形式，如“颜色、声音、形状或某种兼而有之之物”，才能被人感知，才算是真正存在，否则，就没有活力与生气。这说明叶芝要求内在感情有相应的表现形式，只有如此，才能被人感知。形式与感情之间，形式由于感情的注入而充满生气，反过来又可以唤起感情；感情由于被赋予了形式而被人所知。他认为，表达出内在感情的强弱程度取决于象征因素的多少以及各因素之间是否协调一致。他进一步论述道："任何艺术作品，不管是史诗还是歌，其各个组成部分之间也存在着这样的关系，而且它越是完美，完美的因素越是多样化，则它在我们身上唤起的感情、力量或者说上帝的形象就越是强有力。"（袁伟，2002）[111]

叶芝还认为，艺术家的感情才是世界存在与毁灭的根源，诗人、画家和音乐家在"不断地造就人类，而又毁灭人类"（Brook，1981）[120]。无力的、虚弱的东西才真正是有力量的，而现存的、有用与强有力之物则相反，原因在于"一首小小的抒情诗能唤起一种感情，这种感情又把其他感情汇集在自己周围，并和后者融合在一起成为一部伟大的史诗。最后，由于它变得越来越有力，它所需要的形体或象征也就越来越直率粗犷，而不必那样纤巧。此时，它就带着全部汇集的感情涌溢出来，置身并活动于日常生活盲目的本能冲动之中，成为力量中的力量"（Brook，1981）[120]。一首抒情诗的作用与力量就是这样发挥出来的。据此，他认为一次战争可能来自一个孩子吹笛子，一件艺术作品就可能使"民族遭蹂躏，城市被征服"。这种感情的来源是植根在人心灵深处的原始感情，它同时也是艺术家的创作动力。诗人、艺术家能通过沉思冥想体会它，用象征意义赋予它形式，唤醒它，用自己的作品感染人。所以，叶芝最后的结论是："照我想来，孤独的人们在苦思冥想之时是从九级力量的最底层获得了创作的冲动，从而创造和毁灭人类，甚至是世界本身。"（蒋孔阳，1997）[85]至此，叶芝把世界的存在与否取决于艺术家的原始感情。

（三）感情的象征与理性的象征

叶芝对象征主义的一个很重要的发展是他把象征区分为两种：感情的象征与理性的象征。象征主义发展初期，文论家如爱伦·坡、波德莱尔、马拉美等都推崇艺术家的非理性的创作，崇尚直觉，欢迎神秘主义。而在象征主义的后期，理性又得到了回归，瓦莱里提倡诗人的思维能力，而叶芝把理性的象征与感情的象征同等对待。

叶芝认为感情的象征只能唤起人的感情，不能引起深切感动，而理性的象征可以唤起与情感交织在一起的观念，能使人透过表象，看到事物的本质，当然，如果只有观念，则不够生动形象，其生命是短暂的。叶芝对于这两种象征进行了细致深入的比较。他举诗句中的白色与紫色来加以说明：这两种颜色只能唤起人的感情，却无法说明人为何受感动，而一旦两种颜色与诗句中理智的象征关联在一起，马上就唤起人的情感与理智上的无数感悟，产生无穷的意义，结果本来无生气、无意义的事物，就像受到强光的照耀，焕发了生气，表现了难以言传的智慧。因此，理智在象征中唤起了人们对意义的联想，从而摆脱了俗世尘缘，进入仙界。叶芝比较莎士比亚与但丁的作品，认为但丁比莎士比亚的境界更高，因为莎士比亚只能使人融入现实的世界，而但丁却可以使人与上帝或女神在一起，这才是至高的境界。

达到这样的至高境界，就必须进入一种"出神"的状态，或者说"又睡又醒"的状态。叶芝认为这才是唯一的创作时刻。欣赏诗歌时，韵律可以使人达此境界，因为，一方面它"迷人的单调使我们入睡"，另一方面，"多彩的变化使我们清醒"。"在这种情况下，从意志的压抑下解放出来的心智就在象征中充分显露出来了。"或者，"当恍惚或疯狂或沉思冥想使灵魂以它为唯一冲动时，灵魂就在许多象征之中周游，并在许多象征之中呈现自己”（卞重道等，2002）[108]。可见，所谓“出神”的状态，实际上就是一种半梦半醒、近乎无意识的梦幻状态，此时，理智对人的心智的压制放松了，潜藏在人内心深处的精神就会表现出来，成为象征。而读者欣赏艺术作品，也需要使自己进入这种出神忘形的精神状态，才能体会作者的象征意义。在叶芝看来，“诗歌感动我们，是因为它是象征主义的”（Culler，1997）[114]。这里的象征主义是指与理性结合的象征主义，并非是纯粹直觉、完全无意识与非理性的神秘主义。

与瓦莱里一样，叶芝提出了理智在象征主义中的重要作用，与此前的象征主义文论家相比，显得更为辩证和全面。他主张诗歌创作并不完全是非理性的、神秘的冲动，而是需要有理性的参与，而且坚持认为理性的参与使创作更动人、更深刻、更完美。这在20世纪初各种非理性主义、神秘主义泛滥的时代，确实难能可贵。

（四）传统与个人才能

在英文著述中我们不常说起传统，虽然有时候也用它的名字来惋惜它的缺乏。我们无从讲到“这种传统”或“一种传统”，至多不过用形容词来说某人的诗是“传统的”，或甚至于“太传统化了”。这种字眼恐怕根本就不常见，除非在贬责一类的语句中。不然的话，也是用来表示一种浮泛的称许，而言外之意对于所称许的作品不过是认作一件有趣的古物复制品而已。你几乎无法用这种字眼叫英国人听来觉得顺耳，若非如此，也无法让人舒舒服服地、放心地联系到考古学。

当然在我们对已往或现在作家的鉴赏中，这个名词不会出现。每个国家、每个民族，不但各有创作的，也各有批评的气质；但对于自己批评习惯的短处与局限性甚至比自己创作天才的短处与局限性更容易忘掉。从许多法文论著中我们知道了，或自以为知道了，法国人的批评方法或习惯，我们便断定（我们是这样不自觉的民族）说我们比法国人“更长于批评”，有时候甚至于因此自鸣得意，仿佛法国人比不上我们来得自然。也许他们是这样；但我们自己该想到批评是像呼吸一样重要的，该想到当我们读一本书而觉得有所感的时候，我们不妨明白表示我们心里想到的种种，也不妨批评我们在批评工作中的心理。在这种过程中有一点事实可以看出来：我们称赞一个诗人的时候，我们的倾向往往偏注于他在作品中和别人最不相同的地方。我们自以为从他作品中的这些地方或这些部分看出了什么是他个人的，什么是他的特质。我们很满意地谈论诗人和他前辈的异点，尤其是和他前一辈的异点；我们竭力想挑出可以独立的地方来欣赏。实在呢，假如我们研究一个诗人，撇开了他的偏见，我们却常常会看出：他的作品中，不仅最好的部分，就是最个人的部分也是他前辈诗人最足以使这些诗人永垂不朽的地方。我并非指他们年轻易感的时期，乃指诗人创作完全成熟的时期。

然而，如果传统的方式仅限于追随前一代，或仅限于盲目地或胆怯地墨守前一代成功的地方，“传统”自然是不足称道了。我们见过许多这样单纯的作品，潮流一来便在沙里消失了；新颖却比重复好。传统的意义实在要广大得多。它不是继承得到的，你如要得到它，就必须用很大的劳力。它含有历史的意识，我们可以说这种意识对于任何人想在25岁以上还要继续做诗人的而言，差不多是不可缺少的历史的意识；又含有一种领悟，不但要理解过去的过去性，而且还要理解过去的现存性；历史的意识不但使人写作时有他自己那一代的背景，而且还要感到从荷马以来欧洲整个的文学及其本国整个的文学有一个同时的存在，组成一个同时的局面。这个历史的意识是对于永久的意识，也是对于暂时的意识，也是对于永久和暂时合起来的意识。就是这个意识使一个作家成为传统的。同时也就是这个意识使一个作家最敏锐地意识到自己在时间中的地位，自己和当代的关系。

诗人，任何艺术的艺术家，谁也不能单独地具有他完全的意义。他的重要性以及我们对他的鉴赏就是鉴赏对他和已往诗人以及艺术家的关系。你不能把他单独地评价；你得把他放在前人之间来对照，来比较。我认为这是一个批评的原理，美学的，不仅是历史的。他必须适应，必须符合，并不是单方面的；产生一项新艺术作品，成为一个事件，以前的全部艺术作品就同时遭逢了一个新事件。现存的艺术经典本身就构成一个理想的秩序，这个秩序出于新的（真正新的）作品被介绍进来而发生变化。这个已成的秩序在新作品出现以前本是完整的，加入新花样以后要继续保持完整，整个的秩序就必须改变一下，即使改变得很小，因此每件艺术作品对于整体的关系、比例和价值就被重新调整了。这就是新与旧的适应。谁要是同意这个关于秩序的看法，同意欧洲文学和英国文学自有其格局的，谁听到说过去因现在而改变正如现在为过去所指引，就不至于认为荒谬。诗人若知道这一点，他就会知道重大的艰难和责任了。

在一个特殊的意义中，他也会知道他是不可避免地要经受过去的标准所裁判。我说被裁判，不是被制裁，不是被裁判比从前的坏些、好些，或是一样好，当然也不是用从前许多批评家的规律来裁判。这是把两种东西互相权衡的一种裁判，一种比较。如果只是适应过去的种种标准，那么，对一部新作只来说，实际上根本不会去适应这些标准，它也不会是新的。因此就算不得是一件艺术作品。新的就更有价值；但是它之能适合，总是对于它的价值的一种测验。这种测验呢？的确，只能慢慢地谨慎地应用，因为我们谁也不是决不会错误地适应裁判员。我们说：它看来是适应的，也许倒是个人的，或是，它看来是个人的，也许可以是适应的；但我们总不至于断定它只是这个而不是那个。现在进一步来更明白地解释诗人对于过去的关系：他不能把过去当作乱七八糟的一团，也不能完全靠私自崇拜的一两个作家来训练自己，也不能完全靠特别喜欢的某一时期来训练自己。第一条是走不通的，第二条是年轻人的一种重要经验，第三条是愉快而可取的一种弥补。诗人必须深刻地感觉主要的潮流，而主要的潮流却未必都经过那些声名显著的作家。他必须深知这个明显的事实：艺术从不会进步，可是艺术的题材也从不会完全一样。他必须明了欧洲的心灵，本国的心灵——他到时候自会知道这比他自己私人的心灵更重要几倍的——是一种会变化的心灵，而这种变化呢，是一种发展，而这种发展绝不会在路上抛弃什么东西，也绝不会把莎士比亚、荷马或“马格达林宁”时期的石画家，都变成老朽。这种发展，也许是精练化，当然是复杂化，但在艺术家看来却不是什么进步。也许在心理学家看来也不是进步，或不如我们所想象的进步之大；也许最后发现这不过是根据经济与机器的影响而已。但是现在与过去的不同就是：我们所意识到的现在是对于过去的一种觉识，而过去对于它自身的觉识就不能表示出这种觉识的样子，不能表现到这种觉识的程度。

有人说：“死去的作家和我们离开很远，因为我们比他们知道得多这么多。”(Bradbury，1976)[92]确实是这样，他们便是我们所知道的。虽然，我们坚信诗人应该知道得越多越好，只要不妨害他必需的容受性和必需的懒散性，若认为知识仅限于用来应付考试、客室应酬、当众炫耀的种种，那可要不得。有些人能吸收知识，较为迟钝的则非流汗不能得。莎士比亚从普鲁塔克所得到的真实历史知识比大多数人由整个大英博物馆所能得到的还要多。我们所应坚持的，是诗人必须获得或发展对于过去的意识，也必须在他的毕生事业中继续发展这个意识。于是他就得随时不断地放弃当前的自己，归附更有价值的东西。一个艺术家的前进是靠不断牺牲自己、不断消灭自己的个性达成的。

现在应当要说明的是，这个消灭个性的过程及其对于传统意识的关系。要做到消灭个性这一点，艺术才可以说达到科学的地步了。因此，请你们当作一种发人深省的比喻来注意一条白金丝放到一个储有氧气和二氧化硫的瓶里去发生作用。诚实的批评和敏感的鉴赏，并不注意诗人，而注意诗。如果我们留意到报纸批评家的乱叫和一般人应声而起的人云亦云，我们会听到很多诗人的名字；如果我们并不想得到蓝皮书的知识，想欣赏诗，就不容易找到一首诗。我在前面已经试图指出一首诗对于别人的许多诗的关系如何重要，表示诗应当认作自古以来一切诗的有机的整体。这个“非个人”诗论的另一方面就是诗对于作者的关系。我用一个示例来暗示成熟诗人的心灵与未成熟诗人的心灵所不同之处无非就在“个性”的价值上，也不一定指哪个更有趣或“更有话可说”，而是指哪个是更完美的工具，可以让特殊的或颇多变比的各种情感能在其中自由组成新的结合。

诗人的心灵就是一条白金丝。它可以部分地或专门地在诗人本身的经验上起作用；但艺术家愈是完美，他本身，感受的人与创造的心灵愈是完全地分开，心灵愈能完善地消化和点化种种为它填充材料的激情。这些经验，我们会注意到，这些受接触变化的元素有两种：情绪与感觉。一件艺术作品对于欣赏者的效力是一种特殊的经验，和任何非艺术的经验根本不同。它可以由一种感情造成，或是几种感情的结合；因作者特别的词汇、语句或意象而产生的各种感觉，也可以加上去造成最后的结果。还有伟大的诗可以无须直接用任何情感作成：尽可以纯用感觉。《神曲》中《地狱》第十五章显然使那种情景里的感情逐渐紧张起来；但是它的效力，虽然像任何艺术作品的效力一样单纯，却是从许多细节的错综里得来的。最后四行给我们一个意象，一种依附在意象上的感觉，这是自己来的，不是仅从前面章节发展出来的，大概是先悬搁在诗人的心灵中，直等到时机成熟促使它加入了进去。诗人的心灵实在是一件储藏器，收藏着无数种感觉、词句、意象，搁在那儿，直等到能组成新化合物的各分子到齐了。

假如我们从最伟大的诗歌中挑出几段可以作代表的来比较，我们会看出各种类型的结合是多么不同，也会看出主张“崇高”的任何半伦理的批评标准是怎样的全然不中肯。因为诗之所以有价值，并不在感情即成分的“伟大”与强烈，而在艺术过程的强烈，也可以说是结合时所加压力的强烈。保罗与佛朗契丝卡的一段穿插表达出一种确定的感情，但是诗的强烈性与它在假想的经验所能给予的任何强烈印象颇为不同。在《奥赛罗》里，艺术的情绪仿佛已接近剧中真主角本身的情绪了。但是艺术与事件的差别总是绝对的：阿伽门农被刺的结合和优利西斯漂流的结合大概是一样的复杂。在二者中任何一种情景里都有各种元素的结合。济慈的《夜莺颂》包含着许多与夜莺没有什么特别关系的感觉，但是这些感觉，也许一半是因为它那个可爱的名字，一半是因为它的名声，都被夜莺凑合起来了。

有一种是象征主义竭力要击破的观点，就是关于认为灵魂有真实统一性的形而上学的说法：我的意思是，诗人没有什么个性可以表现，只有一个特殊的工具，只是工具，不是个性，使种种印象和经验在这个工具里用种种特别的意想不到的方式来相互结合。许多对于诗人本身是很重要的印象和经验，在他的诗里尽可以不发生作用，而在他的诗里是很重要的呢，对于他本身和他的个性也尽可以没有多大关系。诗歌里（从上下文看来是很显然的）有正反两种感情的结合：一方面对于美，有一种非常强烈的吸引；另一方面对于丑，也有一种同样强烈的迷惑。后者对照前者并加以抵消。两种感情的平衡是在这段戏词所属的剧情上，但仅靠剧情，则不足以使之平衡。这不妨说是结构的感情，由戏剧造成的。但是整个的效果、主要的音调，是出于许多浮泛的感觉，对于这种感情有一种化合力，表面上虽无从明显，和它化合了就给了我们一种新的艺术感情。

诗人所以能引人注意，能令人感到有兴趣，并不是为了他个人的感情，为了他生活中特殊事件所激发的感情。他特有的感情尽可以是单纯的、粗疏的，或是平板的。他诗里的感情却必须是一种极复杂的东西，但并不是像生活中的感情那样离奇古怪，给人一种复杂的感觉。事实上，诗界中有一种炫奇立异的错误，想找新的感情来表现：这样在错误的地方找新奇，结果成了古怪。诗人的职责不是寻求新的感情，只是运用寻常的感情来化炼成诗，来表现实际感情中根本就没有的感觉。诗人从未经历过的感情与他所熟悉的感情同样可供他使用。因此我们得相信："诗等于宁静中回忆出来的感情，是一个不精确的公式。"(Abrams，1953)[64]因为诗不是感情，也不是回忆，也不是宁静（如不曲解字义）。诗是许多经验的集中，集中后所产生的新东西，而这些经验在讲实际、爱活动的一些人看来就不会是什么经验。这种集中的发生，既非出于自觉，亦非由于思考。这些经验不是"回忆出来的"，它们最终不过是结合在某种境界中，这种境界虽是"宁静"，但仅指诗人被动的伺候它们变化而已。自然，写诗不完全就是这么一回事。有许多地方是要自觉的，要思考的。实际上，下乘的诗人往往在应当自觉的地方不自觉，在不应当自觉的地方反而自觉。两重错误倾向于使他成为"个人的"。诗不是放纵感情，而是逃避感情，不是表现个性，而是逃避个性。自然，只有有个性和有感情的人才会知道要逃避这种东西是什么意义。

现象学的文论初衷与思想游戏

说起胡塞尔与现象学的初衷，欧美学者开口便讲“三 H”。什么是“三 H”？当然是指 Hegel（黑格尔）、Husserl（胡塞尔）、Heidegger（海德格尔）。“三 H”说，不单指这三人姓氏都以 H 为首字母。更要紧的是：黑格尔以《精神现象学》著称于世。胡塞尔与海德格尔，并称现象学大师。所以“三 H”说，除去点明三人思想血缘，亦可代表现象学之于欧美新学的深远影响。我们若要把握当代西方文论的症候新学，最好从德国现象学入手，以求顺藤摸瓜之便。但是，黑格尔精神现象学，并不等于德国现象学。我们接触之前，不妨弄清这一名称的由来。据贺麟先生的研究，现象学（Phenomenology）一词，始见于 18 世纪德国哲学家朗贝尔特的《新工具》（1764 年）。后经康德、费希特两度借用，又在黑格尔《精神现象学》里得到阐发，遂成流行词汇。

粗略地说，朗贝尔特的现象，实为假象。所以，现象学即一种鉴别假象的方法。此后，费希特在《伦理学》（1812 年）中提出，现象学当称“自我现象学”，因为它从自我意识出发，向外推演出现象世界。为了更细地区分感性与理性，康德又在《自然科学的形而上学基础》（1875 年）中建议：须确定一个“现象学一般”的先验范解，以便将人的经验知识，限定于现象界。在此基础上，黑格尔一举奠定了精神现象学的研究目标。与康德相悖，黑氏坚持理性与感性、本质与现象的统一。其次，他虽同情费希特，却把他“由自我到世界”的过程反转过来，提出一个“从现象到本质”的经典公式。这样一来，黑氏就给精神现象学明确了性质：第一，它是进入本体论的预设阶梯；第二，其任务是揭示精神的自我显现。

黑氏声称，精神现象学之目标，是要通过现象认识本质，或由普通意识达到绝对理念。对此他做出乐观预言：“意识在趋向它的真实存在的过程中”，将逐渐摆脱异化，最终达到“现象即本质的阶段”（Abrams，2004）[126]。请注意，黑氏的现象，大致相当于中国人的体用：从客观出发，探寻规律，抵达真理，这也算得上一种格物穷理。麻烦在于，从现象到本质，绝非轻易之举：它是一个充满矛盾的辩证过程。反映到学术史上，则有可能演化成一种大起大落的热闹场景。

针对上述麻烦，钱钟书早有预见。他在《管锥编》中运用画龙点睛之笔，将那德国黑氏、中国老子放至一处，得出比较意见如下：黑格尔纵论“精神之运展”，将它概括为：“离于己而归于己，异于己以复于己。”黑格尔又称：矛盾乃一切事物之动力，辩证法否定之否定，可以像圆形，云云。啰唆半天，“数十百言，均《老子》一句之衍义”（钱钟书，1979）[17]。中国圣哲怎样看待现象与本质？老子曰：“反者道之动。”又曰：“逝曰远，远曰反。”此中精义，无非是说：天下万物，相反相成，物极必反，正言若反。用大白话说：世上那些个时髦现象，纷纷扰扰、竞相争先，转了一大圈儿，正好360度，来了个端末衔接。这岂非也是一种本质？

19世纪初，当黑氏倡举精神现象学时，正值资本主义轰轰烈烈的上升阶段。作为那个时代的精神代表，黑氏思想难免唯心，且染有浓重的理想色彩。这就给后人留下了拆解借口：如今西方社会乱象重生，人的精神分裂反悖，哪里有什么现象与本质的一致？按照尼采的恶毒说法：黑氏预告的历史进步，压根儿就没发生过。他的绝对理念，则早已沦为“理想的谎言”。黑氏错在哪里？简单说，他用心虽好，可始终不明白，反有“违反和回返”之两义：天地车轮，周而复始。天道默默，智不能得。结果，反倒显出《精神现象学》一大偏颇：即只道正反，未道反反之返。于是乎，在20世纪初欧洲动荡局势之下，胡塞尔开创的德国现象学，就不可能成为黑格尔学说的翻版，而只能是它在现代条件下的痛苦延伸、矫枉过正。

一、欧洲思想危机的产物

1938年，德国法西斯横行之际，弗赖堡大学哲学教授胡塞尔（Edmund Husser）病逝家中，享年79岁。此公笔耕终生，留下大量未及付梓的文稿。为防纳粹查抄，他的遗孀委托一个青年教士，将手稿仓促转移。就这样，一位犹太哲人的幽灵，于夜色中悄然出逃，侥幸躲过了盖世太保的焚毁令。“二战”后，在德国巴登州卢汶市建立起一座胡塞尔档案馆，内藏作者骨灰和四万页手稿。经专家编选，已出版28卷《胡塞尔全集》，另推出上百种《现象学研究论丛》，汇集研究成果。以此为基础，现象学研究由德国辐射欧美各国。有关专家说：现象学的持久生命力，堪称一大奇观。在《现象学运动》（1994年）导言里，美国教授施皮格伯格，试将这一运动的扩散状况，比喻为“像一棵树，而非一条河”。我国学者倪梁康表示：胡氏现象学已成历史，可他的思想仍保留“当下可及的理论效应”。

胡氏思想何以蔓延？究其原因，他从一开始就锁定根本，深入解剖形而上学的核心：意识与主体。一如他在《哲学与现象学研究年鉴》中所示：“我们的共同信念是：唯有返回直觉本源，以及有关它们原初结构的洞见，才能利用我们伟大的哲学传统，反思它的观念与问题。”（喻阳，2003）[105]应当说，为了追寻本源，胡塞尔勇敢地重建西洋哲学，其意义不亚于路德开创新教。专家认为，这一重建的特征是：拒绝传统哲学合法性，另立科学标准，展开反思批判；为突破形而上学，不惜开创新阐释系统；因其方向多变，终将矛盾带出哲学领域，形成变革意识的广泛外溢。既如此，胡氏变革意识缘何而生？这方面专家意见不一。个中缘由既来自他对现代危机的深刻洞察，亦来自危机对他造成的冲击压迫：1935年，这位七旬老人被纳粹剥夺德国公民权。危难关头，他发表《欧洲科学危机与超验现象学》，其中便有大段关于欧洲命运的痛苦分析："我肯定地认为，欧洲危机起源于一种误导的理性主义。"(Stein，1998)[53]。

理性的瑕疵之处，有时会误入歧途，表现为实证主义的滥觞。结果是人性苍白、虚无泛滥、纳粹兴起，理智就此变成了疯狂。因此，老人大声疾呼：欧洲如何摆脱危机？哲学怎样获得新生？我们为何不能像希腊人那样以哲学支配生活？何时方能看到"一只不死鸟，从那疲惫思想的废墟中冉冉升起？"胡氏危机感，曾令一些学者迷惑。法国哲学家利科说："这位天生不问政治的思想家，居然大谈人类危机。"关于危机，德国社会学家韦伯1923年昭告天下："科学既不适合处理价值观念，也无法回答个人生存意义问题。"1926年，英国哲学家怀特海进而指控："物理学的稳固基础惨遭瓦解科学思想的传统基础，正变得无法辨认。假如科学不想变成一堆纷乱假说的杂烩，它就必须变成真正的哲学，并对其基础进行彻底的批判。"(Lukacs，1964)[118]

哲学危机方面，胡塞尔更早表现出一种批判冲动。1910年他在《哲学作为严格的科学》中表示：当下最紧迫的问题既有科学实证主义泛滥，亦有哲学虚无主义猖獗。面对双重困境，他盼望能以严格科学为标准，重建西方哲学。又说他的目标不同于狄尔泰：狄氏精神科学只关心当下人生处境。而他的现象学，真正着眼于人类未来。狄尔泰的精神科学(Human Sciences，即人文科学)，是与尼采同时出现的"德国理想学派"。19世纪末，由于数学和物理学的长足进步，自然科学进入一个范式革命期。然而，这场革命却给人文学术带来莫大危机：一些启蒙乐观主义欧洲哲学家痛感自己的落后与被动。他们一向奉为圭臬的形而上学，如今在科学挑战下岌岌可危。经济与法律学者大批倒戈、转向实证。而在传统人文学科，随着教亡情绪的激化，学者们开始仇视自然科学，甚至要求与之分离。如此乱局下，狄尔泰的精神科学，便成为一项诱人的应变方案。

狄氏《精神科学引论》扬言：精神科学将与自然科学鼎足而立。它要体现科学精神，又不沦为科学附庸。为延续人文传统，它将坚持以人为中心，重视文明研究，云云。夹在尼采和狄尔泰之间，胡氏被迫左右开弓：针对虚无主义，他提出理性的确定性及其科学依据。同时他攻讦狄尔泰的历史主义，说它只会导致"平庸的哲学相对论"（葛林等，1987)[103]。与狄氏分治计划不同，胡氏发誓要继承康德，即利用理性批判，推进哲学的科学化，以保证两大科学合二为一。

以上所述，正是胡塞尔创立现象学的初衷。我们知道，从20世纪初到第二次世界大战前夕，欧洲社会持续动乱，政治冲突愈演愈烈，一度遮掩了世人对于哲学危机的关注。身为思辨哲学家，胡氏从不关心时事，也反对学生参与政治。然而，参禅打坐的圣贤形象，并不意味着他无视现实。事实上，随着德国局势恶化、造成对他个人生存的挤压，他的危机意识不断得以深化。

在《胡塞尔思想的发展》中，德国学者德布尔指出，胡氏一度担心：科学的贫困，会促使各种世界观蔓延。然而第一次世界大战"让一切都发生了根本变化"。战后，胡塞尔被迫既反对历史相对主义，又反对自然主义。与之同步，他的批判也相应集中于一个基本问题，即理性误入歧途，科学"再也不能回答人类生存的严峻问题了"(雷体沛，2006)[69]。

在《危机》中，胡氏总结他对科学的两大指控：第一，现代科学已然堕落为实证主义。就是说，它抛弃哲学的高尚目标，只关心数据、操作和应用。这使它沦为一种“科学残余”。第二，现代科学取消了精神探索，又无意面对价值规范。为此，它注定要失掉对于人类生活的总体把握。而这种“被砍掉脑袋的科学”，终将威胁社会，加害于人类。这里，胡氏科学批判并非单纯反对科学，他的着眼点依然落在哲学重建上。从1910年的《哲学——严格的科学》，直到他晚年的《危机》，其目标始终未变，即以现象学重组西方哲学，尤其要克服那种“伽利略客观主义与笛卡儿主观主义”分道扬镳的可悲局面。胡氏确信：唯有提供一个完整的现象学哲学基础，方有可能扭转“哲学从中心撕裂”的历史危机。

二、心物统一之路的恪守

诚如美国的施教授所言：胡氏“在猖獗的非理性主义包围中，恪守信念与人性的力量，为重建西方哲学，做出了真正开创者的工作”（李振声，1998）[104]。问题是：他的奋勇努力，阻止不了西洋哲学裂解，也无法改变资本主义文化畸变。时至今日，我们在评估胡氏遗产时，仍能感受其中的悲剧意味。下面，让我们沿着胡氏思想发展线索，看看他在三个学术阶段的理论要点。

哈尔大学阶段（1886—1900年）是胡氏思想的发端期，也是所谓“描述现象学”阶段。胡氏早年是一个来自摩拉维亚（今属捷克）的犹太青年。他先后在莱比锡和柏林大学攻读数理逻辑，并于1883年在维也纳有幸结识布伦塔诺教授。在这位名师的鼓励下，他下决心以哲学为业，继而在哈尔大学任教期间，写出他的早期名著——《逻辑研究》两卷本。《逻辑研究》的主旨，是将心理研究与逻辑方法相结合，建立一门“关于纯粹意识的科学”。依照胡氏定义，现象学既以意识研究为目标，它就不只是一门联系诸学科的科学，还是一种“特殊方法与思维态度”。

20世纪初，欧洲诞生了第一批心理学家。这些人羽翼未丰，曾说过：“意识乃一件‘通过感官收集印象’的容器；其中内容，则与外界事物保持生理感应。仿照洛克经验主义，他们还把人的心理活动看成类物理现象，企图从中归纳出机械规律。对于胡塞尔而言，如此冷酷操作，不啻是用乱刀切割人心。结果，便造成哲学这一万学之尊的痛苦分裂。”（林同华，1994）[131]自大学起，胡塞尔就为这一分裂陷入苦恼：他不赞同叔本华的生命哲学，却怎么也摆脱不了笛卡儿的沉思。面对“主体的奇妙；他赞叹不已，心醉神迷。意识的真理，究竟装在何处？”胡塞尔相信圣奥古斯丁的教诲：“无须寻找，真理就在你的心中。”（林同华，1994）[131]经在导师布伦塔诺的影响下，他立志发掘意识本质，将它改造成一门严密精细的逻辑科学。美国施皮格柏格教授说：胡塞尔同黑格尔一样，非但推崇理念、重视主体，而且都把意识研究当成了哲学基础。差别在于：胡氏更多一层直观方法与结构分析。他所说的现象，也不尽等于精神现象。我们已知，黑氏的现象原为一种表象，它经由历史进程，逐渐显露本质，最终完成对立统一。如今两元论裂解，如何恢复统一？

胡氏拯救方案，是将意识重新定义，称作心物统一体。该统一体力图打破二元对立：它既非物理学实在，亦非心理学现象，而是胡氏所谓的“先验本质”。打比方说：人的意识如同一个包裹，它含有一套关联构造，即能在心与物之间往返沟通，实现交流。说穿了，胡塞尔别出心裁，是要发明一个独立存在、心物交流的精巧结构。为了摆脱主观与客观的双重偏见，胡氏大胆设想心物统一，精心描述意识构造。在此基础上，他期望建立一个新哲学本体，以此弥合心物分裂。对此，贺麟先生批评道：作为一种本体论，胡氏现象学轻经验、重观念，尤其强调观念的本质直观。由于胡氏一度把现象称作事物，有人误以为他要返回客观世界。殊不知，现象学的分析对象，恰是人的意识和观念，以及一种人为制造意义的“意向发生结构”。

胡塞尔读书期间，追随布伦塔诺教授，亦步亦趋。故此，他对老师早年提出的“意向理论”，早已轻车熟路。依照布氏之说：人间现象千变万化，皆可分为物理与心理两种。其中的心理现象，自有一种意向性。对此，布伦塔诺定下两项原则：第一，作为事物在人心理上的对应项，意向可以单独存在，而不必依附外界。换言之，真理既不来自客观世界，也不出自主观意识，它只依赖于一种人心内在的“自明判断”。第二，既然真理涉及内在逻辑，我们就应了解意识的活动结构。拉丁文中，意向一词，原指追求型的心理行为。布氏发现，意向有两个端点：一是意向，二是意向对象。人的一切意识活动，都在此两极中自动展开。此外，意向具有主动性，它能产生创造性思维。与此同时，它又能指谓对象，并与之相应。两者互动，缺一不可。受老师启发，胡氏在《逻辑研究》中，全力展示人类意识活动的丰富性。出于对布氏静态描述的不满，他又在方法上大胆创新、超越前人。例如他引荐逻辑规则，借用构成观念，并且参照科学标准，细致入微地区分、鉴别了几十种意识类型：诸如表象与判断，命名与陈述，反思与统觉，等等。

在此基础上，胡氏揭示出一系列前人未知的意识遮蔽现象。其中突出的发现，即有关意向活动与意向对象的平行律。从逻辑学角度看，这一心理活动规律，恰好对应语言学上“真理陈述与参指事物”（Plato，1888）[39]双层结构。反过来说，唯有依照逻辑学的严格规定，上述意向结构才能被胡氏抽取出来，加以本质直观的研究。西洋哲学史上，笛卡儿力主我思，造成唯心主义盛行，哲学主体封闭。19世纪欧洲实证主义，偏又陷入了机械唯物论。与之不同，胡塞尔慧眼独具、匠心专一：他先将意识分解成两半，或具有不同功能的两层，复加以逻辑焊接，得出一个心物吻合的统一结构。

在胡氏看来：人类意识前一半，是具有综合功能的统觉；后一半属于观念或内在体验。针对后一半他表明：观念是一种“替代性表象”。作为反映事物的心理替代，它也是由语言符号承载的意向。为打破笛卡儿的我思，胡氏突出意向超越功能。他表示：意向不仅瞄准、替代对象，还具有飘逸逃脱的可能。请注意：这一见解深刻影响欧美语言学转向。德里正是受到意向飘逸、替代缺憾的启发，展开他对现象学的批判。既然“意向性的弓箭指向世界”，我们如何控制它的散漫飞行？此后的研究中，胡氏不断返回意识的前一半，即统觉构成。他发现：在此高阶活动中，意向受到了十分复杂的转换处理。套用现象学术语，它们必须经过“立义、充盈、反思和变更”，方可形成特定条件下的生动意义。具体说，意象平行律是这样发生作用的：“日常生活中，我听见别人说话的声音，立即意识到，这是含有一定意义的词语。此时，声音作为物理现象发生变形。于是，我同时进行两种平行的心理活动：一面经由符号，唤醒我心中储存的观念；另一面则通过反思与变更，形成超越对象的认识。而我原有的观念，也相应得到了充盈，或被赋予新的意义。”

（陈浩莺等，2004）[146]

总之，胡氏的《逻辑研究》力图证明：人类意识活动本是一项综合过程：它基于身体知觉，又能诱发心理变化。为了把握其运作方式，我们最好把它视为一个独立自在的“意向功能系统”。而其中的感觉内容，不过是它“用以编织一个超验世界模式的原材料”。

胡氏在哥廷根大学十六年（1900—1916 年），正是现象学的传播期。此时的胡氏，俨然成了一个乱世圣贤：他当众宣讲现象学，心诚意切、感天动地。针对人间危难，他又口吐莲花、指点迷津，吸引了大批追随者。诸如英伽顿、列维纳斯、梅洛-庞蒂这些外国学子，也纷纷慕名而来，聆听他讲经布道。许多人相信，现象学不单是一场哲学革命，它还能帮助世人重建信仰。然而 1907 年，当胡氏公开发表《现象学的观念》时，众弟子误以为老师立场倒退，一时间埋怨四起。何以如此？有专家表示探索意向结构，本是一桩曲高和寡的工作，加上胡氏步履艰难、一再改变研究方向，更加剧了接受混乱。此时，胡氏给自己定下的新任务是：针对自然主义假设，接受混乱。此时，胡氏给自己定下的新任务进行本质还原，以便克服世人偏见。

所谓自然主义假设，是指 20 世纪初流行的科学世界观：它一方面受形而上学支配，一方面耽于经验知识。在胡氏看来，这一假设原本不乏真知灼见。可由于自然主义误导，它不断遭到夸大扭曲，现已变成欧洲人不假思索的流行观念。对此，胡氏在《观念 I》中尖锐指出：我们面临的并非什么真实世界，而是一个充满混乱的非世界。就是说，假设的错误在于“意向与对象不对称”：两者间不仅缺乏和谐，而且彼此冲突。请注意：此说暗中应和尼采，即“理想成了谎言，成了灾祸”。但胡氏毕竟与尼采不同，他坚信：意识乃存在之母，也是一切可能世界的诞生地。人的先验意识，更是一个新世界赖以形成的先决条件：“当人的意识表现出某种内在秩序时，一个世界便会应运而生。”（史忠义，2001）[137]

自然主义假设恰是一种先验意识。它促使欧洲人自负自信，无视灵魂深处的危险。在《现象学的观念》中，胡氏揭示一条事关全局的隐秘：即欧洲人的意识，非但不指向真实世界，相反，它是自然主义掩盖下的“意识结果”。这种虚假观念，实乃一种遮蔽意识的“自我统觉”。为扫荡偏见，胡氏苦苦探索还原通道。《逻辑研究》称：现象学任务是揭示意识行为，将其还原为意向。据此他提出现象学还原：即要求人们放弃成见，关注主观显现。不久他又强调本质还原。所谓本质，关系到人的知觉、想象、回忆等。这些都与意向分析有关。举例说我从不同角度观察一件明代家具，依次看到几个美妙倾面。当我回忆这件佳作时，那些侧面竟能自动组合，形成一个完美形象。这说明：意识具有综合力。如此显现在意识中的直观对象，胡氏称之为本质。

本质还原遭到学生诘难。在他们看来，这本质无非是些主观要素。即便有所发现，又有其用？对此胡氏在《现象学的观念》中辩解道：“我们并非否定现实存在，而是要摆脱关于它的荒谬解释。”（王博，2004）[65]随之他提出先验还原，即将客观实在存而不论、加上括号。或者说，他要“排除独立存在的世界，代之以经验、感觉、回忆、判断等”意识构成。这一执拗到可笑的还原方法，胡氏称作悬置。他断言：置入括号的不是世界本身，而是自然主义假设。在他心目中，悬置并未放弃研究对象。相反，它要“把世界从谬误中解救出来”（王博，2004）[67]。

三、锲而不舍的意志

迄今为止，我们看到胡氏坚持奉行两项原则：第一，坚持先验唯心，描述意识结构，以便寻找意义之根源。第二，为批判传统假设，他在方法上突出反思和还原，以期获得透视现象的锐利目光。在他看来，西方科学与哲学的共同错误，莫过于“迷信事实”。这种挥之不去的忧虑，说穿了，是认准西方人犯下了弥天大错，而病根就在他们心中。胡氏这一锲而不舍的还原意志，有专家戏称为“咒语”。就是说，他不依不饶，发狠赌咒西洋人文学术，直到它崩裂瓦解为止！果真，胡氏不但没能实现心物统一，反于不期中掀翻了自我论（Egology）这只潘多拉的盒子。从此往后，欧美思想波涛汹涌，泥沙俱下，乱力神怪，骚动不止。说句玩笑话：这一大堆理不清、斩不断的麻烦，俱与他老人家大有关系。

围绕胡氏与现代思想，德国学者图尼森在其名著《他人》（1977年）中表示：现代思想一向以笛卡儿“我思”为支柱。20世纪欧美哲学反其道行之，日益走向主体消解。以此为主线，胡氏的不懈努力，便可看作是“反笛卡儿趋势”的痛苦萌发：它一方面批判笛卡儿趋势，将其推至极端；一方面又因应形势，开创改造工程。图氏的这一重要见解，有助于我们了解胡氏思想的动机与效果。

弗赖堡大学阶段（1916—1938年），胡氏当了二十年私人讲师，终于在1916年升任弗大教授。不料第一次世界大战爆发，令其研究受挫。两个儿子参军后，一死一伤。祸不单行，他的大弟子海德格尔，竟也与他分道扬镳。1933年海德格尔升任弗大校长，胡氏却被赶出校门。这桩公案，预告了现象学家门不幸：其中一个杰出女学生，汉娜·阿伦特博士，从此仰慕萨特、推崇法国存在主义。她的思想转向，不啻是对德国哲学理想的一大讽刺。胡塞尔这位理想英雄，在两场大战间度过凄惨暮年：他一头饱受命运嘲弄，一头呕心沥血，写下《笛卡儿式的沉思》《互主性现象学》等大批手稿。令人叹息的是：在他身后，我们很难找到具有如此献身精神的哲学家。继之而起的，多为一些怀疑成性，或以拆解为乐的新派学者。

1922年，胡氏在英国讲演时宣称：人生奇异者，莫过于自我意识。这是因为：我知道自己存在，并能借助我思去了解其他。他表示：“哲学新手可能觉得这是一个充满唯我论鬼魂的黑洞。真正的哲学家不会逃离，反而要尽力把它照亮。”（胡家峦等，1992）[107]这一激进唯我论，乃是导致胡氏晚年痛苦的根源。我们已知，胡氏早在《观念Ⅰ》中，已形成一个有关意识构成的经典公式。此举剖开了笛卡儿的我思硬核，将其延展为一个三段相连式：我（Ego）、我思（Cogito）、我思对象（Cogitata）。不难看出，“我”作为中心，控制一个主客体复合结构。就是说：唯有以我为出发点，才能指向客体或他人。可惜，胡氏背水一战，却无力突围：他撇开了生物自我、心理自我。可他真正看重的，仍旧是一种笛卡儿的先验自我。通过还原胡氏盼望发现一个纯粹的自我意识领域，或称“现象学可以抵达的绝对主体”。然而，他的这一构想始终难以确立。与此同时，他极力推翻自然主义假设，可他不得不把人视为一种双重存在。这是因为人乃自然产物，原本具备了物理品性。同时，人又兼有心理构造与精神独立，并与物质世界保持种种经验联系。在此难题上，胡氏被迫作出妥协，承认两种存在都是人性。

仅凭“二战”前的科学水平，胡氏无法证实心物统一。然而，他又不甘心无所作为，坐待科学发展。为了摆脱自然假设，他只好临时假设“现象学的统一”。他在《逻辑研究》中说，心物之差异，在于所予方式：心理存在是内在充分所予的，物理存在是在三维空间中被给予的。后者不能被人充分知觉。两者虽有不同，却又不可分离。如此看来，胡氏是陷入了双重认识论，并且终其一生，难以自拔。对此，他并非浑然不觉。《笛卡儿式的沉思》中，他反省自己的骑墙立场：当年笛卡儿高扬我思，将它作为测度世界的阿基米德点，可是笛氏不能免俗，最终走上了肯定自然科学之路。如今胡氏遭遇的难题是：无论人的意识多么独立完美，它岂可一面依赖世界存在，一面又把世界当成自家的产物？介于鱼与熊掌之间，胡氏辗转反侧、痛苦不堪：他指望通过悬置、失去世界，再依靠自我审视，重新赢回它来。不幸之至：悬置虽说有利于质疑，可它分离出来的显像领域，犹如大海中的孤岛，依然不着边际。为摆脱上述窘境，胡氏在《观念Ⅱ》和《危机》中，连续提出三个命题。它们分别为：物质关联项、生活世界和互主性。

作为意识的关联项，胡氏称意识是所有物质的根基，它对物质拥有绝对支配力。据此，物质世界沦为一种相对可变的副现象。换言之，物质缺席不影响意识的独立存在。它的到场，却能帮助意识构成意义统一体。《观念Ⅱ》断言：世上各种实在，构成意义统一体。这统一又来自“意识的意义赋予”。反之，由于人的意识不以任何因果方式依赖自然，“自然存在就不是意识存在的条件，而是作为意识的关联项产生”（王岳川，1999）[76]。《观念Ⅱ》表明：当意识指向物质世界时，这世界便会沾染主体性，并具有视域结构。这一由主体性支配的世界，胡氏称作周围世界。它不可解释，只能被人描述，因为它与我的关系是意向性的。换言之，我可以顺应世界，亦可以抵抗它，这完全取决于我的个人意愿。《危机》中，胡氏修改此说，将它称作生活世界。在他看来：自然主义假说十分阴险，它让我们相信“一切理当如此”，并从此放弃思考，不对荒谬世界发出质疑。生活世界，代表胡氏晚年又一条还原通道。他希望以此鼓励世人，抛弃假设，加强反思，进而追问那个悲惨世界：你为何如此？难道我们这辈子就没有一点儿改变可能？

所谓互主性（Mutual subjectivity），是胡氏晚年一大创举，亦是他无法突破之思想瓶颈。众所周知，主客对立是西洋哲学的核心机制：它不仅涉及主客，更牵扯到我/他、我们/他们等诸多关系。到黑格尔为止，西方人讨论主体。无非是以自我（或欧洲文化）为中心，由近及远推展开去。此处的客体，相当于康德所说的“物自体”，及其针对主体而言的有效性。很显然，此种主体观迂腐僵化，已构成西方思想发展的严重障碍：如同一个百岁老人，同时患上了血管硬化、心肌梗死，他的唯一生路，就是被送进医院，做一次复杂精细的心脏手术。胡氏提出互主性，即等于打开西洋哲学心脏，施行高难度的手术。他的目的，是割裂我思、打破唯我；二是将单一主体扩开为复数主体，以期造就一种充满交往活力的互主性现象学。通过大量案例分析，胡氏发现：在每个狭小自我中，无不隐含着一个或多个异我（Alter - ego）。非但如此，胡氏说：正是由于这种隐含，世界的先验意义才得以构成。

于是，胡氏把互主性视为一切精神现象的基础。他认为，我们可以借助互主性，来把握世界的原初构造。互主性表明：各主体之间，存在某种中介性。在它之上，耸立着“作为互主性构造结果”的生活世界。再往上看，才是那个所谓的客观世界。也就是说：由于虚假自然观念的支配，客观世界貌似理性、实则荒诞，亟须加以道德伦理上的全面调整。说来好笑，胡氏从笛卡儿的狭隘小我出发，历时数十年，辛苦探讨我与异我的关系，居然抵达不了区区一个他人目标！由此可见，西洋哲学改造，或称心脏搭桥手术，是何等艰巨、令人烦恼！不过话说回来，胡氏较其前人，毕竟开明了许多。他的主要优点在于：第一，胡氏的我思对象，不再混淆物自体与他人。根据图尼森教授的说法：德国经典哲学家，一向对这两者不加区分，均写作 Andere。从胡氏开始，欧美学者恍然有悟，开始注意细分两类不同他者，并从中提取一个通用公式：它物（it）和他人（the other）。第二，胡氏除了贬低它物，突出他人构造的复杂性，还勇于承认他人的存在："我经验他人，他们现实地存在着。一方面，他们作为客体被我经验，而不仅仅作为自然物体。另一方面，他们又作为相对独立的主体，一一被我经验，就像我经验他们一样。"（伍蠡甫，1979）[143]

对于胡氏的这番宽宏大度，图氏不无遗憾地批评说：胡氏接受他人，可这个他，并非我的孪生伙伴：他没有与我平等的第一性，他只是我的派生、异化或统摄对象。夸张一些讲，胡氏的这个"我"，如荒岛上的鲁滨逊：其伟大我思主体，高高凌驾于一切星期五之上。唯有在我（西方中心）的先验视域展开之后，其他各类野蛮、愚昧、不开化的二流主体，才有可能被我发现，被我经验，并加以主动把握。而我"决不会因为遭遇他人，而感到惊讶，或轻易被人改变"。如此说来，即便我能构造他人，或通过想象进入他人意识，多少感悟出他那类似于我的人性，"可他在本质上还是陌生人，是一个毕竟不同于我的异我"。对于这一窝囊结果，当下欧美学界多持嘲讽态度。德国专家海尔德称："（胡氏）不回答互主性问题，就无法阻止现象学的失败。"（叶维廉，2006）[51]哈贝马斯不无同情地表示：胡氏试图"从单子论推演出互主性关系，以构造一个共享的世界视域，但这个尝试失败了"。另一位德国哲学家卢曼，干脆抱怨互主性是个尴尬用语："它表明人们再也无法坚持主体，也无法规定主体。"（叶维廉，2006）[51]

公平而论，胡氏敢于对西洋哲学动刀，不失为一壮举。手术失败，并不意味着哲学就此完蛋。相反，恰恰由于胡氏留下一道难题，后人才能围绕"我他关系"在哲学及其毗邻领域，持续开拓、不断创新、有所进展。这里，值得注意的是：层出不穷的创新理论中，既有海德格尔填补空触的共在观念，有巴赫金另辟蹊径的对话原则，有克利斯蒂娃的互文阅读，有福柯当作分析利器的话语理论，也有哈贝马斯赖以重建的交往理性。时至今日，这些争论已使互主性问题完全冲破了哲学的藩篱，愈发具有了语言学、政治学、社会学、文化研究的跨学科意义。

症候6讲

形而上学的当代色彩

1927年正值胡塞尔陷入意识迷宫、苦苦寻找还原通道时，他的弟子海德格尔(Martin Heideger)发表了名著《存在与时间》。令人惊讶的是，这本为晋升教授而匆匆付梓的新书，居然不胫而走，变成“20世纪划时代的哲学著作”（赵一凡，2006）[143]。海德格尔一夜成名，跻身德国大哲学家之列——先是与胡塞尔鼎足而立，渐渐竟形成一股取代之势。对于《存在与时间》一书，欧美学界评价不凡。德国学者洛威特说：它规定了战后思想的批判基调，凸现西方文化当代色彩。关键是：海氏一反胡塞尔重建目标，公开倡扬危机意识，继而祛除形而上学的合法性，使之沦为反思目标。美国专家克莱尔称：此书作为反传统典范，扭转时尚、打破困境，令现象学“获得意想不到的重新表述”。而它针对西方哲学史的通盘批判，不仅暴露出大量矛盾，而且打破传统连续性，正式宣告了西洋哲学的终结。

如此惊世骇俗，海氏究竟出自何样背景？事实上，此人出身寒微，经历简单。加之他晚年深居简出，后人几乎找不出多少话来渲染他的身世。只知道海氏之父本是德国巴登州乡下的教堂杂工。而这位父亲的最大愿望，不过是儿子长大后，能当上一名黑衣教士。说来也怪，这个名叫马丁的穷孩子，读神学时迷上了哲学。1914年他在弗赖堡大学戴上博士帽，1916年当上讲师。这一年，碰巧胡塞尔来弗大主持讲座。乡下娃得见名师，不但学术上饱受教益，而且从此有了职业保障。1920年海氏成为胡氏助手，1923年荣升教授。1928年《存在与时间》问世后，胡氏又举荐海氏继承自己的讲座。从此海氏便在弗大教书，并在纳粹统治时期当过一段校长。“二战”后他放弃教职，隐居山中三十年，直至1976年故去。

一、师（胡塞尔）与生（海德格尔）的观点分歧

专家公认，《存在与时间》出版，恰是这一对师生反目之始。于是在讨论海德格尔之初，我们就面对一个“胡海歧异”现象。问题是：对于现象学运动，海氏是信徒还是叛逆？比较他与胡氏思想异同，孰轻孰重？他对胡氏后来居上的超越，又具何等意

义？此事说来话长。身为老师，胡塞尔器重自己的高足。他常说："现象学，海德格尔和我而已。"（袁可嘉，1989）[76]《存在与时间》的出版也经胡氏亲自安排。可他并不喜欢此书，觉得它偏离了现象学原则。1930年后，胡氏多次批评海氏立场，认为他奢谈存在，误入人类学歧途。弟子这边，犹如亚里士多德之于柏拉图，海氏也摆出吾爱吾师、吾更爱真理的架势，称胡氏为"传统哲学的摩西"：他虽指明一条走出意识沙漠之路，可他本人却未能进入"存在的绿洲"，这一比喻，或可帮助我们把握二人既衔接又冲突的关系。据此，有人归纳海氏对胡氏的三项批评为：第一，胡氏旨在打通意向，可他不能回答何谓意识；第二，胡氏沉迷于本质还原，却无法逾越意识与世界的鸿沟；第三，胡氏拒不考虑意识与经验的混合存在。由于漠视长青之树，他的意识科学只能是一种灰色理论。

然而，海氏离经叛道，并不意味着他同老师一无相通。事实上，两人都是革新哲学家，也都出于他机驱迫，才走上现象学道路。只不过他俩应对危机的态度截然不同。德国文化史家缪塞尔，在其名著《无定性之人》（1960年）中表示：从20世纪初到德国1945年战败这段历史，本是胡海二人思想形成的大背景。同时，这也是哲学史上所谓的贫困时代。自打尼采发疯之后，"从19世纪末腐臭的文化死水中，突然升起一股狂热。无人知道发生了什么，谁也说不清将会出现什么：某种新艺术、新人、新道德，还是一场社会革命？"（张耕云，2007）[112]在尼采的咒语声中，偶像倒塌，信仰破碎，历史断裂。呼应他的癫狂，一批半疯半痴的现代思想家，诸如荷尔德林、叔本华、克尔凯戈尔、陀思妥耶夫斯基，相继成为末世精神的表率：他们或飘然若仙，或装神弄鬼，写下许多让人心悸的哲理文字。

在缪塞尔看来，这批狂人泛滥于"上帝死后"，其中不乏精神创新领袖，也有不少虚无之徒。由于难以界定，缪氏将其统称为"危机造就的无定性之人"。随之而来的20年代，史称现代主义高潮阶段。1981年，美国学者瓦尔德发表《赞同的地平线》，又称它为一个新旧交错的思想酝酿期。他指出：爱因斯坦相对论的发表，标志欧洲危机意识达到顶峰，并从思想界漫越而出，混杂于各色现代派文艺思潮中。在此交融态势下，欧洲文化史上的众多新派人物，由于对待危机反应不一，故而大相异趣。其中有些人，属于"眷念传统的正人君子"，例如警示西方没落的史学家斯宾格勒、悲歌精神荒原的诗人艾略特、追忆似水年华的作家普鲁斯特。可在达达派绘画中，在《尤利西斯》的荒诞叙事里，在庞德颓废而新奇的诗句中，我们屡屡发现这种玩世不恭的嘲讽想象。瓦尔德关注这一变异想象，将其称作现代派母体中孕育的"后现代胚胎"。不过在他看来，这怪胎要等到"二战"后，才会发育成形、呱呱坠地。

参照瓦尔德分类，我们似可窥见胡海二人深层的差异：他俩相差30岁，所以在应对危机的态度上，必有一条代沟相隔。比较那些现代派大家，胡氏无疑属于其中的老派人物，一如伤逝怀旧的斯宾格勒、走入教堂的托马斯·斯特尔那斯·艾略特。面对危机，这个虔诚不二的传统信徒迸发出悲壮绝伦的拯救意识：他坚持重建目标，却不能忘情于理想。大致说来，这理想要求哲学具有第一性、绝对性、纯粹性，以及一整套完美无缺的理论体系。相比之下，海氏便少了几分盲从，多出一些现代派的冷峭。例如他质疑哲学理想，否认科学标准，而且从不追求严整体系。对于西洋哲学，他动辄嗤之以鼻，不是笑它犯了“弥天大错”，就是批评它“惯于遗忘”。结论，只有轻飘飘的一句话：西方哲学气数已尽。

至此，我们依然记得，当庞德代表文艺界宣告传统崩溃时，也曾采取过某种相当恶毒的戏谑口气。请看他那划时代的名句：“从牙缝中挤出一句脏话，那文明便扑哧一声完蛋。”从此二人叙事方式迥异，倒不乏异曲同工之妙。

二、存在与亲在

身为哲学家，海德格尔生性严肃，其固执程度不让其师。身为胡氏门生，他熟谙现代危机的严重性，也感佩老师的拯救精神，可他只承认现象学的早期目标，即返回本源，寻求真理。此外，他与胡氏同样迷恋哲学的玄妙，并扬言“终生只想一个问题”。然而海氏思考的问题，虽因老师而起，偏又远离老师的思路。概括讲，胡氏的问题是意识，海氏的问题是存在。他俩都对自己的问题自卖自夸。胡氏称：“一切奇迹中最奇妙者，莫非纯粹自我与纯粹意识。”海氏学舌道：“天下万物，唯有人能经验一切奇迹的奇迹，此即现实的存在。”（张大明，2001）[107]像他俩这样各持己见、针锋相对，真可谓有其师必有其徒了。

海氏何以迷上了存在问题？说来感人。海氏上中学时，读过他老师的老师、布伦塔诺教授的大作《论亚里士多德关于存在的多种意义》。这个17岁男孩从中发现：早在古希腊时期，存在问题就是第一哲学。古人眼中，实体或理念均为存在。哲学家从古至今地追究存在，也都是为了解释人生与宇宙奥秘。然而此书让海氏困惑不已：亚里士多德比较各种存在，可他并未给出存在的统一定义。“假如存在多义，什么才是它首要而基本的含义呢？”（张大明，2001）[109]

带着上述疑虑，海氏上下求索，终于在《存在与时间》中提出一个令世人震惊的大问题：西方哲学从一开始，就混淆了存在与存在者，并因此遗忘了天下第一哲学命题，即存在。好一个语不惊人死不休！此言一出，就等于指控西方哲学犯有原罪。证据何在？原来存在一词，在古希腊文中写作on，它是系词“是”（einai）的现在分词。依据希腊文法，任何描述事物（存在者）的句子，都须与之相联。同理，一切哲理陈述，也都含有并且分享存在之义。麻烦在于：on既可表达某物存在，亦能指示各种存在者本身。两者混淆，便引出亚里士多德在《形而上学》中有关“存在多义”的长篇大论。

亚氏从修辞学入手，发现指示存在者的单词，多可相互修饰：譬如生命是运动、运动即生命。也有例外：我们说“苏格拉底善辩”，但不好说“善辩者即苏老先生”。鉴于此情，他将“被修饰的存在者”称作本体，又对那些修饰本体的存在者细加区分，依次定名为数、性、状、时、地等范畴。他相信：本体是独立的存在本质，其他存在者理当依附本体。照此推论，苏格拉底岂不也成了本体？对此，海氏大为不满。在他看来，这种本体仍旧是存在者，而非存在的本质。而他所瞩目的存在正是on。问题是抽象的on本无意义。唯有将它置于上下文中，方能显出其存在的具体含义。

那么，何谓存在之上下文？海氏从胡氏现象学中找到了出路：意识本是一个显现过程。就是说，人通过综合、判断与反思，能促使对象显露出来。换言之，意识的对象，即是存在者。而存在的真义，正在于显现。如是，海氏便能利用胡氏现象学成果，为自己另辟蹊径。他承认："倘若不是胡氏的《逻辑研究》为他奠定了基础，此后的研究绝无可能。"（张寅彭，2006）[109]

古人的错误情有可原。但谬种何以流传、导致西方哲学之大讹？为揭破谜底，海氏放出侦探手段，在《形而上学导论》中大举考据"on"的词源。他发现"on"在德文里写作动名词"das Sein"（英译 Being），而不是动词不定式"Sein"（相当于英文 To be）。此事看似微小，却从根本上歪曲原意。我们已知，"on"作为是的现在分词，兼有动词与名词双重性质。可它在德文中莫名其妙地名词化，祛除了变化功能。是谁阉割了"on"？

据海氏考证：各类印欧语言中，动词不定式出现较晚。在此过程中，德国人也给一批动词添加了冠词。"Sein"加上冠词，便有动名词"das Sein"。粗看起来，两者都是存在。海氏却指出："通过从不定式到动名词的转变，不定式原有的变化空间被限死，存在成为严格对象。存在本身蜕变成了存在者。"（张乾元，2006）[83]很明显，名词化损失了"Sein"的重要古义。譬如古人称存在为在场，这便兼顾了"在场与在场者"。如今"das Sein"剩下一个空名，仅仅针对存在者。如此看来，"on"所代表的存在，本可凭借上下文，派生出无穷含义。如将它视为抽象动名词，它便紧缩为存在者，失去了生成变动之义。所以海氏称：西洋哲学误解存在，错在它的提问方式：它不断追问存在者，却忘记一个大问题，即存在者为何存在？出于同样缘故，古人未曾弄明白的存在问题，一路马虎下来，竟被欧洲人篡改成了本体论（Ontology）。什么是本体论？海氏痛斥道：它是一门毫不顾及存在的学问！海氏与胡氏渐行渐远：他执意返回存在，却不在意胡氏的还原。他瞩目个人命运，并因此厌弃胡氏的抽象主体。更有甚者，他极为蔑视胡氏口中的先验意识，一心要解释生存方式如何规定人的本质。难怪胡氏埋怨说，他滑入了人类学的陷阱底端。

在海氏看来，人不但是存在问题的出发点，也是无数存在者中最为特别的一类。为此，他将人称作亲在（Dasein）。他的理由是：天下万物，千差万别，唯有人能意识到自身的存在。而人之所以为人，则是依据他所采取的生存（Existence）方式。所以，唯有选择一种亲在的独特视角，方可理解并且说明：究竟什么才是人的本质？进而他列出亲在的两大特征：第一，它拥有丰富的可能性，即能对自己的存在意义不断有所领悟与反思。第二，亲在"总是我的存在"：它虽属于自我，却无法脱离它生存的世界。据此海氏提出著名公式：存在于世中。该内涵有三个环节：第一环是世界。大意是说，这世界并非什么空虚观念：它真实而具体，复杂且难驾驭。每个人都被抛入世界。无论我是认同还是反抗，这世界总是默然耸立。第二环是于世中。人生在世，总要面对天、地、神、人。考虑到其间的复杂互动，海氏说亲在依赖共在而存在。为了克服主体性弊端，他又强调："亲在的世界乃一共同世界。所谓在世，就是与他人共在。"（朱通伯，1996）[93]最后一环是存在于。哲学家描述观念世界，科学家探索物理世界。人处于何种生存状态，自有一个与之相应的世界。一句话，人与世界息息相关、密不可分。存在于世中，正好指向这一复合结构关系。

海氏发明亲在与共在，意在改造哲学主体论。可他未能彻底解决之。从形式上看，他把主体换成亲在，又以共在限定亲在本质。这无疑是一种进步。可他仍将亲在置于他人之前。对此，我国学者陈嘉映批评说：相比胡塞尔的互主性，共在多了几分通融。但海氏在《存在与时间》中，并没有关于他人的共在如何积极建树（亲在）的论述。关于现代人的生存状况，海氏定义为沉沦（Verfall)。按照他的说法：沉沦对应于本真。人之初，性本善，伊甸园里的亚当夏娃，大致是享受本真的。自从失落了本真，西方人就变成了浑浑噩噩的众人。沉沦，因而也是一种从原始向现实的堕落："亲在从它本身跌入日常生活的虚无中。"（朱良志，2006)[49]问题是：在与人共在的环境下，亲在怎样才能展开反思？

《存在与时间》发表后，欧洲人争相翻译、到处传阅，一时间洛阳纸贵。"二战"爆发前后，法国一代哲学才俊，从梅洛·庞蒂、列维纳斯，直到萨特和利科，几乎都在颠沛流离的战乱岁月，以其不同的亲在方式，遭遇《存在与时间》、研究《存在与时间》，继而将海氏的存在问题，扩展为一股流行于世的存在主义思潮。"二战"胜利后，世人推举海氏为存在主义宗师。对于这番美意，海氏敬谢不敏。他表示："他的学说不含道德批评，也无意改变众人之见。"有专家认为海氏在20世纪30年代经历了一次思想转折，并因此放开了他在《存在与时间》中的许多看法。事实果真如此吗？

三、从存在到真理

对于海氏，现象学与存在问题，原是一码事。希腊文中，现象的词根 Phaino，意为显现、照亮，或让某物进入光明。现象，因而便是彰显于光天化日之下的一应事物。古人相信存在者以不同方式显现自身，甚至表现为它所不是的东西，即假象。对此，海氏在《存在与时间》中表示，假象不同于表象。后者包括形象、图像、象征等替代标志。《存在与时间》第二章中，他又对现象学（Phenomenology）进行了概念上的还原。这个德文词，是由 Phanomenon 与 logie 拼合而成。后缀 logie 来自希腊古文 logos，它通常译为理性、道理。海氏却说，logos 本意是言谈（rede)，即人在谈话中所揭示的言及之物。如此看来，现象学的定义，莫过于胡塞尔申明的"面向事情本身"。此处的问题是：作为研究现象的基本方法，现象学并非一成不变地指向研究对象。海氏指出：它的任务并非胡氏提倡的意识还原，而是要通过批判，探幽揭秘，或在运动中追寻不断变化的深层现象。

海氏强调：深层现象通常隐而不显，可它们在本质上属于显现事物，并造就了它们的意义与根据。据此，那些"仅以伪装方式显现的东西，正是存在者的存在"（朱立元，2001)[103]。说穿了，海德格尔所看重的现象，就是本质存在，或曰真理。只可惜那真理深藏不露，难以限定。提醒大家：海氏此时表述的真理，依然模棱两可。根据他"存在于世中"的公式，人活在世上就免不了畏惧、烦恼与沉沦。所以亲在"既在于真理之中，也在于非真理之中"。20世纪30年代后，海德格尔逐渐放弃了现象学方法。可他关于现象的思考并未停止。《形而上学导论》中，我们看到他孑然一身，返回古希腊，开始追忆古人对待大自然的敬畏态度："主宰者的威力原始地升起，卓然而立，这是一种世界显圣的伟大现象。”（徐复观，2001）[69]这一段浓墨重彩的文学描述，标记他越出传统轨道，走上一条搜寻真理现象的荒野小径。40年代，他相继发表《论真理的本质》《柏拉图的真理学说》等重要论文。针对这一思想转折，美国专家理查森指出，“通过把真理与存在挂钩，海氏巧妙地将其研究重心，从亲在转向了存在本身”（徐复观，2001）[71]。

海氏如何实现转折？他反思西洋真理，检视存在与真理的关系，进而说明真理“之所以成为真理”的方式。我们知道，早在古希腊时期，亚里士多德便将知识称作“真理与存在的科学”。既然关心存在，海氏就不能忽视真理（Wahrheit）。转折时期，他以真理本质为题，反复探究“存在的真理、真理的存在”，并提出相关批判意见如下：海氏通过考据，发现古希腊文真理一词来自“Letheia”（遗忘）。简单说，古人把遗忘理解为“退入黑暗”。他们给“Letheia”加上否定前缀“a”，便构成了“Aletheia”（真理）。海氏抓住其中变义，强调真理等于显现。确切地讲，真理自古就有暴露真相之义。在此基础上，海氏确认真理即去蔽。或者说，真理等于现象之充分显露。可他又补充道：去蔽并不能证实被揭示现象的正确与否。它也无法保证人们能从中获得固定真理。说到底，去蔽仅仅“意味着这样或那样得以揭示的存在者”（盛宁，1997）[102]。欧洲人居然误把“Aletheia”当成了固定真理！这不但忘记古人的去蔽说，而且陷入他们有关“真理与时间”的著名争论。

两千多年前，赫拉克利特曾就此发问：“既然万物皆变，真理何以永恒？”海氏也觉得：真理的麻烦正在于它的复杂多变。即便在不真理状态下，亲在也只能领会比较原始的真理现象。更何况它们稍纵即逝，出尔反尔。于是海氏提出；在人领会真理的过程中，“存在者虽被揭示，同时又被伪装；它虽呈现，却以假象的方式呈现。刚被揭示的东西，转眼又堕入伪装或遮蔽之中”（殷企平，2001）[153]。换言之，作为在时间中持续运动的现象，真理一方面去蔽或被人认识；另一方面它也是一项反向运动，即任何真理都可能被人遗忘。既如此，真理是如何得以显现或遮蔽的呢？

《存在与时间》中，海氏试以光线变化，描绘真理的明暗转换。他发现真理就像森林中的一片空地：那里枝叶摇曳，光斑交织，从而将周围的事物，合成一幅生动变幻的图景。依此把握光亮与真理的关系，海氏称“亲在本身是片疏明。无论何种存在者，唯有进入这片疏明，才能在光亮中显现，或在黑暗中隐蔽”（吕同六，1995）[103]。《论真理的本质》中，海氏一改“光亮揭示真理”之说，转而强调人转入澄明、主动求知的精神上。大意是说：人在密林里寻觅，在荒原上跋涉，肯定要历尽艰险，才能找到一片熟悉领地，此即公开场。同时他也慢慢进入亲在，领悟有关生存的奥秘。海氏探索真理奥秘，并因此靠近了东方智慧。众所周知，西洋哲学敏于思辨、长于推理。其目标是要建立一套抽象体系，独占世上的最高真理。何谓真理？西方哲人相信：它既是“物与知的相符”，也是“陈述与命题的一致”。在海氏看来，形而上学的“命题真理”，恰是他切入传统、痛加批判的关键所在。

一反启蒙乐观主义，海氏在《论真理的本质》中赞扬古人及其对自然力的原始敬畏。出于人类学家的敏感，他关注其中压倒一切的混沌力量：它不但主宰亲在与世界的关系，而且分割并构成他所说的公开场与在场者。从中他又发现一个问题：即在真理去蔽/遮蔽的同时，“存在者整体的遮蔽，要比他们的存在来得更古老。”（程爱民等，1987）[65]这种先于一切的原始遮蔽，海氏称之为奥秘：它混淆难辨，集生死、有无和真假于一体。它包孕万物，决定一切事物的分裂变异，归并统合。海氏感叹说：古人敬畏奥秘，守护生命之本。可西方人一朝得势，便开始遗忘自身局限，以及公开场的褊狭。他们无视原初奥秘，执意按照自己的欲望，去填充世界、限定真理、解释一切。如此张狂进取，反而遮盖了奥秘本身。从此谎言流行，自欺欺人。从此假象占了上风，真理的非本质凸显无遗。此乃现代人的重大迷误。对此，海氏无情批评说：迷误从头到尾统治着人。“他越是把自己的主体当作一切存在者的标准，他就越发迷误得厉害。”（程爱民，1987）[68]

海氏针对西洋真理的批判，不期中将他推向了东方。我国学者张乾元在《海德格尔思想与中国天道》中表示：海氏转折具有亲近东方的“重要对话意义”。众所周知，与古希腊文明相比，东方文明另有一种睿智真理观。古印度《吠陀经》早已发觉：抽象概念难以达到终极问题的确切理解。紧随其后，《奥义书》确立了“梵我为一”的智慧原则。与之呼应，中国老庄主张天人合一，推崇原始直观，发展出一套把握世界奥秘的天道观。关于东方真理的基本特征，这里稍作介绍如下：第一，中国天道乃泰一大道（《老子》）。它覆载万物，于大不终，于小不遗（《庄子·天道》）。就是说，它包容一切自然秩序，体现所有变化。第二，它可传而不可受，是一种不可见、不当名的超理性观念（《庄子·知北游》）。第三，天道不含任何时空概念：道无终始，道通为一（《庄子·齐物论》）。作为元初真理与终极真理的混合，天道如此玄妙，以致西方人无法对它施以逻辑分析。回头看海氏：此人重视柏拉图之前的希腊哲学，尤其迷恋赫拉克利特、巴门尼德以诗句讲述哲理的断章残篇。20 世纪 30 年代后，他开始留意中国古代思想，一度试详译《道德经》。中国老庄之所以吸引海氏，原因不在神秘主义，而在于人类童年共有的古朴思维。与古希腊人暗合，中国古人大智若愚，得出有关人生与世界的基本领悟。这一原始认知，因含有自然辩证精神，反而深刻异常。

西洋哲学将人视为认知主体，又把万物看成征服对象。这种妄自尊大的知识意志，引起海氏强烈反感。他相信，人的认识不过是他“存在于世中”（梁漱溟，1921）[52]的一种方式：他有所知，亦有所不知。也就是说，人被抛入世，唯有通过直观获取生存经验，继而通过言谈，接近并感悟真理。从人类学角度看，古希腊人参比自然，首先试用语言来命名身边的事物，借此把握它们的特性。稍后，从这种天人合一的原始领悟中，缓慢产生出人类共有的解释行为。最后，从他们熟能生巧的解释习惯中，最后才派生出命题、推理、判断等一系列近代欧洲人的阐释方式。

海氏提醒说：道出命题，乃是西方理性揭示存在的重要手段。通过抽取命题，引入逻辑法则，西方人便可验证假设，进而确定它是否具备真理的合法性。此处症结是：由于柏拉图这一派智者传统，过分偏爱抽象思辨，竭力强调“物与知”的形式吻合，结果造成一种逻各斯崇拜，并将它发展为一种“在场形而上学”的持久统治。海氏质疑道：这种逻辑学上的概念相符，究竟能够证明何种真理？换言之，西洋哲学提取抽象真理的目的，是让人的认识去符合世界本质，还是要勉强天下万物、使之顺从西洋人的阐释意愿？我们不得而知。可怕的是：逻辑思维扩张的后果，已导致一种冥顽不化的知识模式。西洋人的真理，或称“命题真理”，因而也成为他们统治世界的绝对理念。对此，海氏提出两项根本性的挑战：第一，奥秘至高无上，亲在紧随其后，命题只能排第三，因为它是派生真理，仅具有逻辑意义上的正确性。第二，西方真理观缘起于上帝造物时代，其中“物知相符”的特性不失纯朴。问题是：一旦它被偷换成理性苛求下的真理本质，难免会引起某种现代迷误。如此得来的真理体系，因而需要痛加反思和质疑。

海氏真理批判，给西方学者留下两道难题。他们回避不了，也不能断然否认：第一，西洋真理何以一路蜕变、沦为逻辑概念？第二，他们自认是不二法门的绝对理念，是否即尼采讥笑的“诸多阐释之一”？上述问题，不但导致当代阐释学的诞生，而且鼓舞起法国人持久不衰的解构热情。对比胡塞尔 20 世纪初针对“自然主义假设”的攻击，我们可以说：海德格尔的真理批判，委实是一次更加凶猛的全面挑战。

四、形而上学的终结

经此一转，海德格尔遂将其批判矛头，直指西洋哲学的神圣合法性，他的最终目的，则是要暴露其内在谬误，宣告其历史终结。提醒大家，此举并非心血来潮，而是他长期思考的结果。早在《存在与时间》中，海氏就扬言“解构存在论历史”。所谓解构，并非简单否定，而是要踏勘形而上学的生发源头，厘清西方哲学的来龙去脉。为何要回到那亘古荒凉之源？他的理由是：不弄清西方思想的开端，就无从谈论与之相对的终结。

海氏称：西洋哲学起源于柏拉图之先。正是从那混沌未开的史前岁月中，萌生出西方思想的原生形态，及其蕴含丰富的朦胧觉悟。到了柏拉图与亚里士多德手中，希腊思想经过一系列提纯改造，升格为形而上学。此后一泻两千年的西洋哲学，不仅摆脱不了凝固模式，反而深陷其中、不断衰变。时至今日，古代光彩泯灭殆尽，理性思维一统天下。无论我们同意与否，上述厚古薄今的立场，恰是海氏判定哲学终结的根本原因。其次，海氏虽提出了解构方案，可他多有更改。起初，他以现象学方式实施解构，以期形成超越传统的阐释学。可他很快发现，现象学与传统存在论的关系太过密切。他只能代之以“克服形而上学”的新纲领。他承认：形而上学无法轻易打消。所谓克服，也只是在一种包容前提下，努力返回源头，充分展现形而上学的本质，进而“将语言带回它自身的界限之中”（苗力田，1997）[155]。

为完成上述构想，海氏拟在《存在与时间》第二部中，讨论亚里士多德、笛卡儿、康德的正统学说。该计划未及实现，但他写下一组解构性质的文章。在此过程中，他沿着两条线索发问，验证他有关存在问题的主张：第一，人与存在是何关系？存在历史为何成了人的历史？第二，西方人的逻辑思维从何而来？沿着上述线索，让我们浏览如下。海氏指控形而上学，说它只知存在者，却无视存在。这一重大疏忽，不仅导致西方人遗忘存在，还促使他们误解历史，杜撰出一套人道历史观。他在《关于人道主义的书信》中指出：存在历史“既非人的历史，亦非人性的历史”。相反，存在乃是一种天命，或上苍对于人类的特殊馈赠。德文中，表述馈赠的无人称句子，通常写作“es gibt”，即某处有什么或发生什么事。海氏说：这类句子泛指一切自然现象，诸如电闪雷鸣、海啸地震，其中饱含天威莫测之意。这天意决定人的生死，无视人类愿望。可悲之至，西方人居然长期漠视这一层道理，也不考虑“es gibt”暗含的存在机制。结果形成一种与天道相反的人道历史观。

为了恢复原貌，海氏提倡一种颠倒法则。他说：形而上学的错误，在于它只从存在者这一端来解释存在。若要研究存在本身，我们必须反过来，考虑真理“以隐秘方式起作用的给予，即是存在”（韦子木，1999）[104]。此处困难是：作为万物之主，存在令一切存在者得以存在，可它自己身在何处？海氏在《论真理的本质》中发现：存在者自有一种“整体遮蔽”它笼罩一切，深不可测。换言之，存在作为一种真理，在历史长河中不断演历自身。然而这些演历，犹如夜空流星，转眼即逝。人们捕捉不到它的踪影，便会采纳自己作为存在者的标准。此时，他们难免“背离奥秘，误入歧途”。

对于海氏，存在历史绝非人类可以轻松把握。如果我们假设历史是一场多幕剧，那么导演便是存在：它隐身幕后，操控一切。与之相比，人类不过是戏中匆匆过场的龙套而已。人类历史的各个阶段，因此成为海氏口中的“天命诸时代”。一句话，历史是由让存在的条件规定的。海氏说：“在存在的天命中，时代的接续绝非偶然，但也不能算作必然。”（赖力行等，2003）[56]他的这些见解，后来启发了福柯的人文主义批判。海氏在《书信》中又说：人道主义（Humanism）诞生于古罗马。由于希腊文明教化，罗马人开始区分人性与野蛮。然而这种道德说教，却导致一种从人出发、归结于人的思维方式。西方人据此解释世界，终将世界变成一幅为人专设的图景。此后，各种人道主义竞相鼓吹人性，伸张人权。海氏嘲笑说：它们全都“依据一种针对存在者整体的固有解释”（赖力行等，2003）[59]海氏的本意是要提醒大家：诸多版本的人道主义，均未触及人的生存本质。它们有关人性的所有褒奖，亦不足以将人抬举到一种足以控制存在的崇高位置。事实上，人类何时被抛入生存、怎样进入真理疏明，这些都不是由人自己来决定的。说到底，人类应当顺乎天命，应和馈赠，而不是妄自尊大，另搞一套。

修正人道历史之际，海氏在《形而上学导论》中，也开始针对逻各斯问题的调查。在他看来，此题不仅涉及人类思想和语言的起源，它还从根本上制约人类与存在的关系。在此关节上，海氏质问：逻各斯何以变成逻辑、继而与存在严重分离？通过分析希腊残篇，海氏确认：逻各斯自古与存在相通。古希腊文“Logos”。本不代表逻辑或理念。事实上，它象征一种原始的聚散过程。例如《赫拉克利特著作残篇》第 53 节：战争作为万物之王，将人一一区分为神、奴隶、自由人。海氏称：这一聚散过程，印证了古希腊人有关存在（Physis）的看法。在他们那里，存在即是一种不断涌现的生成活动，它指示“存在者的到场与离去”。

海氏由此认定：“Physis”与“Logos”血肉相连。然而这一密切关系却在柏拉图手中发生了分离。柏拉图将“Logos”读作逻辑陈述。在海氏看来，这一生硬解释非但造成存在与思想离异，更导致哲学中的主客对立。不难见出：在探讨人与存在关系时，海氏和古人一致认为：人的思想须与存在保持和谐，而不是分离冲突。他相信，古希腊人的存在，恰恰意味着接受逻各斯。遗憾之至，这一美好开端未能延续至今。柏拉图之后的西方人，开始与存在对峙，自称拥有支配存在的主体性。这与当初的和谐景象背道而驰。于是，海氏利用一个拉丁文公式，来显示这种本末倒置：在开端处，存在之聚集过程，建立了人的存在（Physis＝Logos anthropos echon），在终结处，人已沦为一种理性动物（Anthropos＝Zoon logoechon）。

总之，古人与存在共处，现代人与之离异。海氏说：终结发生于希腊哲学创立之时。一旦柏拉图将存在误读作理念，存在的涌现发生之意，便被偷偷抛弃了。他叹息说：“真理成为正确性、'Logos'成为陈述，成为真理或正确性的所在。理念和范畴，从此统辖了西方的思想和行为。希腊哲学在西方获得统治地位，并非由于它那原始性的开端，而是由于它那开端性的终结，这一终结，最终在黑格尔处构成了伟大的完成。”（江宁康，2005）[67]当然，终结并不意味完蛋，而是极言其当下的局限与困境。为此海氏呼吁变革，并在此后工作中，到处寻求某种兼容性的思想方式——那便是诗与艺术的共存和栖居。

症候 7 讲

存在主义的艺术本体论

存在主义的思想渊源固然大部分来自胡塞尔与海德格尔的现象学理论，但也有其特定的现实条件和社会背景。存在主义首先出现于“一战”之后的德国。战败后的德国，经济凋敝，社会动荡，道德沦丧。人们陷入深重的畏惧之中，感到生存受到了威胁、忧虑、彷徨，对未来充满悲观与绝望。加之工业现代化日益使人成为机器的附庸，被异化为物。种种情绪促成了存在主义哲学的诞生，并很快得到广泛传播。“二战”中，法国被德国占领，恐怖笼罩着人们的心灵，威胁着人们的生存，人们也陷入悲观消沉的情绪中，感觉失去了生活目的，个人失去了自由。不过，法国的存在主义，经过萨特的“存在主义的人道主义”（侯维瑞，1985）[92]的宣扬，更加强调人的自由选择，强调人的行动与创造。当然，二战以后，人们又重新过上和平的生活，现代工业社会得以继续发展，于是，存在主义也就失去了它存在的现实基础，其根基自然走向了衰亡。

存在主义文学流派与存在主义的哲学理论有着紧密的联系，更确切地讲，两者是一个事物的两个方面，存在主义哲学为存在主义文学（小说和戏剧）提供了深厚的哲学基础，而存在主义文学为存在主义哲学提供了独一无二的形象化表现，两者相互作用，共同促进了这个流派和思潮的发生、发展。像许多哲学家一样，海德格尔对于存在的真理的思考，也逐渐把他引向对于艺术的思考，艺术便进入了海德格尔的思考的视野。当然，海德格尔并不是孤立地思考艺术，毋宁说他是通过艺术来重新思考真理的本质，艺术论和诗论是他的整个哲学理论体系的有机组成部分，他的哲学、对存在的思考，是他艺术思考的基础，艺术是其哲学的实践场。

海德格尔的早期思想，兼及他在“一战”前后的思想转折，再加上他早晚期思想的差别，各家评论不一。有人称之为“从现代到后现代”的断裂。有人瞩目他引领的人文学术变革。另有一些人，则看重他晚年的“后现代知识兴趣”。分别举例说明如下。

其一，据汉娜·阿伦特在《海德格尔八十寿辰》中说：老先生晚年思绪活跃，热衷开辟新路，可他分明缺少确定方向，更无视传统哲学界限。他所注重的只是“思想运动本身”，而非它的体系或目的。同时，他那不稍停息的思想探索，具有强大“破坏与批判效应”：譬如他的《路标》与《林中路》，读起来质朴无华，好似漫游随笔。然而这些文集却惊动库恩、费雅拉木德等一流科学家，亦感染当今艺术家和文学批评家。作为海德格尔亲近的女弟子，汉娜的意见值得重视。至少她向我们提示一个问题：海德格尔晚年的魅力来自何处？

其二，美国教授麦吉尔称，在他研究的危机思想家（还有尼采、德里达、福柯）中，海氏是“最可敬畏的一位”。原因是：第一，与同代哲学家相比，此公擅长思辨，理论高超；第二，他一向爱提大问题，而他所顾之处，几乎都成了西方科学与人文学者共同关注的焦点；第三，他晚年既不解释他的构想，也不辩白自卫。这种自拉自唱的独奏风格，说明他坚持“反分析精神”，刻意跳出逻辑思维，开始他的真正之思。麦教授的中肯分析，无疑是海德格尔晚年思想又一生动画像。

其三，在一篇题为《海德格尔对西方知识传统的本体论破坏》论文中，美国学者巴拉什，专题考察海德格尔晚年思想趋势。他发现海德格尔自转折后，拒绝再做传统哲学的例行工作，尤其反感那种围绕“主体意识与精神传统”的历史主义阐释。于是他转过身去，挖掘“未曾被思考过的超历史境界”。在此基础上，他发起针对西方知识传统的拆卸与破坏。这便给战后人文学术，带来一股“持续增强的危机感”。（张德明，2004）[191-192]

对此，巴拉什的意见颇有分量。在笔者看来，海德格尔批判西方知识传统，但不意味彻底弃绝。不错，他一度曾与中国学者肖师毅试译《道德经》，又经日本人铃木大拙介绍，涉猎过禅宗学说，可他无力再学做东方吹鼓手。打个比方，可以说海德格尔看破红尘、遥望空门，一时大有出家之嫌。而在实际上，他是无法脱离西方知识传统的。剃度不成，尚可带发修行。于是海德格尔借助东方智慧，对西洋哲学大加翻修。在这一冲一返的剧烈运动中，他不仅打破西学传统，建立起东西方对话基点，而且扭转西学发展方向，毁坏了它的部分基础构造。

然而，海德格尔晚年的奇特魅力，仍是一个难解之谜。众所周知，1945年德国战败，法军进驻弗赖堡大学。由于海德格尔在纳粹统治期当过校长，并犯有言论错误，他被禁教五年。此后，海德格尔竟躲进黑森林里，隐居三十年之久。传记作家考克曼评论说，长年沉思让海德格尔“获得高度集中的注意力、深刻的洞见，以及进行创造性表达的机会”。此外，我们还可从他晚年从事的课题中有所窥察。自20世纪30年代起，海德格尔开始关注艺术、诗和语言，以期搜寻其中残存的原始本真。他的考古生涯在学界传为逸闻，都说老头儿如同朝圣香客：他孤身出门，不走大路，尽挑荒山野岭蜿蜒而行。旅途漫漫，凄风苦雨，可他乐此不疲，终有所得。后人考察其思想游历，往往闹不清他去过哪些地方。比较肯定的说法是：海德格尔上路后的第一站，便是希腊坍塌已久的艺术圣殿：他在那儿盘桓良久，手舞足蹈。接着经过诗的废墟，不免又哼哼唧唧、念念有词。最后，有人看见他闯进了神秘的语言王国。他在那里发现了什么？且不管它，让我们顺着他的思想足迹，一路慢慢摸索下去。

一、礼赞艺术

在《艺术作品的本源》里，海德格尔选择一座凋残破败的希腊神殿，开始他对艺术的哲学反思。这是一座建在山崖上的古老神殿：高耸的圆柱，呈环状排列，构成一个敞厅，中央供奉神像。神像面向大海，俯瞰陆地。它的安然屹立，反衬出世界的喧嚣与生动：海浪轰鸣，山风呼啸，人畜之声阵阵掠过神殿，形成和谐交响。再看山下草原，那里有树木婆娑，有山鹰翱翔，就连草丛中爬行的蛇、石缝里低吟的蟋蟀也不甘寂寞。它们以其独特形态，在这世界上各自显现生命的活跃与本真。此处，神殿作为一件艺术品，进入海德格尔的视野，我们已知，海氏早年偏重描述亲在，《存在与时间》基本没考虑过艺术。如今，他试图解释真理与艺术的关系，尤其是真理如何透过艺术作品进行自我显现的方式。这分明是一种另辟蹊径了。

面对那座破败神殿，海德格尔感慨道："作为艺术品，它开启了一个世界，又把这世界重新放回大地。"这部作品"首次把各种生命及其关联方式聚拢起来，合为一体。在这潜在的关联中，生死、祸福、荣辱等，俱以命运的形态展现在人类面前。这一关联体系所包容的范围，即是这一历史民族的世界"。希腊神殿太古老，若是现代派作品，又当何论？他在《艺术作品的本源》中也谈到梵高《农妇的鞋》。在画家笔下，这双鞋绽开了一个真实的世界。透过鞋上的湿润泥土、黝黑破洞，海德格尔窥见欧洲农民的真理："它渗透农妇渴求温饱的惆怅，战胜困苦的喜悦，它隐含着她分娩时的颤抖，死亡威胁下的恐惧。这双鞋属于大地，它在农妇世界里得以保存。"于是，海德格尔发明了两个概念：第一有关艺术品与器物之别，第二涉及艺术品的葆真功能。

海德格尔称艺术品有别于器物：器物一旦成形，其材料特性，就被效用掩盖了。艺术品不同，它自身并无多少用途，却能让材料在作品中迸发光彩，乃至开口说话："岩石只是在它支撑神殿时才得以成为岩石。同理，金属得以闪烁，颜料得以斑斓，音响得以欢唱，言辞得以诉说。"（史忠义，1998）[81] 就是说：艺术品绝非寻常之物。但它的特性何以被人忽略？海德格尔说：德文里的物，既指有生命之物，也代表自然物质。自康德起，西方哲学一面敬畏物自体，一面贪图物质效用。受其支配，物的统治覆盖了人类精神领域、艺术品也与器物混作一团。艺术作品之所以不同于器物，原因在于葆真。自亚里士多德《诗学》以来，西方人多把艺术视为大千世界之模仿。海德格尔反感这一俗套：他不信一座破烂神殿能再现什么理念。可他承认：艺术与真理确有深邃联系。这联系不在模仿，而在于真理"将其纯净光芒注入作品"。作品反过来，又令真理以艺术方式敞开自身。海德格尔说："注入作品的闪光就是美；美是作为无蔽真理的一种现身方式。"（史忠义，1998）[81]

海德格尔认为，艺术品并非供人消遣之物。它堕落为商品，实乃一出历史悲剧。伟大作品产生于艺术家的创造灵感。它一旦成形，便进入某种独立存在，从此与世俗无涉。人为的珍藏与拍卖行为，只能将作品从其特定世界中剥离出来。尽管如此，艺术品仍可保存一些真实。海德格尔解释说：这是因为作品自身，凝聚了存在的某些"最高动势"。

二、洞察诗和诗人

海德格尔的艺术见解不俗，且具先锋意识。当他进入柏拉图《理想国》标明的禁区，即那块"疯癫诗人与危险狂徒"的流放地后，他的说法愈发古怪。禁区内，我们首先碰到他有关诗的释义。《艺术作品的本源》已表示：艺术的本质是真理，而真理之所以能在作品中得以演历，是因它以诗的方式构成。为此，“一切艺术在本质上都是诗”。诗，德文写作“Dichtung”，为何不用“Poesie”？我国学者陈嘉映分析说：海氏偏爱“Dichtung”，是看重其多重含义，譬如设计与构造。如是，“Dichtung”便可泛指艺术展现真理的过程，还能暗示它所蕴含的语言奥秘。海德格尔发挥说：一切艺术根底之下都是语言，而诗不过是“一种直接凭借语言的艺术方法”（殷企平等，2001）[157]。自20世纪30年代起，海德格尔潜心研究德国诗人荷尔德林，先完成一部《荷氏诗析》，继而发表一系列引发争议的诗论。在其中，他考察诗的本质，得出诗与存在、诗与诗人、诗与语言等方面的见解如下。

“人诗意地栖居在大地上。”（殷企平，2001）[159]此句出自荷尔德林一首诗。经海德格尔解析，它已闻名遐迩，成为“海派诗论”的主旨。仅仅围绕其中一个栖居概念，海德格尔就写下《人诗意地栖居》和《筑・居・思》两篇论文。为何重视栖居？据说该词贴近存在。提醒大家：海德格尔有关诗和语言的见解，都扎根于存在。不妨说，它们围绕这一命题循序渐进，逐步展开。还记得海德格尔“存在于世中”的公式吗？人生人世，仰仗天命。其中那种人与环境融为一体的祥和生存，便是栖居了。海德格尔认定：人的本质并非什么理性体现，而是一种亲在逗留经验。换言之，没有亲在，就谈不上人生意义。在他看来：人被抛入世，首先面对皇天后土。随后，他与万物共生，从中发现自我，学会以语言表述事物，并抒发生存感受。同时，亲在体验到的生存意义，又受制于天地神人的伟大游戏。

以此为前提，我们不难领会海德格尔沉吟的诗意栖居：第一，人类与土地相伴，世代耕耘渔猎。甘苦之余，他们祈天拜地，涕泗横流。所以海德格尔说：是诗性令人仰望天穹，将人携入栖居。第二，人类生存充满了诗情画意。古人赞叹造化奇妙：繁星闪烁，云朵飘荡，四季更迭，草长莺飞。这些引人遐思的现象，多已被现代人遗忘。可在荷氏眼中，自然栖居非但包含着诗意，它与诗人作诗亦有相似的构筑之妙。第三，诗能呼应天地，它就成为人类把握世界的尺度。荷尔德林仰天诘问：大千世界，何为尺度？海德格尔答曰：当人安然栖居时，大地便成为大地。

围绕诗与存在的微妙关系，海德格尔由浅入深，累积成论。《形而上学导论》说，人经由词语与世界照面，令亲在成为可能。词语中“万物首次进入存在，并成为一种是”（钱钟书，1979）[21]。《现象学之基本问题》称：诗乃一种开天辟地的启蒙，只因它是人类领会和表达生命意义的途径，它“以词语方式，展开存在之维”（钱钟书，1979）[25]。倘若承认太初有诗，诗如何展开它的存在之维？《艺术作品的本源》说：诗与艺术均为存在之首次命名。作为筹划性语言，诗也是针对世界的奠基。不妨说，所谓诗的本质，即真理之创建。他又强调：诗乃基本语言，它令语言成为可能。非但如此，它还是“一个历史民族所拥有的原初语言”（宗白华，1987）[98]。《荷氏诗析》总结道：真正永恒的语言工作，只能由诗人奠定。请看日月轮转，山河吐纳，众神飞舞，万物滋生。所有这一切，全靠诗人“道出本质字眼。故此，诗即通过字词确立的存在”（宗白华，1987）[101]。此外，诗虽在语言中活动，可它并非简单利用语言。海德格尔确信：是诗开启了人类言谈，令语言成为可能在此交流系统中，诗奠定了语言的对话本质，进而敞开人们彼此分享的日常言读内容。

海德格尔如此抬举诗，他对诗人的期许更不一般。在他心中，诗人自古便是众神与人民间的使者：他一面凝听神旨、揣度天意，一面将各种天籁翻译成诗，传递给迷茫民众，为其生活设定尺度。总之，诗人为天命所驱，他必须言说存在。然而诗人业绩，往往伴随着诸多艰险。这方面，荷尔德林恰是一个突出例证。为何选取荷氏，而不是歌德或席勒？据说，在荷氏遗诗《面包与酒》中有这样一句咏叹："在这贫瘠的时代，诗人何为？"海德格尔对此大发感慨，形成他有关现代诗人的一番独特见解。

首先，荷尔德林不愧为"诗人的诗人"。如前述，海德格尔认为诗人的使命，是在诗语中道出神秘、袒露真理，并令万物如其所是地存在。然而诗人为诗艰难，不得不乞灵于命运女神。荷尔德林说，这是因为语言"既是最清白无瑕，又是最危险的财富"。自荷马起，古代诗人就不得不四处吟游，参天吁地，百般寻觅。如此苦差，被现代诗人兰波比喻为一种"语言炼丹术"。在此含义上，海德格尔确认荷氏与古希腊诗人一脉相通，并具备他们的原始眼光、执拗信念。

其次，19 世纪工业革命推动欧洲步入现代社会。一时间天地摇撼、神灵逃遁、万物失色，诗人的歌喉也就此变得喑哑。海德格尔指出：荷氏处于一个"众神已逝、新神未来的黯淡时代"。神的消失，既令世界失掉尺度，又模糊了人类生存意义。此乃西方文化危机之根本缘由。在这精神贫瘠的时代，诗人如何为诗？海德格尔赞曰：荷氏贫病交加，却能以诗语追怀往事，于绵绵悲伤中祈求神的昭示，帮助人民度过漫漫长夜。如是，他得以"重新奠定诗的本质，为我们确立一个新时代"。

最后，诗人的工作充满危险。早年荷氏云游四方，追寻神的踪迹。最终回到母亲身边时，他已疯癫失明，却硬说自己是因盗取大火，被太阳神的光箭击伤双目。由此可见，现代诗人的风险之大。

诗人为诗艰难，难在诗的语言。海德格尔发现，诗语具有超越品质：它并非在寻常意义上编造诗句，而是努力捕捉神奇。譬如一首诗描绘天际飘动的云朵：它光亮闪烁，不断变幻，成为它所不是的东西。海德格尔曰：是云朵、而非诗人，使这首诗成为诗。与此同时，诗很少传达明晰之理。好诗，总是暗示一种朦胧意境。一句话，诗的本意是以有限的语言，表达不可言说之奥秘。一切诗人都梦想说出神奇言辞，并以此挽留诸神、命名存在。问题是，诗人捕捉的对象，难得在词语中停留。海德格尔深知，诗中的"长驻者"(存在)，恰是一个逃跑冠军。他承认，他在《存在与时间》里忽视语言与存在的关系，并希望在诗语研究中有所突破。

《诗歌中的语言》发现诗语另一特征，即多义含混。海德格尔肯定：语言生命在于多义。作为语言本质，含混扎根于存在与空无的不可言说中。他又说，诗语有一种"悄然离去"的秉性，它近似中国的去言，即回到空无。对于海德格尔，空无是万物涌现的背景，又是它们融合为一的归属。诗语虽能消解日常语言，可它的含混并不以"溃散方式"消失。相反，它能再度显现，归结为"不可言说的一致性"(申丹等，2001)[123]。

关于语言的含混与空无，钱钟书《管锥编》解得透彻：诗家以少陵为祖，曰"语不惊人死不休"。禅家以达摩为祖，曰"不立文字"。其实，禅于文字无所执著爱惜，只为接引方便而拈弄，以当机煞话而抛弃。故"以言消言"。

举例说明：祝世禄《环碧斋小言》调："恐语为尘，连忙下一语扫之。又怒扫尘复为尘，连忙又下一语扫之。"(钱钟书，1979)[411-412] 诗语万变，神语简约，在钱先生看来，均与中国古人对语言的深层认识有关。《维摩诘所说经》：言说文字皆解脱相。《金刚经》：所言一切法，即非一切法。老庄之不言，乃欲言而不能言，一则无须乎有言、一则不可得而言。以此对照海德格尔，则不难见出：第一，他的诗析，绝非什么常规文学或哲学研究；第二，他围绕诗人和诗语的思索，盖出于一种"欲言而不可得"的思想必然性，其目的是超越形而上学，或打通一条走向语言之路。

三、转向语言

海氏早年，偏重亲在与真理研究。"二战"后，他逼近语言问题，就此写下 6 个文本，于 1959 年结集为《通向语言之路》。曲径难行，却可通幽。请留意：海德格尔此举事关欧美学界的语言学转向。下面，让我们分段扫描他的思路。

在《语言》和《语言的本质》中，海德格尔一再批驳以洪堡为代表的欧洲语言观。这一理性假说认为：第一，语言是人类理性活动，它受主体意识支配；第二，人乃语言动物，人之为人，在于他能有意识地运用语言，以此表达意义、再现现实。海德格尔质问：语言本质何在？尽管西方人拥有逻辑语法、语言哲学，可他们"两千五百年来始终如一"，极少追究语言根本。于是他指出："语言研究中，上述我思积习深厚；但西方语言哲学与科学发达，却是无根之木。只因它们都以元语言学（Metalinguistic）为目标，并从根本上忽视语言与存在的关系。"（钱穆，1986）[159]

海德格尔在《存在与时间》中考察并否定：古希腊人并无语言这一名词。他们大量使用"Logos"，却被后来的欧洲人转译成理性、逻辑或定义。这些译名均未切中"Logos"本义。何谓逻各斯？海德格尔说它是言谈，即把言语所指涉之物展现给人看。换言之，逻各斯的原始力量，在于通过言谈、揭示存在。但从亚里士多德起，形而上学论言谈所及的存在者，片面强调语言与思想的逻辑形式。海德格尔说，随着这一重大偏转，人类便由言谈动物，进化成理性动物。而逻各斯自身，也相应贬值为一种"现成事物的逻辑"。海德格尔早期语言批判，重在抨击逻辑主义：即一种借用逻辑范畴、提取语法概念的抽象方法。罗马人据此建立拉丁语法。欧洲人加强这一趋势，致使逻辑主义垄断了西方语言学。诚然，传统语言学家惯把语言看成一种存在者，对它横加肢解，进而从中剥离出语法、语音、词源、语义等不同分支。就在他们探究"语言是什么"之际，他们却迫使语言溢出自身，变成它所不是的东西。海德格尔断定：逻辑分析非但不能揭示语言本质，反而遮蔽了它。

语言存在论构想语言本质何在？海德格尔说：唯有反思语言与存在之关联，方可将语言从逻辑主义中解救出来。为此，《存在与时间》一面引述希腊残篇，一面回味人类语言的早期意境。从中海德格尔得出两条意见：第一，语言秘密，绝非语法能包容。我们须在"亲在的展开状态"中，发现语言的潜伏根源。此一存在论意义上的语言，即言谈。海氏说，言谈不等于语言；语言只是"言谈被说出的状态"，或是它的外化结果。第二，言谈的性质与目的。亲在通过言谈领悟人生，并与周围机界发生感应。或者说，亲在与他人共在，并在彼此应答中映照自身。据此，言谈首先是一种对话关系。再者，言谈并非人的孤立行为，它必须借助实际语境，方可阐发具体意义。最后，言谈不仅仅由发音和文字组成，它还包括“倾听与沉默”这两类无声言谈，配合以问答、理解等形式，共同构成人类语言活动的基本结构。唯有把上述环节串联起来，我们方可把握语言活动的意义整体。而这一整体，恰是亲在领悟在世意义之关键（朱光潜，1987）[126-127]。

上述构想虽有创新，可它突出亲在，容易滑入主体论老套。转折后的海德格尔，故而在《关于人道主义的书信》中另立新说：语言乃存在之家。他解释说：与其说人是一种语言动物，“毋宁说语言是存在之家，人居住其中而生存，同时看护存在真理”（李维屏，2000）[64]。此说何意？看来海德格尔决意要改变人与语言的主宾关系。他所谓的存在之家，不但富有文学象征意味，还能从时空两个方面，反复暗示家的作用：第一，语言作为居所，而非工具，构筑人类普遍的栖居格局及其意义空间；第二，语言的时间性，担保人的历史存在，有了语言，才有世界、民族与文化。反过来说，人们既受语言庇护，就应守护家园。所以，当西方现代语言学家遗忘人类“内在于语言”的本质，妄图置身其外，以科学方法分析语言时，他们又一次误入歧途。这里，海德格尔之所见显然突破了传统语言论的桎梏。不难看出，在存在之家的屋檐下，人类同语言的归属关系，已被悄然颠倒：不是人说语言，而是语言说人。或者说，是语言支配人类生存方式。

海德格尔有关“语言之家”的比喻很含蓄。对此，后人难免借题发挥，从中派生出些其他说法。譬如法国心理学家拉康，就把人类语言系统，看成某种“大他者”或“父亲之名”。有专家调侃说：这一改造目的，是要从此颠覆海氏的“老房子”。面对结构主义挑战，海德格尔怎样解释语言与存在的纠葛？若要回答此问，仍须了解他晚年把玩的一组终极问题。

四、追思存在

海德格尔围绕语言问题的思考，日益背离形而上学，进入玄奥之境，继而与东方思想发生奇特呼应。这方面，欧美专家争议最多的命题，即所谓“Ereignis”。“Ereignis”这一怪词，系海德格尔自创，其义无法直译。我们知道：海德格尔晚年别出心裁，生造私人术语，令西方学者无法卒读。譬如，由于厌弃传统语言概念，他先后采用 Rede（言谈）、Sage（道说）、Zeige（显示）等孤僻词汇，蓄意破坏传统模式。对于中国学者，海氏术语的麻烦亦不见少。原因是：他虽有心背离形而上学，可他并未认同老庄。所以海氏术语所含观念，仍介乎于东西方思想之间。或者说，“Ereignis”虽有一定跨越意向，可它只是半间不界的一个怪词。因此，我们在认识它的过程中，需要抓住两个要点：它赖以产生的背景和它所包含的实际内容。

先看背景与过程。欧美学者发现：海德格尔晚年思想贯穿一条“由存在走向语言”的红线。红线延伸，便有“Ereignis”出现，以及存在问题的淡出。依照施皮格伯格的形象比喻，海德格尔经放弃传统哲学大道，便走上一条荒无人烟的冷僻思路。沿途，他不断丢弃现象学、科学研究的时髦行头，热衷于捡拾“Ereignis”这样的稀罕古董。说穿了，海德格尔此时的终极关怀，已从存在意义，转向存在之由来。而他推出“Ereignis”的目的，也不只是用它来替换存在命题，他希望突破形而上学，为西方思想寻求出路，然而他的步展何其艰难！

从时间上看，Ereignis 最早于 1936 年进入作者手稿，1954 年在其讲演中依稀露面。有关它的详细论述，则发表得更晚。这说明海德格尔备尝易辙之苦。方向不明时，老先生只好摸着石头过河了，摸索过程大致如下。

从存在到逻各斯：关于存在，海德格尔形容它是一个转动不止的显隐结构：它掩盖着真理不可言说之奥秘。关于逻各斯，他起初重视它的去蔽功能。到了《逻各斯》文中，他又称该词除了去蔽，另有一层聚集之意。这聚集并非单纯的凑合，它把纷乱互斥的事物纳入一个共同体。逻各斯无所不在地运作特性，恰是存在之特性。

存在与语言交叉：经由上述变更，海德格尔开始把存在与语言勾连起来，集中探查它们一脉相通的两重性。他发现，存在包括“真理和非真理”，逻各斯兼有“去蔽与聚集”的双重功能。套用他的名言：语言是“存在本身既澄明、又遮蔽的到达”（王国维，2012）[15]。

如是，语言乃“进入言辞的存在”：一方面，真理因语言而显露；另一方面，语言亦可遮蔽真理，模糊存在真义。原因是：语言与存在一样植根奥秘。它自身包含了“说与不可说”的矛盾：人自咿呀学语起，就不停地饶舌，企图说明事物的本质。当他喋喋不休时，真理却一再陷入黑暗。至此，语言不像海德格尔先前所见，只是亲在的言谈，或它展开生存的方式。严格讲，语言变成人类被迫拥有的危险财富，它既给出真理，令存在者敞开，也能给出假象，或造成蒙蔽。同理，语言虽然将人置入存在，亦能让人丧失存在。

海德格尔有关“语言最隐”之见，引发了钱钟书的评论。对于语言，中国学者一向早蓄戒心。他们不能不用语言文字，而复不愿用、不敢用，亦且不屑用。刘禹锡《视刀环歌》：“常恨言语浅，不如人意深。”语文之于心志，为之役、亦为之累焉。陆机《文赋》：“恒患意不称物，文不逮意。”陶潜《饮酒》：“此中有真意，欲辨已忘言。”《文心雕龙》：“文外曲致，言所不追，笔固知止。”（钱钟书，1979）[403]如此福祸相依、吉凶不定、混沌莫名，显然超出西洋哲学死板的逻辑推理。相形之下，形而上学的存在概念，也就显出十二分可笑：试问存在来自何方？意义又该如何限定？无奈中，海德格尔只得承认：存在无非是一过渡性用语。随后他灵机一动，发明删除法，即在“存在”一词上画叉，以表明他对存在问题的质疑与否决。一旦捅破存在的窗户纸，窗外风景不请自来。对于暮年海德格尔，老子《道德经》固然难懂，却能跨越时空，撩动他的心弦。一片岑寂下，他以心会意，以意通神，隐约见出天道玄机：它天马行空，巍然凌驾于存在与语言之上，并于暗中安排他苦思不得解的一切。问题是，他该如何讲解这层无可名状之理？海德格尔一手批判西学，一手引荐老子，便有一个半生不熟的“Ereignis”。为了证明它合法，他扬言“Ereiginis”“要比存在的任何定义都丰富；甚至连存在的本质来源，也该从‘Ereignis’方面重新加以思考”（Brook，1981）[93]。

再看“Ereignis”的内容，以及由此派生的诸家解说。由于这一怪词的杂交性质，我们无法对其施以严格逻辑分析，也不宜套用中国老庄哲学。折中之法，是概括出两种比较流行的意见，使之相互衬映对照。最终的结论，恐怕要等中国学者将来的比较研究了。

海德格尔晚年思想图谱上，先后出现过高低不同的几种语言：最高一层是“Ereignis”，其次是本真语言，最下是日常语言。何以如此？在海德格尔看来，语言与存在之显隐方式相通。语言作为存在之家，其特征也在于庇护奥秘。当然，雷同并不代表它们是一码事。如他所见，存在中隐匿着奥秘：它聚散无形，混沌莫辨，始终为人言所不及。海德格尔苦于无名以对，只好盗用文学词汇称其为静寂之音。与此同时，这种天聋地哑的无言，却好比一种自足自在的大语言，或语言的发生性力量。对此，海德格尔不断更换方式，试图表达它的实质。譬如他说："语言即是语言，语言自己说话。"他又说："静寂之音并非人造。相反，人本出自语言的言说。"(Eagleton，2005)[61]语言怎能开口说话，而且说出一堆人来？乍听起来，海德格尔简直是语无伦次。

我们不妨换个角度想：既然人类语言起源于存在，那么其原初形式，只能是一种针对存在的回答响应。也就是说存在呼唤人言、造就人言。而人言恰是一种面对天地的自然回应。翻译成中国古语，即大音希声，天道无言。恰恰因为这种无言天籁的启发，人类才有开口说话的可能，我们也才有了自然淳朴的本真语言。本真语言包括海德格尔推崇的诗语，及人类早期言谈，诸如巫师咒语、圣贤启示。它们贴近自然，顺应天地，所以归入珍贵一类。而日常语言就不甚稀罕了。如今人言，更因沉沦而愈显无聊。海德格尔说：人人说话，少有道说。"在纯粹闲谈中，在口号和习语滥用中，我们已失去与事物的本真联系。"(蔡仪，1979)[143]对此，钱钟书《管锥编》亦有大段精彩注释：语言之含糊浮之，本事之晦暗杂糅。盖天下一切景物，皆五光十色，任何人间情怀，皆千头万绪。所谓妙道非言可喻，才涉唇吻，便是死门。《老子》曰："心行处灭，言语道渐"。《庄子》谓"道不可言，言而非也"。《韩非子》称：物之存亡，死生、盛衰者，不可谓常。常者无定理，是以不可道。

海德格尔有关"Ereignis"是大语言的看法，东西方学界不乏应和。法国心理学家拉康，便将支配人言的无意识结构，称为大他者语言系统。我国学者孙周兴，试将"Ereignis"译作大道。他表示，海德格尔虽是初识中国之道、却已悟出其中若干要义，诸如大道显隐、大道化人、道不可言、言出淡兮。所以，我们不妨将"Ereignis"视为大道，以便印证它的无言，不可言。困难在于："Ereignis"是个洋字码，一旦进入西哲辞典，它就成了一个专门能指，或存在者。在此狭隘语境中，岂可指望它战胜康德的物自体、黑格尔的绝对理念？

海德格尔晚年语言之思，实为西洋哲学史上的罕见现象。我们知道，欧洲语言学一向关心语言的形式结构。他却抓住根本，力图揭示语言本质。麻烦在于：这一本质或奥秘，偏又是语言不可言说之物。说它是大语言，似乎不错。说它是某种真理生成机制，也说得过去。据专家称，"Ereignis"在德语中被读作发生事件。英美学者译它为"Event"或"Happening"。可海德格尔本人并不满意。他说该词还涉及本己、照亮、据有等一大串复杂含义。对此，美国教授霍夫施达特在翻译海德格尔著作时，提出一种较为圆通的解释。他援引海德格尔有关"天地神人四重奏"之说，巧妙凸现其中变幻机制。这样一来，世界就成了一个四方交映、不停轮转的巨大游戏场，"Ereignis"则是其中照亮、发生与转换的结合过程。在此过程中，天地神人相继进入真理光圈，并被一一显现为本己。同时，它们又在持续变幻的发生过程中，共属一体、彼此据有，亲近到不可分割的地步。

与之相似，我国学者张祥龙亦将"Ereignis"看成一种缘构。所谓缘构，如同赫拉克利特的永恒之火，它跳跃颤抖，引发万物，催生一切。用海德格尔的话说，此即一个"自身摆动的境域"。通过它，人和存在"相互达到对方"。在此天地神人交映之下，语言经由反复显隐，又将一切“保持在自身缘构的悬荡之中”。如此看来，“Ereignis”似可顶替居于中心的人，担负起谋划之职，即不但掌管存在的涌现。敞开与遮蔽，而且让到场者、离场者各得其所。但它仍有一大弱项：既然“Ereignis”统领一切，那么人的地位何在？倘若我们听命于它，何谈主动创造？“Ereignis”到底是不是一种缘构？它可能是，也可能不是。按照海德格尔的固执本意，凡以“是不是”设问的命题，全都落入了形而上学的俗套，所以问题本身就是错误的。若要进一步了解这个怪词的玄奥含义，我们还须适当知晓他有关技术本质、科技阱架的批判与见解。

五、萨特的存在主义哲学观

在《什么是文学?》一书中，萨特明确提出了三个问题：“什么是写作？为什么写作？为谁（写作)?”这三个问题涵盖了他对文学思考的主要论题，同时也构成了他的文学理论的框架。萨特首先提出一个问题：“人们为什么写作?”人们有各种理由来解释，可以为了逃避，也可以为了征服，但人们可以用其他方式来达到逃避与征服的目的，比如隐居和战争。可是人们为什么要选择写作呢？他认为，“在作者各种意图背后还隐藏着一个更深的、更直接的、为大家共有的抉择。”（陈伯海，2006）[85]那么这个抉择是什么呢？萨特认为，那就是追寻“自由”：“写作，这是某种要求自由的方式。”(Selden，2004)[71]

人在面对一片风景的时候，对于自我的意识是矛盾的：一方面，人能够意识到自己对于风景所起的“揭示作用”，没有自己就没有这片风景；而另一方面，人也意识到自己对于风景（被揭示的对象）的存在并不是主要的，自己在大自然面前是渺小的。萨特认为，艺术创作活动也有类似特征。人进行艺术创作活动的主要动机之一就在于“我们需要感到自己对于世界而言是主要的”（Smith，1967)[160]。这一点是可以理解的。在萨特看来，人在感知世界的同时也在揭示世界，世界在存在中是沉默的，它无法呈现自己，它的价值与意义只有在人对其感知的过程中才能呈现出来，所以在这个过程中，人是占有主动权的，没有人的参与，也就没有世界的价值和意义，是人赋予了世界存在的价值与意义，在某种程度上，人才是世界存在的本质。在艺术创作活动中，艺术家就像面对世界时一样，通过自己的创作活动生产出一件艺术品。因此，一方面这件艺术品是自己创作出来的；另一方面，艺术品的意义也是人自己赋予的。因此，人才是主要的。人在艺术品和艺术品的生产过程中，实现了自己的本质，即自由。

萨特还认为，艺术品尤其文学作品，也许对于读者而言它是一件完成的作品，但对于作者而言，作品永远处于“未决状态”，它就像一只奇怪的陀螺，只存在于运动之中，阅读活动体现了这种状况。也就是说文学作品并不能自行展现其意义，它必须通过解读符号或依靠他人才能呈现自身的意义与价值。所以，萨特说：“阅读确实好像是知觉和创造的综合。”也就是说，“读者意识到自己既在揭示又在创造，在创造过程中进行揭示，在揭示过程中进行创造”(Smith，1967)[167]。

在阅读过程中，读者是一个主要的角色，如果作品不能自动呈现，读者就通过自己的阅读行为将其呈现出来；如果作品对于作者将永远是未完成之作，读者就通过阅读活动将其完成和定型。所以萨特说：“阅读是引导下的创作。”读者也参与了创作，虽然他要有作者的引导。因此萨特得出结论说："任何文学作品都是一项召唤。写作，就是为了召唤读者以便读者把我借助语言着手进行的揭示转化为客观存在。"（Moore，1903）[148]

萨特认为，作家是通过作品向读者发出自由的召唤，作品就是作为目的提供给读者的自由。读者在阅读活动中是充分自由的，他有自由选择阅读方式的自由，也有选择不阅读的自由。当然，自由并非意味着可以不负责任。相反，读者必须要对作品负责，因为自由同时也意味着责任，它要求读者必须尊重作品，尊重艺术品的价值。在这里，读者与作品构成一种相互信任的关系。总之，"作家为诉诸读者的自由而写作，他只有得到这个自由才能使他的作品存在。但是他不能局限于此，他还要求读者们把他给予他们的信任再回归还给他，要求他们承认他的创作自由，要求他们通过一项对称的、方向相反的召唤来吁清他的自由。"（Qian Zhaoming，2003）[89]也就是说，作者与读者都是自由的，前者要求创作的自由，召唤本身的自由；后者则要求阅读的自由，既是对作家自由的承认，又是对自我的自由的肯定。因此，萨特认为："阅读是作者的豪情与读者的豪情缔结的一项协定；每一方都信任另一方，每一方都把自己托付给另一方，在同等程度上要求对方和要求自己。因为这种信任本身就是豪情。"（Qian Zhaoming，2003）[94]

萨特还说："由于没有一种外在现实能够制约读者的感情，后者就以自由为永恒的根源，也就是说，它们都是豪迈的——因为我把一种以自由为根源和目的的感情叫作豪迈的感情。"（Levenson，2000）[71]总之，文学的本质就是揭示自由。也正因如此，在整个创作活动中，"作家作为一个自由人诉诸另一些自由人，他只有一个题材：自由"（Levenson，2000）[78]。可以说，关于文学就是关于自由，作者和读者的自由在显示自身的同时揭示了别人的自由。

萨特的存在主义哲学观强调人在孤独世界中的自由，虽然人必须要选择，但至少他还可以自由地选择，这构成了人存在的本质。作家选择创作，正是在这个意义上，也就是选择了自由，而他所创作的，也因此只有一个题材：自由。不管怎样，作家用自己的选择去体现了人作为人的本质，也说明了自身的价值。萨特的存在主义在"二战"以后盛行一时，正在于他对人的价值和自由的肯定与推崇。由是而论，存在主义首先是一种哲学，一种文化与文艺思潮，文学理论只是它的副产品，但浓厚的哲学背景增添了这种文论批评的底蕴与独特性。存在主义表达的是战后欧洲的悲观、虚无和荒诞的时代精神，它的理论主张代表了现代主义文学的某些倾向，同时又具有较强的意识形态性。

症候8讲

精神分析学的文艺概观

第一次世界大战是一场帝国主义列强争夺霸权的非正义战争，于1918年11月结束。战争的性质决定了战后的世界格局的重新分配只是西方列强对于世界霸权的重新争夺与分割。因此，这种争夺与分割并不可能消除列强之间的巨大矛盾，并留下了再次战争的隐患。战后建立的凡尔赛-华盛顿体系正是如此，它不是和平的象征，而是新的世界大战的准备。第一次世界大战以后，世界处于短暂而可贵的和平时期。各国政局相对稳定，加紧发展自己的经济，加之科学技术在这一阶段的飞速发展，因此西方各国经济发展迅速，出现了一派繁荣的景象。但好景不长，资本主义固有的矛盾引发了1929年世界性的经济危机，资本主义经济陷于崩溃与大萧条当中。列强之间脆弱的平衡被打破，固有矛盾尖锐起来。为了走出经济危机，美国实施罗斯福新政，而德、意、日三国则走上了侵略扩张的战争道路，英、法、美等国的绥靖政策纵容了这种侵略行径，助长了法西斯的气焰，第二次世界大战不可避免地爆发了。

进入20世纪，人类的科学技术取得了突飞猛进的发展，为人类进步做出了巨大贡献，医学在这一阶段同样是科学发展的一个亮点。在这一时期医学上的成就主要体现在精神病学所取得的进步，确切地说是以弗洛伊德为代表的精神分析学说的创立。千百年来，人类一直在努力更深入、更清晰地了解自身，却始终无法解析精神之谜，而精神分析学说为人类对自身的精神与意识的研究开拓了一条新的道路，打开了一扇通向精神的窗子，使人们发现在感觉意识之下还隐藏着一个复杂的潜意识世界，这无疑是人类精神研究的一大进步。

精神分析学说在医学上固然得益于弗洛伊德的精神病学研究，但同时它也受到了20世纪初非理性主义哲学，如叔本华、尼采的唯意志论和狄尔泰、柏格森的生命哲学的深刻影响。弗洛伊德认为叔本华所谓的无意识之“意志”，即是他所坚持的精神欲望。另外，他像柏格森一样，认为人的本质乃是一种神秘的生命冲动，只不过在他那里是指性欲冲动，同样，这种性欲冲动作为人的潜意识本能是永恒流动的，是人的行动的真正基础。弗洛伊德的精神分析学说，形成了一个完整的思想体系，并被广泛传播，影响巨大，在他在世的时候就已经形成了“弗洛伊德主义”。到了20世纪30年代，新一代精神分析学家如荣格（1875—1961）、阿德勒（1870—1937）、沙利文（1892—1949）与弗洛姆（1900—1980）等，对精神分析作出不同程度的修正和不同方向的发展，形成了新弗洛伊德主义，在世界上广泛流行。当然，这种流行也与资本主义社会的现状大有关系。西方社会的各种危机日益给人们带来众多的灾难、挫折和苦闷，这些问题在精神分析学说中找到了解释和解决办法，自然受到人们的欢迎，同时也使精神分析学说走出专业医学领域，进入了广阔的社会与文化领域，成为西方社会独树一帜的思潮。

意识流文学是20世纪上半叶影响巨大的文学流派。意识流本是一个心理学术语，出自美国心理学家威廉·詹姆斯的《心理学原理》（1890年）一书，它指出人的思维和意识像河水的流动一样连续不断。弗洛伊德与荣格对人的无意识的研究与论述，使人们开始重新审视人的无意识，从某一方面也推动了意识流理论的巩固与发展。“一战”以后，西方作家对现实感到幻灭，文学描写开始转向对人的内心世界的挖掘。意识流文学的重要代表人物包括英国女作家弗吉尼亚·伍尔芙、爱尔兰作家詹姆斯·乔伊斯、法国作家普鲁斯特和美国作家威廉·福克纳等。

弗吉尼亚·伍尔芙（1882—1941）是英国最早开始创作意识流作品的作家。她的论文《论现代小说》是英国“意识流”文学的一份宣言书，她主张发掘人的内心世界，因为头脑接受的实际上是生活中细小奇异而易逝的种种印象，作家的任务就应该描写人的这些主观印象。她的小说《墙上的斑点》就是一个典型的意识流小说，描写的是主人公对墙上的一个斑点（实则是一只蜗牛）引发的一系列联想，通过主人公意识流的活动，展示了人物的内心世界。她的其他小说作品还包括《达洛卫夫人》（1905年）、《到灯塔去》（1927年）、《海浪》（1931年）等。她的作品大都重视对人的内心世界的描述，不看重具体的小说情节叙述。

詹姆斯·乔伊斯（1882—1941）是20世纪最著名的意识流小说家，他的小说都是以都柏林为背景，取材于爱尔兰的现实生活。他早期作品《都柏林人》（1941年）是部短篇小说集，用现实主义的创作手法描绘了都柏林的风土人情。后来的作品包括《一个青年艺术家的画像》（1916年）、《尤利西斯》（1922年）和《芬尼根的守灵夜》（1939年）等。其中《尤利西斯》（1922年）是乔伊斯的代表作，也是意识流小说的经典作品。这部小说情节简单，但作者无疑关注的是其中三个主人公的内心世界，通过描述三个人的内心活动，不仅刻画了三个人物，而且通过这三个人物展示了都柏林丰富多彩的一天。作为西方现代主义的一部代表作，《尤利西斯》通过人的意识流来展现世界，是对传统写作方式的重大突破。

马塞尔·普鲁斯特（1871—1922）是法国意识流小说的先驱。他受到柏格森的生命哲学与直觉理论的影响，试图把这些理论应用于自己的文学创作。他最重要的长篇小说作品是《追忆逝水年华》（1927年），这部长篇小说共分七卷，前四卷在其生前出版，后三卷直至其死后五年才出齐。这本书描写的是“我”对往事的追忆，但其叙述方式很独特，整部小说没有连贯的故事情节，一切都随“我”的内心感受以及回忆和联想而展开，因此所有的故事都是随意置放，没有逻辑的关联。显然，普鲁斯特关注的是人物的内心世界，整个展示的也是人物的意识流，而展现出来的世界和生活便是“我”看到的和回忆中的世界与生活，这正是意识流创作手法的一种特点，也是对传统的现实主义创作手法的突破。

威廉·福克纳（1897—1962）是美国现代最重要的作家之一，也是美国“南方文学”的代表作家，他被认为是继乔伊斯之后最有影响力的意识流小说家。他的主要作品包括：《喧哗与骚动》（1929年）、《我弥留之际》（1930年）、《八月之光》（1932年）、《押沙龙，押沙龙》（1936年）等。他的全部作品包括19部长篇小说和75部短篇小说，大部分作品构成了他的“约克纳帕塔法世系”的一系列小说，是对约克纳帕塔法这一地区生活的全面展示。他的小说在现实主义叙述手法的基础上进行了现代主义的尤其是意识流写作手法的实验。他用意识流手法发掘人物的内心生活，把情节转化为人物主观的混乱的意识流或内心独白，同时又结合对故事的清晰叙述，真实地展现了整个小说世界，《喧哗与骚动》就是这种写作手法的典型。意识流小说是对现实主义小说的传统创作手法的反动与突破，它所追求的不是对故事的客观的清楚的叙述，而是要直接显示人物意识流的原始轨迹，通过这种展示，使人们更清楚地认识人的心灵世界，这也是文学艺术创作领域的重大拓展。

作为文学批评流派的精神分析学派首先是对传统文学批评理论的一种反叛。19世纪末的欧洲文学批评以实证为主，强调环境、遗传对文学创作的决定作用，对文学作品的批评往往演化为研究作家的生平的传记式批评，或者无限扩展了对相应的社会环境（或时代精神）的描述。随着弗洛伊德的心理学理论的发展，人们日益接受了存在着一个深不可测的潜意识世界的观点，一个新的世界出现在人们的面前。弗洛伊德运用自己的心理学理论对一些文学和艺术作品作了全新的独特的再阐释，得出了新的结论。他的批评方法被称作精神分析的批评方法。当然，从整个精神分析的发展历史来看，精神分析理论无疑是包含弗洛伊德的批评理论而非相反或等同。

精神分析理论有着漫长的发展过程，大致可以分为三个时期：弗洛伊德时期、荣格时期和拉康时期。这三个时期都以对人的无意识为研究对象，但同时又各有侧重于理论阐释，从而也形成了三种极不相同而互有联系的精神分析理论。他们的次序也大致勾画了精神分析理论的学科发展史。当然，不应该忘记在每一个阶段，还可能会有他们的志同道合的同行，后者也是这个历史的创造者。

弗洛伊德本人的批评理论以及以他为中心形成的（大部分是他的弟子和朋友）理论和对他的理论的阐释构成了精神分析第一阶段的理论体系。在这一阶段，精神分析理论家利用弗洛伊德的心理学理论对文学进行批评。但是，在他们的批评实践中，他们往往通过作品寻找性意识的象征符号，并把这种象征符号与作者的创作动机直接联系起来进行批评。显然这种“粗俗的”符号论没有超出弗洛伊德自己的批评模式，而只是证明无意识理论的正确性，对于文学则无实质的研究。另一种批评是直接把文学作品当作心理学研究的病例来研究，就是通过分析作品的人物形象、语言或行动，以及故事结构等来说明作者的创作心理。他们实际是要寻找作者隐藏在作品中的心理倾向。现在看来，这些批评方法是比较机械的。

第一阶段的理论缺陷在第二阶段得到了弥补。一方面，荣格对弗洛伊德的心理结构理论进行了改造，创立了集体无意识理论，并进而推出了原型批评，对后来的文论尤其是弗莱的理论，产生了很大影响。另一方面，还有一些批评家如诺曼·霍兰德（1927—2017）对弗洛伊德的性本能学说进行了修正，避免了传统精神分析理论的褊狭，加入了人的社会性，并借助其他的哲学或文学理论重新阐释了精神分析理论。比如，霍兰德认为，读者与文本是一种本我幻想与自我防卫的关系，也即文学作品把读者内心的潜意识愿望转化为可以被社会接受的内容，这构成了读者阅读作品的乐趣源泉。他还从接受美学理论来阐释读者与文本的关系，认为读者可以根据自己的个性和愿望来阅读和理解作品，因此是一种个性的再创造。

第三阶段，拉康把语言学理论引入精神分析理论。他运用结构主义语言学的理论去阐释人的无意识与语言的关系，去解释人的主体性问题。这样，他就借助结构主义语言学的科学性修正了精神分析理论的过分的客观性与随意性。他反对弗洛伊德的无意识先于语言的观点，坚持人的无意识是在社会的语言网络中形成的，语言先于无意识，因此人是在社会网络中逐渐找到主体的自我的。这是精神分析理论的一次“语言革命”，一方面使我们可以进一步认识无意识与社会的关系；另一方面，我们可以通过这个中介来认识这一关系。无疑，这是精神分析的重大进步，拉康的理论对当代女权主义、结构主义等各派批评理论产生了深刻影响。

一、弗洛伊德的性欲升华论

弗洛伊德是一个哲学气质浓厚的精神病学家。他首先是一个精神病学家，然后他才是一个文学批评家。他是从他的精神分析学出发去研究和阐释文学现象，从而得出他独树一帜的文学理论的。弗洛伊德学术研究的开端是达尔文的生物进化学说，他是从生物学研究转入到心理学研究的。他从动力学原理的角度来研究人的心理，他认为人格是在人的生物能向心理能的转化过程中形成的，而转化活动的开端则是人的本能。本能是储存在人体内的需要，需要得到满足，本能得到释放，从而保持人体中能的平衡。在这个过程中产生了各种行为，不同的行为出自不同的需要，也就来自不同的本能。弗洛伊德把各种各样的本能总结为生命本能与死亡本能，由此派生出各种本能，产生人格机构的动力。本能说是弗洛伊德精神分析学说的基础。

本能同时体现了人格的内在结构。弗洛伊德将人格的内在结构分为三个层次：本我、自我和超我。他们有各自的作用和行动原则。本我是存储本能的地方，是各种本能的驱动之源，它奉行快乐原则，即趋乐避苦，趋利避害。超我是人的良心与社会律令，它的作用就是阻止本能的直接发泄，努力使本能释放在理想的对象上。自我居于本能与超我之间，起协调、平衡二者的作用，它奉行现实原则，努力去调节、压抑本能的冲动，引导它避免与社会现实发生冲突。当然它并不是取消快乐原则，而只是暂缓。

在此基础上，弗洛伊德把人的心理也相应地分为三个意识层次：无意识层（或潜意识层）、前意识层与意识层。这三个层次的关系是：无意识层好比本能的汪洋大海，漫无边际，是人所不可知的。无意识层保存了被压抑的人类情感与观念，它的产生多与儿童发育过程中的创伤性经验有关。无意识永远在骚动，试图进入意识层，但它受到前意识层的“检查”。前意识层是调节无意识与意识的“检查”机制，它可以使无意识进入意识，但它更多的是阻止无意识，控制无意识，使之被压抑在意识与前意识之下。意识则是人可以察觉、感知自我与外界的心理活动，处在心理结构表层。

弗洛伊德的无意识理论认为，人类所有行为的最初动力是人的本能，尤其是性本能，即力比多（Libido）。如前所言，本能在人的潜意识中骚动不安，寻找着发泄的突破口，然而社会现实总是作为外界压力来阻止、压制本能的突破，这就形成了本能的发泄与反发泄的冲突。人受本能的驱动，寻找释放本能的途径，因为从根本上讲，本能最终还是要释放出来的，只有如此才能维持人体能量的守恒。弗洛伊德说："生活正如我们所发现的那样，对我们来说是太艰难了；它带给我们那么多痛苦、失望和难以完成的工作。为了忍受生活，我们不能没有缓冲的措施。这类措施也许有三个：强而有力的转移，它使我们无视我们的痛苦；代替的满足，它减轻我们的痛苦；陶醉的方法，它使我们对我们的痛苦迟钝、麻木。"（徐正英等，2008）[161]

这些"缓冲的措施"的产生反映了本能与现实的矛盾与冲突，而它们之所以必不可分，原因在于人的本能受到强大而严酷的生活现实的压抑，不能得到直接且充分的释放，而本能又不能被固定，否则就会因为压抑而引发精神疾病。因此，人必须寻找其他途径使本能得到发泄。根据弗洛伊德的说法，艺术与科学走的是转移的途径，宗教作为幻想则是代替，而嗜物成瘾则是陶醉。总之，无论是哪种途径，都是人来躲避现实压迫、释放本能的方法。

弗洛伊德把文学艺术的创造理解为性欲转移和升华的途径。他认为艺术家创造美，科学家发现真理，这些活动既可以使本能得到释放，使人从这些活动中得到快乐，同时又可以造福他人，因此是"高尚的和美好的"。同时，他还认为艺术家的本能冲动高于正常的人，因此其本能与现实冲突的激烈程度也会高于常人，但是，艺术家能够通过自己的艺术创作活动，"通过在内部的精神的过程中寻求满足，来使自己独立于外部世界"（郦稚牛等，2004）[115]。这样，命运摆布他的力量也就小多了。

在《精神分析引论》一书中，弗洛伊德更是明确指出："我们相信人类在生存竞争的压力之下，曾经竭力放弃原始冲动的满足，将文化创造起来，而文化之所以不断地改造，也由于历代加入社会生活的各个人，继续地为公共利益而牺牲其本能的享乐。而其所利用的本能冲动，尤以性的本能为最重要。因此，性的精力被升华了，就是说，它舍却性的目标，而转向他种较高尚的社会的目标。"（成复旺，2007）[46]艺术家和科学家的贡献在于，在同等的现实压力之下，他们可以超越单纯的性本能的满足，而把性本能冲动转移和实现在"较高尚的社会目标上"，同时，也通过这样的途径，他们超越了现实，逃脱了受压抑的命运。

二、俄狄浦斯情结与白日梦

弗洛伊德把本能作为人的行为，尤其是艺术家、作家的文艺创作活动的动机，同时，他把本能分为生存本能与死亡本能，由这两大类本能生出多种情结。而情结则是本能类型的集中表现。其中，俄狄浦斯情结是最为著名的一种。所谓俄狄浦斯情结（Oedipus complex），就是一种恋母妒父的心理。弗洛伊德认为，每个人童年时都有这种情结，艺术家的童年更为明显。他认为，俄狄浦斯情结是艺术家进行艺术创作的原始动力。

通过分析《俄狄浦斯王》与《哈姆雷特》这两部名剧，弗洛伊德证明了人物身上存在着俄狄浦斯情结，同时也为我们提供了一个利用精神分析理论进行文学批评的范例。《俄狄浦斯王》作为一部悲剧，为什么使观众深受感动？人们通常认为其悲剧效果在于至高无上的神的意志和人类逃避即将到来的不幸时的毫无结果的努力之间的冲突。也就是说，它是一出命运悲剧，说明人在命运面前必须承认自己的渺小。但弗洛伊德提出疑问，为什么同样的冲突写成的悲剧却并不动人？弗洛伊德认为这部戏的悲剧效果并不在于命运与人类意志的冲突，而在于表现这一冲突的题材的特性，就是说，剧中人物的命运与我们的内心有发生共鸣的东西。弗洛伊德解释说："实际上，一个这类的因素包含在俄狄浦斯王的故事中：他的命运打动了我们，只是由于它有可能成为我们的命运。也许，我们所有的人都命中注定要把我们的第一个性冲动指向母亲，而把我们第一个仇恨和屠杀的愿望指向父亲。我们的梦使我们确信事情就是这样。俄狄浦斯王杀了自己的父亲拉伊俄斯，娶了自己的母亲伊俄卡斯忒，他只不过向我们显示出我们自己童年时代的愿望实现了。正是在俄狄浦斯王身上，我们童年时代的最初愿望实现了。"（甘阳，1985）[73]

俄狄浦斯之所以能引起观众内心的共鸣，是因为他与观众都在精神上有一种情结——恋母妒父心理，不同只在于俄狄浦斯实现了观众被压抑的愿望。弗洛伊德在莎剧《哈姆雷特》中也看出了这种情结，他认为它们"来自同一根源"："在《俄狄浦斯王》中，作为基础的儿童充满愿望的幻想正如在梦中那样展现出来，并且得到实现。在《哈姆雷特》中，幻想被压抑着。"（甘阳，1985）[77]关于剧中哈姆雷特为父报仇时行动再三拖延的原因，弗洛伊德不同意哈姆雷特性格优柔寡断的解释，他认为，他也是因为俄狄浦斯情结："哈姆雷特可以做任何事情，就是不能对杀死他父亲、篡夺王位并娶了他母亲的人进行报复，这个人向他展示了他自己童年时代被压抑的愿望的实现。这样，在他心里驱使他复仇的敌意，就被自我谴责和良心的顾虑所代替了，它们告诉他，他实在并不比他要惩罚的罪犯好多少。"（崔海峰，2006）[163]

三、作家与白日梦

我们前面已经谈到，弗洛伊德认为，为了使本能冲动得到释放，可以有多种途径。艺术家采用转移和升华本能的途径，通过性欲的升华，创作出艺术作品。一方面，释放本能，得到快乐；另一方面，通过自己的艺术活动以逃避现实的压制。所以在《弗洛伊德自传》中，弗洛伊德写道："显然地，想象的王国实在是一个避难所。这个避难所是因为人们必须放弃现实生活中某种本能的需求而痛苦地从'享乐主义'转到'现实主义'这一过程中建立起来的，所以艺术家就如一个患有神经质病的人一样，从一个他所不满足的现实中退缩下来，钻进他自己想象力造成的世界中。但艺术家不同于精神病患者，因为艺术家知道如何去寻找那条回去的道路，而再度把握现实。他的创作，即艺术作品，正如梦一样，是下意识的愿望得到一种假象的满足，而且在本质上也和梦一样，是具有妥协性的。因为它们也不得不避免跟压抑的力量发生正面冲突。"（傅璇琮等，1999）[68]

在《作家和白日梦》一文中，弗洛伊德拿孩子玩游戏与作家进行创作来进行比较，说明两者的相似性。他认为，首先，游戏与艺术创作两种行为都创造了一个自我的幻想世界，而且孩子与作家都以严肃的态度来对待自己的行为，同时却又能区分出幻想世界与现实世界；其次，孩子长大以后停止游戏，但是他现在用幻想来代替游戏。他在空中建筑城堡，创造出叫作白日梦的东西来。而作家创作文学作品，也正像做白日梦一样："现时的强烈经验唤起了作家对早年经验（通常是童年时代的经验）的记忆，现在，从这个记忆中产生了一个愿望，这个愿望又在作品中得到实现。"因此，弗洛伊德得出结论："一篇创造性作品像一场白日梦一样，是童年时代曾做过的游戏的继续和代替物。"（葛林等，1987）[165]但我们必须注意到艺术创作毕竟不同于白日梦。白日梦的动力来源是未曾满足的愿望，每个白日梦都是愿望的一次满足。但是这些愿望做梦都是要小心隐藏，不敢露于人前的，因为那是人的心理深处的隐私。艺术家的创作也是把隐私暴露于人前。但不同之处在于艺术家通过自己的艺术加工，可以使这个白日梦给受众带来审美快感，即使它的实际内容对于作者来讲是不愉快的，因此，艺术创作要高于白日梦。不过，弗洛伊德要强调的只是艺术创作与白日梦一样，是未曾满足的愿望的一次满足。

弗洛伊德的精神分析学说在心理学史中无疑有开创之功，即使被应用到文学批评理论中也极有启发意义。尤其是在进入20世纪之后，无意识批评是文学批评由传统向现代的第一个转向。在实际批评当中，即使弗洛伊德的批评结论有时不能使人信服，但不可否认，他给予文论家一个全新的领域和角度，实在是功不可没。当然弗洛伊德的理论的偏激之处也是显而易见的：一是太狭，这尤其表现在它对俄狄浦斯情结太过于推崇；二是太泛，这表现在他的泛性论学说。弗洛伊德运用性本能冲动来解释一切艺术创作的动机和来源，显然是忽视了文学艺术自身的规律，忽视了社会背景对艺术创作的影响。

四、荣格的集体无意识理论

荣格最初是弗洛伊德的忠实信徒，得到弗洛伊德的赏识。弗洛伊德把荣格当作自己的接班人，推荐他担任国际精神分析学会第一任主席。但是后来荣格在学术观点上与老师产生了分歧，结果导致师生关系中断。两个人的分歧在于：弗洛伊德坚持个体无意识，而荣格却发现了集体无意识。

弗洛伊德的个体无意识理论认为人的意识分为三个层次：无意识、前意识与意识，对应着人格心理结构的本我、自我与超我。其中，无意识主要是指个人在童年时代所遭受的创伤性经验，性本能受到压抑而隐藏在无意识层中。在这里，个体无意识是限于个体，来源只限于童年时期的创伤性经验。荣格的集体无意识理论则认为：首先，无意识不仅是指弗洛伊德的性爱（即力比多），而是要比性爱广泛得多，更多的是指一种普遍的生命力；其次，更为重要的是，在荣格的无意识结构中，无意识不仅来自个体被压抑的本能冲动，而且还具有比个体无意识更深层的无意识，即超越个体的集体无意识。在这里，荣格迈出了超越弗洛伊德的第一步，即便是个体的无意识，也包含两个层面：一层只关系到个体，是表层的个体无意识；另一层更深刻，是与生俱来的超越个体、负载着整个种族的所有经验的集体无意识。集体无意识是一个使荣格享负盛名的概念，简单说来，就是一个种族的记忆。它包括两个方面的特征：第一，在范围上，它是关于一个种族的记忆，为某一种族的所有成员共同拥有，是一种集体经验，包含着集体中所有成员的无意识，是他们共同的心理基础；第二，在时间上，集体无意识包含着这个种族经过千百年所沉积起来的集体经验，在荣格看来，个人的无意识中还保存着个人所附属的整个种族所有历史的经验，对于个人来讲，它是与生俱来的、先天的。

集体无意识的理论是荣格进行文学批评的基础。集体无意识既然是普遍的、先天的，那作家在进行文学创作之时，他所创作的东西，也就不仅如弗洛伊德所说，是个体的性欲的升华，而且是作家所在的种族记忆的体现。这种种族记忆的力量是如此强大，以至于不是作家控制着作品，而是作品控制着作家。荣格说："创造性冲动常常是如此专横，它吞噬艺术家的人性，无情地奴役他去完成他的作品，甚至不惜牺牲其健康和普通人所谓的幸福。"（袁伟，2002）[74]因此，在荣格看来，"艺术是一种抓住人并使之成为它的工具的天然动力。艺术家不是那种赋有自由意志来追求自己的目的的人，而是那种让艺术通过他来实现其目的的人。作为人，他可以有情绪、意志和个人的目的，而作为艺术家，他是更高意义上的'人'，——他是'集体的人'——是肩负着铸造着人类无意识的、精神生活的人。"（袁伟，2002）[80]荣格认为，艺术家都以为自己的创作是自由的，那只不过是幻想，他的创作实质上受着集体无意识的束缚，好比游泳，艺术家以为自己在游泳，而实际上是一股暗流在卷着他走。

五、原型或原始意象

一首好诗或艺术品为什么能使人感动，引起人的共鸣？弗洛伊德认为是因为它们展现了我们潜意识中的幻梦，实现了我们在现实中受挫的、被压抑的愿望。但是荣格提出了另外的解释：艺术家受到创造性冲动的驱使，在集体无意识的控制之下创作出了艺术作品。那么，艺术作品所展现的也是集体无意识，即整个种族的普遍心理的状态与形式，荣格称之为"原型"，或"原始意象"。由于原型普遍地存在于整个种族的集体记忆之中，所以当人们欣赏艺术作品时，艺术作品就激活了观赏者内部的集体记忆，从而引起了观赏者的共鸣。

在荣格看来，在个体心理的形成过程中，被压抑的意识沉积到无意识中，构成个体无意识的一部分，这固然与个人的经验有关，但同时个人还通过遗传，先天地拥有了集体无意识。荣格甚至还认为集体无意识比表层的个体无意识更能影响人的心理。同时他认为集体无意识会随着人类的发展而不断进化，对于个人来说，集体无意识就是一套预先形成的形式，通过它，个人就与整个族类联系在一起，因为它是所有人共有的；通过它，个人也与历史联系在一起，因为它是以往所有历史经验的集合。当然，作为个体，他的一生既融入了族类记忆，同时又为族类记忆做出自己的贡献。集体无意识和族类记忆，通过一定的形式表现出来，就是"原型"或"原始意象"。文学艺术作品就是通过原型和原始意象来表现集体无意识的。荣格认为原型的最初形式是人们对于某种情境所做的反应，而当这种情境反复出现，就逐渐印刻在人们的心理结构中。在遇到同样的情境时，人们就会做出相同的心理反应，这种特定的心理模式就构成了原型。因此，有多少种典型情境就有多少种原型，所有的原型加起来就构成了集体无意识。所以荣格说，原型或原始意象"为我们祖先的无数类型的经验提供形式。可以这样说，它们是同一类型的无数经验的心理残迹"。

艺术品被创作出来，就负载着各种原型和原始意象，"每一个原始意象中都有着人类精神和人类命运的一块碎片，都有着在我们祖先的历史中重复了无数次的欢乐和悲哀的一点残余，并且总的说来始终遵循着同样的路线。它就像心理中的一道深深开凿过的河床，生命之流在这条河床中突然奔涌成一条大江，而不是像过去那样在宽阔而清浅的溪流向前流淌。”（雷体沛，2006）[179]所以在观赏艺术品的时候，遇到原型，人们就像突然被拨动了尘封已久的心弦，“会突然获得一种不寻常的轻松感，仿佛被一种强大的力量运载或超度。在这一瞬间，我们不再是个人，而是整个族类，全部人类的声音一齐在我们心中回响。”（雷体沛，2006）[183]观赏者与艺术品所蕴含的原形产生了强烈的共鸣，同时观赏者的无意识得到突然的释放，获得了巨大的快感，感觉到生命找到了皈依，幸福地融入族类当中，与整个人类同呼吸共命运。

从另一方面讲，艺术家要创作出伟大的艺术品，只凭个人的力量是不够的，他应当学会借助原型的力量，通过原型，他可以发出更强大的声音，因为“一个用原始意象说话的人，是在同时用一千个人的声音说话。他把我们个人的命运转变为人类的命运”。无论是观赏者还是艺术家，都在整个族类的怀抱中获得幸福。观赏者通过原型融入了集体，而艺术家的创作也只有融入集体才能获得更响亮的声音，并同时与集体保持沟通，这一切活动的媒介都是原型。所以，荣格这样来说明伟大艺术的奥秘：“创造的过程，就在于从无意识中激活原始意象，并对它加工造型精心制作，使之成为一部完整的作品。通过这种造型，艺术家把它翻译成了我们今天的语言，并因而使我们有可能找到一条道路以返回生命的最深的泉源。”（蒋孔阳，1997）[101]作为一个心理学家，荣格能对文学讲出如此深刻的见解，实在是难能可贵的，同时，这个见解对于我们也是非常有启发意义的。

关于艺术家、作品和原型之间的复杂关系，也许下面一种看法代表了荣格的典型见解：“不是歌德创造《浮士德》，而正是《浮士德》创造了歌德。《浮士德》除了是一种象征以外还能是什么呢？我所说的象征，不是指对某些熟知事物的比喻，而是指某些还不太明确的然而是活生生的事物的表现。在这里，它是生活在每一个德国人心灵里的东西，而歌德促使它诞生了。”（陈铭，2001）[166]可见，在荣格看来，不是作家创造作品，而是作品创造作家，因为，作品代表的是原型，反映的是集体意识，它抓住了作家的手，逼迫他创作出作品。所以，要成为伟大的作家，就要找到控制自己的力量。

症候9讲

结构主义的历史与革命

“二战”后的法国思想史，好比一本畅销多年的时装杂志，一段频繁更换主角的罗曼史，一组彼此对峙的怪诞图腾柱。或如海明威所说，是场令宾客垂涎、每每不忍离去的“流动觞察”。它之所以恒久地感动世界、左右潮流，除去法国人旺盛的创造力，恐怕更由于他们生在巴黎：那个左拉笔下的饕餮之都、福楼拜眼中的欲望之都、波德莱尔心头的时尚与革命之都。这座城市自 18 世纪起，就一贯注重季节轮回，世风流转，又向来以色彩反差、个性彰显为荣。

中国长沙岳麓书院，有门联曰：“唯楚有才，于斯为甚。”法国人夏加尔也吹牛说：“艺术的太阳只照耀巴黎。”对于德国人哈贝马斯，20 世纪思想的光辉，偏爱塞纳河左岸。1985 年，福柯去世不久，哈贝马斯不顾他与法国佬未见输赢的论战，写下一段向对手致敬的文字：“在过去二十年中，巴黎产生的具有原创性和生产性的理论，要比世界上其他任何地方都更多。”(Thickstun，1988)[167]这不啻是说：索邦、农泰尔、社科高研院，竟在一段岁月里，压倒了德国人引以为傲的现象学中心弗赖堡、西马发源地法兰克福，以及哈贝马斯在慕尼黑建立的研究所。

确实，仅在 1945—1968 年这二十余年里，世人就目睹三波来自巴黎的哲学时尚：存在主义、结构主义与后结构主义。虽说扑朔迷离，噱头十足，我们不难从乱糟糟的变革中，寻出某种一成不变之规：此即一种父子情仇式的代沟矛盾。从老一辈左翼文人，如萨特、加缪、梅洛-庞蒂，到 60 年代结构主义明星，即拉康、巴特、德里达之流，巴黎的男人吵吵嚷嚷，各领风骚三五年。最终结论，倒要由一群深解巴黎风情的女人来引导。那是 20 世纪最杰出的三位欧洲知识女性：汉娜·阿伦特、西蒙娜·德·波伏娃、朱丽娅·克里斯蒂娃。作为上述男人们的学生、情侣、学术对手，她们最有资格讲解巴黎的革命，包括它的思想传奇与情感故事。下面，让我们追随三位女杰的目光，去透视巴黎结构主义革命的始末。

一、萨特与存在主义

1949 年年底，汉娜·阿伦特回到巴黎。这位海德格尔的犹太裔女弟子，曾于 1933 年躲过纳粹追捕，来巴黎避难七年。在这里，她结识了众多法国朋友，从萨特、柯热夫、雷蒙·阿隆，直到与她背景相似的德国流亡学者本雅明。1940 年春，德国坦克横扫法国，导致英军在敦刻尔克大溃败，以及犹太难民又一轮逃亡。本雅明在偷渡西班牙国境时自杀。阿伦特吉星高照，由里斯本转道美国，成了纽约城里的出版总编、声名鹊起的评论家，以及一个在战后沟通欧美学术的关键人物。

1946 年，巴黎解放不久，阿伦特就在纽约杂志上撰文，介绍那个令她魂牵梦萦的残破都市，特别是它劫后余生的思想动向："一堂哲学讲演，竟引发现场暴乱。几百人蜂拥而入，上千人挤在室外。"什么哲学如此令人疯狂？汉娜一笑曰：法国存在主义。谁在倡导这一哲学？女记者如实道：萨特与加缪。他们说些什么？哲学博士意简言赅：探讨人生处境，分析人类关系，关心存在与虚构。与德国现象学有何瓜葛？不愧是海德格尔的学生，阿伦特含而混之地虚晃一枪，一语道破了真谛：德法同源，背景近似，何须细分？此番阿伦特回到巴黎，未免百感交集。与法国朋友叙旧之余，她更烦心的事，是如何面对两位师长——海德格尔和雅斯贝斯。由于海氏在纳粹时期出任弗大校长，并对濒危的胡塞尔坐视不救，雅斯贝斯拒绝原谅老师。1950 年春，阿伦特重返德国分别与二老重逢。此刻的她，显然倾向情同父亲的雅氏，怨恨她的旧情人海氏，那个"神秘王国的国王"。据说，当时女弟子下榻黑森林旅店，仅派人送去一张便笺，上写"我住这里"。海氏跌跌撞撞地赶来，奉上一叠手稿书信。同时还对夫人说，汉娜是他"生命的激情，创作的灵感"。

1951 年，阿伦特有违众望，加入美国籍，从此离开德国哲学圈子。有人揣度她离去的原因，可能涉及弥漫在她师友中的萎靡气氛：胡塞尔的圣贤姿态，本雅明的优柔寡断，海氏的自命清高，莫不让阿伦特产生一种萨特式的恶心。这股爱之弥深，怒其不争的情绪，此后在阿伦特遗著《精神生活》(1978 年）中有所流露。阿伦特在书中表示：德国现象学秉承希腊思维，远离世界，思辨求知。到了胡塞尔手中，它已变成现象学的还原。与之相悖，萨特的存在勇气，却来自基督教圣保罗教义的实践观：它强调个人意志，推崇创新能力。对此汉娜直言不讳道：海氏之前的德国知识传统，一向否认个体，人性与偶然性。她的补救工作，是要将它由抽象退隐，转向个人进取与自由实践。

故事讲到这里，我们要请波伏娃出场了，先介绍那个令汉娜刮目的法国男人。据波伏娃称：萨特四岁读书，五岁戴眼镜，十岁动笔写作，要当斯宾诺莎和司汤达二者合一的大作家。十九岁他考入巴黎高校，成为哲学系高材生。1933 年又前往柏林法兰西学院，进修德国现象学。年轻自负的萨特，此时一面眷念波伏娃的美色财物，一面堕入胡塞尔的意识迷宫。在柏林那年，萨特上午听课，晚上写小说。波伏娃回忆说，他此时发现了偶然性问题，所以日夜赶工，要把小说献给"海理"(他给波伏娃起的绰号）。

存在主义的经典之作《恶心》是本哲理小说。主人公洛丁根，是一外省小城里的酸文人。他生活无聊，精神烦闷，终日在图书中枯坐，虚构古人传记。他有情妇，可她崇拜诗歌中的爱情，为此躲避他。当她终于出现时，却已人老珠黄，与洛丁根一样失落，依照洛丁根在日记中的记载："人生活在自己和他人的故事中，并通过故事安排生活。"忽有一天，洛丁根在小城公园遭遇一棵老栗树。老树黝黑古怪，令他张口结舌，方寸大乱。随着树根钻入泥土，"词语消逝了，人们刻画事物的记号也变得无影无踪"。洛丁根感到恶心，因这树根"以我无法解释的方式存在着"(Stein，1998)[167]。美国的丹图教授讲解说：以往宗教或世俗文学中，很难找到这样精彩的幻灭描述。洛丁根发现的，实乃一种描述能力危机。恰如维特根斯坦所言：语言不能表述世界，现实不断超出语言的可说范围。

洛丁根的恶心，反映出萨特的存在危机，即存在蓦然显露自身，却不能被塞入词语。这危机指控世界紊乱，导致哲学崩解。我们知道，西洋哲学强调世界统一，凡事都有逻辑可循。人的词语，则与事物秩序井然对成。此即传统哲学赖以支撑的普遍性与必然性。如今萨特描写人生荒诞多变，其目的是要避开普遍必然，走向偶然具体。洛丁根的恶心，于是也在文学上表现为某种多余：它不受概念限定，无法以语言表述。这多余不断扩展，笼罩全局："那栗树是多余的。那瘦弱疲软、玩弄沉向思想的我，也是多余。"洛丁根在日记中自白："荒谬一词从我笔下流出。我明白，我已找到存在的答案。"此处，萨特的主旨跃然纸上：理性无法主宰世界。我们的观念建立在脆弱易变的偶然之上。一旦洛丁根认清生存的荒谬，他就变得像萨特一样轻狂：他开始诋毁资产阶级的道德，攻击他们的严肃正经："这帮子低能者，他们制定法律，炮制流行小说，愚蠢地生儿育女。他们所谓的万古不移之理，不过是一些迂腐习惯，明天就会统统改变。"(Martin，1986)[90]

二、存在主义的"虚无"基础

《恶心》于1938年出版，轰动一时，成了苦闷精神的时代缩影。正当伽利玛重印此书之时，英法对德宣战、欧洲陷入浩劫。萨特人到中年，也被征召入伍。转眼间，又随大批官兵，像猪猡一样被赶入战俘营。此时的萨特，痛感人生险恶，他人即地狱。他的轻狂也变成针对死亡的焦虑。焦虑中，他向德国看守借来一本海氏的《存在与时间》，加上他在德国的笔记，偷偷写下《存在与虚无》的梗概。依据海狸提供的萨特的《战时日记》，竟是胡塞尔和海德格尔，在那臭烘烘的人间地狱里，合谋催生了日后时髦的存在主义。

《存在与虚无》(1943年）的第一定理，即存在先于本质。何谓本质？西方思想史上，从柏拉图到黑格尔，原有一支居统治地位的本质派。该派弘扬理念，称本质必然显现，所以本质即存在。与之相悖，另有一支挑战本质的哲学传统：它上溯百年，涉及叔本华、本格森的生命哲学，关乎克尔凯戈尔的存在论，以及尼采的酒神精神，概言之，这一派反对整合，偏爱流动，弘扬激情，关注身体与欲望，鼓吹神秘主义和生命律动。萨特的出发点，恰在于本质（Essence）与生存（Existence）间的鸿沟。这鸿沟因为战争缘故，在他身上激起一场狂野反叛。海狸证实：萨特讨厌德氏的理性空话，及其遮蔽现实的虚伪本质。他渴望把握活生生的存在，拒绝那些"局限于尸体解剖范围的分析"。海狸又说：萨特的存在观，原受胡塞尔影响。战争导致他的激变：海氏推动他否认真理普遍性，"进入史无前例的极端"。

激变结果，引出萨特第二定理：意识即虚无。我们知道。胡塞尔批判西洋哲学，指其"意向与对象"不对称。可他深信意识乃存在之母，是一切可能世界的源泉。萨特欣赏胡氏意向性，却不满其意识结构分析。在他看来，意识即存在，它可分为自在与自为两类。前者是反思前的意识。它消极无为，构成反思的对象与条件。后者积极，主张我疑则我在。此处问题是：萨特推崇的自为，必须"不是它所是之物"。此话怎讲？海氏有句名言：人是一种能对其存在提出质询的存在。我是谁？人为何物？萨特说，这种否定性反思，深刻揭示人类生存境况。由此他强调：意识具有否定性，它外在于各种事物，同时又关涉它们。

这种从自在中源源溢出，又日显多余的存在，萨特称为非存在，或一种天昏地暗的不确定，此即虚无。他说：非存在总是出现于人类期望的范围。正因为人的希望不断遭受践踏破坏，“虚无才可能缠绕着存在”（Edel，1958）[149]。萨特的虚无，源自又超越了海氏的烦与畏。我们记得，海氏《存在与时间》里，攻击抽象存在，提倡个人亲在。在他眼中，人是一种偶然生物。他被抛入世，碌碌无为，成天为烦恼、畏惧所包围。萨特接受海氏存在于世中的公式，他也渴望诗意的栖居。可他苦命的亲在，却把他抛入一种前途未卜的虚无。他认为，真正展示虚无的，并非泛泛而论的空虚或怀疑，而是生活中不断否定自我的琐碎体验：我饥饿，我没钱，我发现彼埃尔不在咖啡馆；我想写几本让人恶心的小说，不料却落入斯塔拉格D12号战俘营，被迫在人堆里裸浴，上露天厕所，挤在鸽子笼里，夜夜噩梦缠绕。

由此可见，海氏的亲在观过于安逸，也相对被动。但海氏讲过人对于死亡的畏惧，这对萨特大有诱惑。在他看来，一旦意识到人都会死，而且每个人都要以自己的方式去死——此刻的他，便可达到海氏所说的本真。于是，人也获得了自由。这一发现让萨特手舞足蹈、绝处逢生：原来虚无是“被造成”的，它是一种“存在之缺失”。虚无通向自由。在给海狸的信中，他承认虚无是他得以抛弃海氏、打造一门新哲学的基础。之后，萨特逃出战俘营，立即投身抵抗运动。他参加作家委员会，创办《现代》杂志。修订《存在与虚无》之余，他提倡文学介入，称“写作即行动”。因此有小说《自由之路》、剧本《苍蝇》与《囚禁》等作品相继问世。

《苍蝇》中，他借复仇王子俄璃斯忒斯之口，号召法国人奋起战斗。法国理论家加罗蒂赞扬道：“一旦自由在人心中爆发，天神也对他无能为力。”（Culler，1997）[94]美国教授佩尔说：萨特在尼采死后50年，出色地回答了他的问题：没有上帝，人如何幸存？萨特在《囚禁》中扬言：“上帝既死，一切都获得许可。”（Culler，1997）[101]萨特的绝对自由观，令存在主义迅猛升温。巴黎解放后的那个秋天，萨特发表讲演《存在主义是一种人道主义》。就在听众拥挤欢呼，妇女纷纷昏倒之际，他夸夸其谈道：人即自由。除了自由，我们别无本质性可言。萨特进而发挥说，人乃一种主观谋划。与其费力寻求自我，不如承担责任，自由选择。或者说，人只能在自身之外，寻求人的理想。当然啦，我的个人自由离不开他人，这涉及整个人类的解放，所以，存在主义即人道主义，它是唯一“不让人成为物的理论”。

1947年，存在主义盛极一时，它成了大小报刊的话题，时新女装的卖点，夜总会的歌唱旋律。就连萨特伉俪常去的“花神与塔布”咖啡馆，也变为朝拜圣地。不可思议，存在主义竟卷起一股文学文化风尚：从荒诞戏剧和黑色幽默，到垮掉一代、女权与新左派，几乎人人爱读萨特：从他的《存在与虚无》《词语》，到波伏娃《第二性》，还有她回忆与萨特相爱的《花样年华》。萨特的自由与才华，堪称20世纪罕见。话说回来，此公尽领先风，也得益于法国的中立开放。他在左右两派、东西文化之间移动，因此成为时代焦点，思想引擎。他的学说一面吸引罗素、海德格尔的国际关注，一面引发朋友争端，致使他与加缪、梅洛-庞蒂断交。针对神学家马塞尔的抱怨，萨特断然否认与之有染。面对马尔库塞、卢卡奇的批驳，他却日益感到改进的必要。

1960 年，萨特发表《辩证理性批判》上卷，企图融合存在主义与历史唯物论，使之成为马克思主义人学补充。萨特向海狸认错：他过去小资情调，信奉个人自由，无视集体行动，尤其缺乏社会历史维度。现象学给他一种境遇哲学，即在动乱中保留意识自由。可这并非历史哲学。对于历史与实践的渴望，促使萨特转向马克思的辩证理性。他的转向，开启了一场长达二十年的学术革命。其基本特征，可谓一波三折，逐步深化。

三、列维-斯特劳斯的结构人类学挑战

在《非理性的人》中，美国教授巴雷特这样形容法国人的变革秉性：它“像一场儿子对父亲的反叛。那小子怨恨越多，他越发现像他老子：他的声音，他的举止，他那从镜子中反瞪的面容。这一切令他不安，愈发点燃他反抗的怒火。这是因为，他反叛的目的，不过是想拥有一颗自己的灵魂。”（Eagleton，1970）[130] 1945 年萨特访美，受到罗斯福接见。当时陪同他的驻美文化参赞，是个名叫列维-斯特劳斯的家伙。波伏娃随后访美，也受此人照料。她记忆中，此人在学生时代，就喜欢声音背叛，面无表情地讲述热烈思想。这不免令她“暗生畏惧”。

对于巴黎学界，列氏是个边缘角色。1935 年他远赴巴西，战时避难美国，供职于纽约社会研究所。1947 年年底，他携书稿返回巴黎，波伏娃在《现代》杂志上亲为引荐，巴塔耶、拉康参与捧场。列氏从此定居巴黎，一面在高等研究院教书，一面宣讲结构主义。他的成功，很快激发一场结构与历史的方法论战。1962 年，列氏公开挑战萨特。他为何同萨特过不去？表面原因，像是个性反差。深层分析，却揭示两大矛盾。一为思想背景悬殊：萨特代表强弩之末的思辨传统，列氏象征方兴未艾的分析哲学。二为学术视界交错：萨特身居巴黎，钻研自我意识，引领现代文化；列氏面向异域，寻觅土著语言，破译他者神话。

20 世纪初，西方社会学面临一大堆难题，其中包括列氏热衷的婚姻与图腾研究。在新世界，他踏勘万里，深入荒蛮，搜集了丰富资料，却苦于方法瓶颈，久久不能突破。一如索绪尔在语言学界的遭遇：欧美学者百年积累，终于达到一个跨地域、多人种的归纳比较阶段。然而，怎样排除分歧，一统方法，克服狄尔凯姆所抱怨的“社会学研究中的不可解释性”？以婚姻研究为例，美国社会学学家摩尔根的《古代社会》（1877 年），设想人类进化的三段式，即集团婚、对偶婚、单一婚。这一进化，可从亲属名称沿革中见出。在集团婚阶段，部族尊母，父亲无名。乱伦被禁后，出现了对偶婚，即两部落的兄弟相互交换姐妹，由此产生氏族联姻，此时的爸妈，仍是复数的类别名称。直到单一婚阶段，方有细分的限定名称。摩尔根体系，因无法确定禁忌成因，也说不清亲属名称演变逻辑，遭到美国人类学家洛威的《原始社会》（1920 年）的沉重打击。此外，20 世纪地理学调查与民族志，也揭示出大量地域差异。

再看图腾研究。此时最有名的假设，出自弗洛伊德的《图腾与禁忌》（1912 年）。弗氏猜想：古时有残暴父亲，他独霸女人，赶走儿子。儿子忍无可忍，便联手杀父。父亲死后，儿子继续为女人争斗。为确保种族延续，众兄弟决定断绝对于母亲姐妹的欲念，由此

产生乱伦禁忌。为摆脱弑父原罪，他们又以动物象征父亲，严令不得杀害。唯有供牺日，方可宰杀图腾，吃肉喝血。这种祭祀殇觞宴，再现弑父之罪。通过食用图腾，儿子们得以与父亲认同，同时确认其悔恨心理、禁杀规则。弗氏以精神分析法，极有魅力地解释人类道德与宗教起源。可对科学家而言，这不过是一种世俗笑料。

1941 年，列维-斯特劳斯在纽约邂逅俄国语言学家雅各布森，两人相见恨晚，畅饮通宵。列氏向雅氏请教印第安土语，不期获得科学方法。而雅氏代表的经典结构主义，历经俄国形式主义，布拉格学派二十年耕耘，已在音位学、诗歌与神话领域打下根基，此刻，正急欲扩张。所以二人交叉听课，互相赠书作序。在雅氏鼓励下，列氏试将结构语言学方法，大举导入人类学研究。身为人类学家，列氏熟悉马克思、弗洛伊德与现代地理，在他看来，这些学问都追求一种超理性，即将令人茫然的复杂，提升至高度统一的单纯。请留意：这与萨特从由普遍到偶然的追求，恰好南辕北辙。他的新方法，先后展现于《亲属关系的基本结构》(1949 年)、《野性的思维》(1962 年)、《神话学》(1964—1971 年)。正是这几部著作，掀起了巴黎结构主义革命。

《亲属关系的基本结构》的开篇，列氏就讨论法国人类学家莫斯的《论赠礼》。莫斯这样描述原始交换：两部落在荒野遭遇，要么械斗，要么交换礼物。交换在群体间展开，礼品是军事支援、妇女、歌舞和盛宴。莫斯说，交换的象征含义超出实物之外。尽管它出于自愿，本质却是严格义务。倘若一方违背，对方有权以战争实行制裁。莫斯研究，帮助列氏确立一种交换系统。参照索绪尔原则：礼物与语言均属交往行为，都有象征意义。礼品交换由集体原则支配，一如个人言语受语言系统制约。交换物品还具有语言符号的随意性：它可任意指定，但须严格对等。列氏又接受雅氏修正，即索绪尔强调系统，却忽视实际交往中的“倾听与理解”。围绕交换，列氏理解了什么？依其所见：人类从原始走向文明，历经礼品交换、女人交换、货币交换。《亲属关系的基本结构》即要证明，当下文明起源于女人交换这一根本结构。为何由此入手？只因食色天性。譬如吃是自然属性，各民族吃法不一，吃出了文化属性。火与熟食，推动人类走向文明。同理，性行为也是本能，可它构成复杂的社会关系。这是因为，其他本能可以单独得到满足，唯有性关系不能：它必须受制于群体繁衍需要。问题是：人类是怎样摆脱乱伦、走向文明的呢？

在列氏看来，乱伦禁忌的首要意义，是把女人当成交流符号，又阻止男人对其滥用。其次，他偏离弗洛伊德弑父说，转而重视原始部族利用女人交换，彼此倾听、达至理解的契约关系。他声称：通过交换妇女，原始人“自然地”克服了族裔退化，建立起互助互信的健康社会关系。如是，两性关系就成了他所说的准自然法则：它既是人类本能，又是文明动力。乱伦禁忌为何一直缺乏证据？列氏批评说：“自路易斯·摩尔根以来，我们清楚得知：亲属名称自成体系。可对这体系的作用，我们一无所知。”(Lukacs，1964)[169]譬如在舅舅问题上，传统学者莫衷一是。错在何处？列氏说：他们只关心亲属相，却未考察项的关系。家庭形成，是因舅舅放弃自己姐妹，将她们交给其他部落的父亲，孩子方能出生。换言之，舅舅是乱伦禁忌的结构形成标志。

社会学大师狄尔凯姆《原始分类》指出：集体意识是社会分类基础。动植物分类，则与原始社会分类吻合。列氏在《野性的思维》中颠倒此说，称社会分类起源于自然分类。图腾制度便是证明：它通过动植物命名分类，指示崇拜对象。假如某部落图腾是野猪，那就是说，为确保物种繁殖，该部禁止滥杀野猪，还要以礼仪和舞蹈，反复强化这一禁忌。如此分类，列氏称为图腾语言学。就是说，图腾制好比语言体系：它的学词是物种，语言涉及社会集团。图腾让野猪变成能指，与之对应的部落，则成所指。在野猪部落看来，这一名称令其区别于野牛、河马部落，成为一个特殊集团。而在外婚制支持下，他们又同其他部落联姻，形成广泛社会结构。列氏发现：图腾制是一种尝试解释世界的魔术体系。虽说他远远不够科学，但科学和魔术，都要求同样的心灵活动。原始思维与现代思维的区别，在于前者习惯使用类比。法国有一种古老职业，人称杂活修理匠。这类匠人善用手头工具，巧妙完成各种杂活。列氏说，此即原始思维一大特性：图腾制利用物种，象征社会分类，正是心灵手巧地做杂活。与之不同，现代思维偏爱使用抽象概念，进行阐释分析。

在此基础上，列氏推导出更高一级的世袭等级制。他指出：图腾制以物种区分社会集团，世袭制则以行业分工，把人群隔离开来。与图腾制的外婚习俗不同，世袭制以内婚维护行业集团。譬如：牧童和牧女婚配，确保牧业延续。他们把各种产品卖给商人，商人又从农夫工匠那里，换得粮食铁器。如此这般，各集团互通有无，组成一种封建社会结构。

上述三种制度中，神话作为一种象征结构，女人、动植物和职业分工，分别被看作不同结构中的符号。按照无意识交往原则，这些符号将社会组织起来，并加以巩固。同时，它们又把社会分为集团，使其获得整体中的功能。经由结构语言学阐释，以上制度均被还原为自然。反过来说，列氏的精巧阐释，得益于人类心灵与大自然的象征交往。德国哲学家卡西尔说过：语言、神话、艺术与科学，都是人类思想反映世界的形式。唯有通过象征，“世间一切真实的东西，才有可能成为人类知识对象”（Eagleton，1996）[104]。列氏在《神话学》中继续象征分析。这方面，他受俄国形式主义启发，特别是普洛普神话分析的刺激。他提出，与诗相比，神话属于前语言象征形式：它是被人口述和倾听的故事，可以不断改编重组。诗一旦成文，则相对稳定。所以神话的意义不在字词组合，而在共时结构。

他又说，神话由一系列神话素连接而成。所谓神话素（Mytheme），如同索绪尔的音素（Phoneme）、词素（Morpheme），都是结构分析单位。神话素构成意义单位，即神话故事。在它之上，还有高一级的意义单位组合，此即列氏研究的神话系统。在此系统内，神话素可以任意衔接、转换、颠倒。这使得神话故事也像复调音乐那样重复变化。列氏说，神话具有一种双重价值。首先它能以象征形式，组合原始人的生活经验，诸如生熟、火水、天地、男女。其次，它为听众提供一种无意识文化范畴，并吻合其本能韵律。这样，原始人倾听神话，一如现代人欣赏音乐。他们从各种神话中领略到的自然和声，便是意义了。

第1卷《生与熟》里，列氏集中了有关原始人熟食习惯的故事。它们相互纠结，彼此重复。第4卷《裸露之人》总结道：他已描述了“一个巨大系统，该系统中各种变化因素，全都表现为一种统一形式，即在天地之间，人为了获取火种而战斗不息”（江宁康，2005）[113]。无须赘言，我们已充分目睹：列氏势如破竹，连续解读了亲缘、图腾和神话系统，一一指认它们是自然在人类心灵中反映的象征形式，并提取出深埋在文化与社会之下的无意识结构。这种符码破译技巧，这种深层阐释的科学性，无疑振聋发聩，令新一代学者艳羡不已。当然，列氏洞察一切的知识意志，并非天衣无缝。各方批评表明，他至少犯有如下毛病：第一，有人类学家批评列氏，说他把妇女看作静止交换符号，无视她们作为符号生产者的主体性。这说明他留恋西方男子中心论，并未理解作为妇女的他人。第二，他以现代科学方法，印证原始象征形式，却忽略两套符码差异，及其交往困难。说穿了，这不过是用一种神话，去说明另一种神话。第三，他未能克服索绪尔的局限，即漠视语义学。他承认意义单位结合，却未提对应的话语交往理论。由于他“鲁莽地将语义学排除在结构之外”，同代结构批评家“只能去发展叙事学的形势研究”。少许瑕疵，无法阻止列氏乘胜挺进，展示一派超越传统的诱人希望。1958 年，他的论文集《结构人类学》发表。作为结构主义宣言，该书标志了雅各布森梦寐以求的战略转折，即从语言学领域大幅转向文化与社会研究。

1962 年，《野性的思维》出版。列氏在最后一章《历史与辩证法》中，猛烈攻击萨特的历史与人道观念。他扬言：老爷子的黄金时代已然结束，其主体不过是“历史的偶然”。《神话学》第 3 卷，他又针对萨特名言“他人即地狱”，说地狱就在萨特身上。

四、结构主义的思想立场

1966 年，巴黎一家杂志刊登漫画，打趣结构主义领袖。画中一堆丑陋野人，分别是列氏、巴特、福柯、拉康。四条莽汉围草裙、戴花环，在热带雨林中吵吵嚷嚷。此画无题，却迅速走红，以至有好事者起名：《结构主义者的午餐》。这帮法国大腕儿，果真如此野蛮？有人这样形容：他们嗜好分类，却缺乏精确性。因喜欢象征，而滥用图腾。美国专家考斯乘机挖苦说：这种原始思维习惯，与法国人何其相似乃尔！另有一路描说，真实有趣，且富想象力。它来自保加利亚裔的法国批评家朱丽娅·克利斯蒂娃。受波伏娃名著《中国士人夫》的启发，朱丽娅 1990 年出版自传体小说《武士》。作为一本巴黎结构主义通俗史话，该书鲜明刻画 60—80 年代的人物群像，揭示出那些动荡岁月中，许多罕为人知的学界内幕。

1965 年圣诞前夕，一位身材苗条、颧骨高高的东欧姑娘，只身来到巴黎。此即 24 岁的朱丽娅·克利斯蒂娃。在巴黎进修的第一年，克娃分别参加戈德曼和巴特的研究班。戈德曼为她申请奖学金，鼓励她深造。巴特赞美这个冰雪聪明的小生，专门发表《异邦之女》，以示器重与爱慕。更令克娃倾心的是《太凯尔》杂志，以及围绕它积极酝酿革命的一群巴黎新哲学家。两年后克娃留居巴黎，嫁给《太凯尔》主编索勒斯。这一嫁，令她成为《太凯尔》编委、结构主义编年史家，与波伏娃比肩的法国名女人，以及一个向欧美学界举荐巴赫金思想的历史功臣。英国学者默克瓦表示：巴黎结构主义并非单一学派。其成员立场悬殊、兴趣迥异，仅仅分享一种家族相似的思想风格，此即抛弃传统，重开新局。可在克娃看来，这一家族相似性，不仅涉及锋芒初露的结构主义明星，如巴特、拉康、福柯、德里达，它还囊括一批学识渊博的教父型人物，如萨特、戈德曼、阿尔都塞、本瓦尼斯特。在她的细腻文笔描画下，这两组人物彼此衬托，争奇斗艳，构成一个璀璨星座。

1967 年，结构主义革命进入一个高峰期。就在列氏发表《神话学》第 2 卷时，新一代结构学者轰动舆论，竞相成名：其中有延续结构主义攻势的拉康《文集》、巴特《时尚系统》，也有福柯暗藏玄机的《词与物》（此人针对调语的恶心与痴迷，几乎是萨特的翻版），以及德里达一气呵成的三本解构力作：《声音与现象》《论文字学》《书写与差异》。同在1967年，翻挖俄国遗产的工程，也获得关键性突破。一方面，保加利亚学者托多洛夫主编的《俄国形式主义文集》在法国面世。另一方面，克利斯蒂娃及时引进了巴赫金针对结构主义的重要批评与补充。从学术史上看，这两位懂俄文的移民学者，帮助结构主义走完了从莫斯科到巴黎的漫长迁徙。克娃的抵达，更像是天上掉下个林妹妹：她以第一手资料，及时报道苏联科学院高尔基文学所有关巴赫金手稿的新发现，在欧美造成强烈曝光。身为《太凯尔》杂志编委，她又积极评注巴赫金作品，发表内行见解，促使巴氏《拉伯雷》和《陀氏诗学》迅速译成法文和英文。

法国结构主义与俄国形式主义，时隔五十年，何以情投意合，前呼后应？围绕此间的微妙关系，比利时专家布洛克曼曾作如下谱系分析：1967年，新一轮革命在巴黎加速萌动，产生黑洞般吸附搅拌力。如同十月革命前的莫斯科语言小组，此时的巴黎太凯尔集团，也迈入一个充满想象与激情的范式变革期。他们天目开张，文思泉涌。同时又如饥似渴，“自觉地向其俄国先驱寻求精神启示”（韦子木，1999）[94]。克娃的分析更深一层。在她看来，革命前夜的法国文人，实属人类史上极为特殊的一群。其精神状态，好比慷慨赴义、决战求死的日本武士。他们的牺牲当然并非短暂自杀，而是一种激烈竞争。用法国话讲，这便是马拉美“作为死亡意识的文学”。用中国话翻译，既是“语不惊人死不休”，也是“只恨写不出一场革命来”。

克娃眼中，这一嗜写如命的家族风格，出自萨特老爷子的亲身示范：身为战后法国头号文豪，萨特写得最多、最漂亮，也最持久。这让同行嫉妒无奈。譬如多产的列维-斯特劳斯，一度因进不了法兰西学院而黯然神伤，萨特却蔑视一切学院，公开拒绝诺贝尔奖。又如拉康一辈研究弗洛伊德，却并未过上好日子。萨特写了一个弗氏电影剧本，虽未拍片，收入竟达50万美元。波伏娃在《告别的仪式》中透露：萨特依赖兴奋剂写作，导致他晚年几次重病，眼睛失明。可是，作为此人不可一日或缺的主体行动，写作反过来赋予他旺盛斗志、超凡活力、日益增长的社会影响。没人计算过，萨特那支笔，究竟写出过多少花边新闻、国际纠纷、革命事件，他主持的《现代》屡屡被查抄，他家两次遭炸弹袭击，梵蒂冈则不惜查禁他所有的著作。最有戏剧性的一幕，发生在1960年。当时法国派兵干涉阿尔及利亚独立，萨特率左派名人集体反战。结果有五千老兵上街游行，狂喊：“枪毙萨特！”就在萨特即将入狱之际，戴高乐总统一句话，了结了笔墨官司：谁也不能逮捕伏尔泰。萨特的革命情节，更多体现在他未及完成的《辩证理性批判》中。书中，他反复描写1945年巴黎解放，并将这一万众狂欢场景，视为巴黎人攻占巴士底狱的历史再现。他的另一路写作，集中于法国现代派文学鼻祖，福楼拜与波德莱尔的思路研究。上述努力，凸现一个迷恋主体的萨特：他漠视列氏攻讦，也看不上他所倡导的革命。而关于结构方法，仅仅提醒他共时研究作为辅助手段的效用，唯有辩证理性才是理解历史变革的总纲。

萨特发现，像他这样孤独自由的文化人，一如马克思所言，既是历史大戏的作者，也是戏中的演员。如何把握历史化的人性？萨特一面同结构主义较劲儿，一面转向波德莱尔和福楼拜。他要以具体案例证明：这两位现代文学大师的舞文弄墨，既是与历史互动，也是替时代弄潮。美国学者道布森分析道：个性自由是点燃萨特后期哲学的火花。他相信：

孤独的自为，意味主奴关系不可超越。面对发达资本主义日趋复杂的社会矛盾，他大胆确立一种新本体论，即将自为意识的超越，当作唯一的真理追求。冲突，因此成为互主性的诞生前提。解放，将引导消极的意识，在行动中走向自由。道布森说：萨特对于历史可知性、物质性，以及人道根源的坚持，促使其思想扩变成一种"高度文学化"的浪漫哲学。

1968年春，戴高乐执政将满十周年，巴黎热闹非凡。这个夹在东西阵营之间的大都会，饱受各种思想冲击。首先是东方刮来的飓风：苏共二十大，赫鲁晓夫秘密报告，中苏论战、中国爆发文化大革命。随之舶来美国青年的各式反叛花样：从摇滚乐、吸大麻、性解放，到新左派、女权革命、大规模学生造反。压力与张力，全都在暗示巴黎，这个曾以法国大革命著称于世的城市，即将生成新一轮革命风暴。风暴将至，法国举国上下，竟无一人知晓。这天，戴高乐总统正要登机，前往罗马尼亚做国事访问。总理蓬皮杜赶来送行，报告巴黎大学发生骚乱。将军哼哼道：小屁孩儿无事生非。巴大因何闹事？

原来这年3月，农泰尔学院的学生，因对考试制度不满，发起请愿。校方不允，并开除请愿组织者——一个名叫科恩-本迪特的德籍学生。此事激起大范围的公愤，各校纷纷罢课。让·罗克校长招来警察，宣布关闭大学。学生大怒，一夜之间组织起来，占领校园，控制宣传机器，要求政府撤回警察，全面实行教改。5月9日，教育部长佩尔非特出面斡旋，答应开放大学，却拒绝撤出警察。谈判受挫，造反派便发布"无限制斗争令"，学生开始在拉丁区构筑街垒。防暴警察头戴钢盔，冲击校园，抓捕五百余人。13日，八十万人走上街头，鼓噪革命，号召"全面拒绝资本主义"。南方航空、雷诺汽车等大公司也卷入骚乱。短短几天，巴黎的工人、市民、职员群起响应，罢工罢市，以致交通断绝，商店关门，垃圾如山。拉丁区的大学生，硬是在广场和街头，创造了一个他们自己的乌托邦：他们一心狂欢，倒无意夺取政权。他们百般攻击传统，只限于精神陶醉与仪式表演。请看当时满大街的革命涂鸦："一切权力归想象！""禁止被禁止！""已经快活十天啦！教授你老了。""我越是革命，就越想做爱！越做爱就越想革命！"5月20日，政府基本瘫痪，法共茫然失措。一片死寂下，萨特出场，前往索邦发表讲演，支持学生造反。数日后，政府稍作让步，革命悄然退潮。6月10日，波伏娃亲去索邦察看，发现嬉皮士和毒贩子盘踞校园，反抗者已作鸟兽散。德先生、赛先生、波先生两个月后，危机化解，一切照常。对于巴黎人，这场流产革命，恰似南柯一梦。失望之余，关于它的种种疑问，逐渐浮出水面。其中最引人遐思的两大悬案是：第一，国经此旷世之乱，结构主义何以自处？第二，五月风暴到底是一场什么性质的革命？

关于前一个问题，法国学者纷纷肯定：革命失败，促使结构主义呈现一种奇特的复话。一方面，五月风暴激荡起新的理论繁荣——文明深层结构，结构信徒，已不再迷信结构万能。另一方面，以往的文论思潮已促使学界深入反省，揭示西方资本主义要比他们设想得更为复杂。1968年后，阿尔都塞的意识形态研究、德里达的解构理论、福柯的知识考古学纷纷出笼。无不表明这一从结构向后结构的思想转折。针对第二个问题，学界普遍认为：它绝非古典意义的革命，而是一桩出乎意料、毫无先例的新鲜事儿。但如何定义这场民主繁荣环境下的自发革命？学者们各执己见，莫衷一是。譬如人类学家米德，将它描述为"代沟矛盾"。心理学家埃瑞克森，指其为"身份认同过程"中的青年反叛。造反的大学生哇哇乱嚷道，"资产阶级革命是团法革命，无产阶级革命是经济革命，我们的革命，则是社会与文化革命，旨在让人实现他自己”。必须承认，五月风暴造成一种扭曲性变化。这扭曲加剧了各方评价的混乱，就连列维-斯特劳斯，也把它看成“存在主义的胜利”。1969年春，列氏接受《纽约时报》采访，自称“结构主义不再时髦，青年人追随萨特的立场”（Bradbury，1976）[135]。但他的说法，只道出了部分真实。

我们已知，作为科学范式的倡导者，列氏几乎再现了自然科学家的一应美德：从哥白尼的勇敢、牛顿的幸运、达尔文的广博，直到爱因斯坦的相对超然。如此科学品性，实乃结构革命赖以酝酿的重大条件。然而，革命尚未成功，运动接踵而至。萨待的主体行动，展示出启蒙精神的另一特色，即卢梭的自我忏悔、蒙田的讽刺戏谑、狄德罗的无私无畏、伏尔泰火般的政治热情。一言以蔽之，列氏与萨特，分别代表启蒙理性的两大辉煌——科学与民主。可他们的竞争，并不代表德先生和赛先生大获全胜。相反，他俩各自小赢一局。最终让位给后来居上的一派新人。

中国人敬仰德赛二先生，久已成习。殊不知二老之外，还有一位年轻气盛的波先生。所谓波先生，法文作波希米亚（Bohemia），代表启蒙第三极，学名艺术理性，俗称自由表达。这一奇特理性的雏形，较早见诸于欧洲浪漫派文学。随着民主壮大，科学挤压，波先生破壳而出，寄生于1850年之后的法国现代主义文学。福楼拜、波德莱尔、马拉美，反复传达它的风采神韵，象征派、达达派、超现实，则不断推动它由文艺转向哲学与政治。五月风暴中，这位生性浪荡的波先生，终于在一代酷哥辣妹的簇拥下，奇装异服，闪亮登台了。呼应马拉美的梦想。它上演一场“诗语革命、文字暴动”。验证巴赫金的理论，它造就一个禁忌全无、欲望倾泻的“狂欢世界”。套用波德莱尔的蠢话：“一切政治我只懂得反抗。”借助本雅明的晦涩术语，此乃一种“煽动的形而上学”。而依照马克思高瞻远瞩的预见，它只是“人为地制造革命，使革命成为毫不具备革命条件的即兴诗”（Abrams，1953）[122]。

在萨特与列氏身上，我们目睹了西方现代性的壮烈终结。顺便说一句，列氏高寿，却不忍回首往事。萨特风风火火，折腾到最后一息。按照美国教授道布森的戏谑说法，人们三次报告萨特的死讯：先是被结构主义判处一次安息，又被后结构与后现代宣告一次完蛋。直到1980年4月19日，这老头“才真正被巴黎蒙巴纳公墓的掘墓人安置下葬”。道布森此言轻率了。依笔者陋见，唯有萨特，才配做巴黎结构主义革命图腾。别看他遍体伤残，血流如注，老酋长依然威风凛凛，屹立不倒，始终对后人投以希望的目光。反叛的儿子们，食其肉，饮其血，从他身上获得了力量。诚如萨特所言：“上帝已死，他也将死，可儿子们，毕竟要靠信念活下去。”（Abrams，1953）[122]

症候 10 讲

解构主义的延异与变奏

1966 年，美国约翰霍普金斯大学召开研讨会，主题是炙手可热的巴黎结构主义。为隆重起见，美方请来德里达，指望他介绍革命成果，引荐科学之风。不曾想，这位年仅 35 岁的法国才俊，竟在会上宣读一篇攻击结构主义的论文，题为《人文科学话语中的结构、符号与游戏》。这篇史称 SSP，即 *Structure*，*Sign* & *Play* 的文章令德里达出奇制胜、崭露头角。以此为契机，解构理论传入美国，落地生根。对于美国批评史家，这个过程不仅富有戏剧性，而且生动印证德里达所谓的延异。世人皆知：20 世纪 70 年代起，德里达定期到耶鲁讲学，形成由德曼、米勒、布鲁姆哈特曼领衔的解构学派，俗称耶鲁四人帮。对此，美国专家雷奇抱怨道："由于延误与错位，欧洲结构主义进入美国时，已变得风马牛不相及。它作为一套被拆散的凌乱理论抵达美国，其中新旧掺杂，变化多多。"

何为解构？何为延异？1966 年会议上，德里达发表的高论，可归结为两条：其一关于结构主义。他承认，结构是众人向往的科学理想，它关乎意义和形式，涉及知识系统化。问题是：当结构大放异彩之际，我们亟须警惕它束缚人、蒙蔽人的一面。譬如列维-斯特劳斯的《结构人类学》：它发掘原始文明潜在结构，却无力摆脱西方语言与种族中心。与之相反，德里达的结构分析，并不标榜科学中立，反而依赖批判强烈否定词，诸如反思、差异、断裂、瓦解。其二涉及原始神话。德里达说：只要人们稍加反思，便会觉察到隐藏在结构背后、那种对于中心的狂热向往。原来，所有结构都围绕一个中心，并在它的控制下展开游戏。关于这个神圣中心，他列举一连串概念，诸如起源、目的、存在、终极。德里达指出：它们都是在场概念的替换词。而这千年不绝的替换把戏，暗含着"首尾一贯的矛盾"，即真理不在场、中心不可及。一旦人们认识至此，形而上学大厦便会砰然倒塌，分崩离析。

上述发言，迄今已有四十载。然而德里达的解构理论，依旧令人莫名其妙。2001 年 9 月，他亲临北大，当堂讲解，又称他最喜为女性写作。可被他吓跑的中国女生，不知又有多少？看来，若要介绍此人理论，须得遵循钱钟书的教导。先生名言曰：网罗理董，俾求全征献。何谓全征献？即"穷气尽力，欲使小说诗歌、戏剧，与哲学、历史、社会学等为一家"（赖力行等，2003）[120]。

这里我们可以借用《天龙八部》的一个珍珑棋局，来讲解德里达的解构。所谓珍珑，即围棋中的高级难题。书中这一超级珍珑，摆在深山老林，只见它劫中有劫，既有共活，又有长生，花五聚六，复杂无比，吸引武林豪强。据说，它是逍遥派掌门无崖子所制。其徒苏星河费时三十年，未曾参解得透。于是各派高手竞相入局，先是大理国王子段誉，勉强走出十余步，便推枰作罢。继有函谷八友范百龄，只算出一只小角，便觉得浊气翻涌，大口吐血。少林高僧玄难从旁参酌道："这珍珑似正非正，似邪非邪，因而，正道解不开，若纯走偏锋，却也不行。"偏那小和尚虚竹，随手乱掷一子，填了气门，杀死自家一块白棋。此举大违棋理，等于横刀自刎。岂知棋局豁然开朗，白棋有了回旋余地。惊愕之余，玄难喃喃自语道："此棋本来纠缠于得失，以致无可破解。虚竹这一着不计胜败，反而勘破生死，得以解脱。"（吕同六，1995）[127]听了自家故事，各位能否释然一笑？若有疑虑，请留意德里达的三个关键词：在场、延异、解构。再将这三个词，分别置换成小和尚的气门、自戕、解脱。局中关键是：唯有挤死自家一块，方能妙招源源而出。而这，也恰是德里达的解构秘诀。当然，他要破解的对象，并非什么珍珑，而是西洋哲学、语言学，乃至人文科学的最高范式——结构主义。

一、德里达与西洋哲学

对于德里达，西洋哲学受制于逻各斯中心论。后者作为一种决定论，笃信存在即在场。为了确保该中心，西洋哲学在其体系内，大举设置二元对立：强力推行等级制。例如在灵魂/肉体、意义/形式等对立范畴中，前者属于逻各斯，即本质在场，后者则标志某种偏移。一句话，逻各斯中心论赋予前者以特权，并把后者视为前者的堕落、派生或偶发事件。于是乎，西洋哲人的理论分析，无不成为"一种战略返回事业，即在对立前提下，回归本原，抵达某种被视为原始、纯粹、自我同一的境界，以便进一步设想对于本原的复杂、恶化、事故等。这一返回，并非形而上学众多手段之一，而是它的看家本领，即最常用、最有效的说理程序"（胡家峦等，1992）[136]。

美国专家卡勒提醒大家：上述逻辑，也是德里达必须遵循的解构程序。即便在日常生活中，人们一旦进入说理，便会强调展现、揭示、说明。这些要"搞搞清楚"的目的，还不都是为了呼吁在场、祈求澄明？所以说，"在场的权威，以及它那激活在场的力量，构成我们一切思考的结构模式"（胡家峦，1992）[142]。然而，在场的形而上学，可谓天网恢恢，疏而不漏。我们亦可将它比作一个超级珍珑，猜想它曾难倒多少英雄。然而，德里达偏偏从中觅得一个死穴，进而扬言：任何在场都不单纯，也不具备优先权。此话怎讲？让我们先看一场古代的哲学论战，即芝诺（Zeno）的飞矢不动说。

芝诺是古希腊圣哲巴门尼德（Parmenides）的学生。为了跟随成为西洋哲学老师的存在论（一切是一），他频繁与人论战，成史上第一辩论高手。芝诺论证有两条：第一，存在是一而不是多；第二，存在静止而不是运动。据说，苏格拉底的对话方法，也出自芝诺的诡辩。柏拉图在《巴门尼德篇》中，描述那位巴爷带领芝诺来到雅典，师徒当场激辩。混沌小子苏格拉底，则伫立一旁，深受教诲。于是，亚里士多德也跟着赞美芝诺，称他为"辩证法的发明者"。希腊哲学另有一派别始祖——赫拉克利特（Heraclitus）。那位赫爷宣扬一切皆流，即太阳每天都是新的，你无法两次涉过同一条河。这与芝诺的飞矢不动说，形成了千古对抗。

芝诺怎样压服对手？他说一支飞箭，嗖声而过，自身却是静止的。何以如此？原来时间可以分割：飞箭在运动中的每瞬间，只占据一个与它长度相等的空间。所以芝诺辩称：此箭在飞行中，毫无运动可言。不难见出，那芝诺巧舌如簧，并且于暗中强调了空间分割，即不连续性。然而我们知道，时空同时具有连续/不连续的双重性。芝诺无视流动变化的一面，这便促使后人进而密切关注动静双方的矛盾。对于德里达，飞矢不动说提供了一个绝妙的反证：任何时间点，都是一个特殊的空间点。一旦飞箭占据此点，就毫不运动。若要证实它在飞行距离内，每一刻都在运动，那么它的运动，就绝不可能在任何时刻在场！换言之，任何运动物体的在场，只能出现于一个已经标志出过去、现在和将来的踪迹图中。

二、胡塞尔与索绪尔的结构悖论

上述悖论，由芝诺开始，直达胡塞尔、索绪尔。第一讲，我们讨论过胡氏的现象学困境：他从意向结构，转向对它的激活。然而，他的百般调和，却让德里达发现了冲突和张力：一面是先天固定的思想样式，一面是涌动不息的意识之流。德里达说，胡氏的在场愿望，被他自己的还原逻辑所挫败：没有本原在场，只有残缺再现，没有纯粹当下，只有一种过去与将来的苟合，没有自我同一，只有自我分裂。因此，应当"在最接近差异的地方把握差异，而不是梦想它的同一性、它的纯粹性、它的根源。差异本身并没有这些东西。我们只能在一种延异运动中重新把握差异"（苗力田，1997）[173]。

同理，索绪尔的结构语言学，也暴露出结构与发生的矛盾。我们知道，索氏在《普通语言学教程》中反复确认：符号是任意的、约定俗成的，都出自它与其他符号的差异。所以说，符号是一个根本的特性，那就是任何符号都是约定俗成的，符号的物质实体和表示的意义之间没有必然的理据关系，而是差异的效果。总之，语言乃一差异系统。其中只有差异，别无其他。然而索绪尔自相矛盾。亚里士多德曾在《解释篇》中表示："言语是心境的符号，文字是言语的符号。"（卞重道等，2002）[102]到了索氏手里，这两种符号依旧高下分明："文字虽同语言系统无关，它却不断被用来再现语言。所以我们必须认识它的效用、缺点及危险。"（卞重道，2002）[115]索绪尔甚至担心：书写会篡夺口语的优先位置。糟糕的是，由于口语具有飞矢一般的运动性，索氏被迫依靠静止不动的书写："书写方便我们对于事物的观察。所以我将利用书写来提取某些比较，以便说明整个问题。"（卞重道，2002）[117]

很明显，索绪尔一手批判在场，一手安抚语音中心，形成了自我解构。他的最大纰漏，在于他严加区分的系统和言语。在德里达看来，语言系统（Langue）只是言语行为的产物。这一抽象结构，原本出自杂乱无章的前人言谈。而每一言语事件（Parole），又受制于难以描述的潜结构（Infrastructure）。如此推演下去，结构绝非什么起源和中心：它来自差异，并由差异所决定。此处，卡勒教授担心美国学生听不懂，插入一段搞笑说明：假设上古时期，有个聪明的穴居野人。他用一声奇怪哼叫，发明了食物的称谓（这便是言语事件)。可他这声哼叫，须得与洞中野人的其他哼叫，明显有所区别（此即结构赖以产生的潜结构)。而且我们必须假定：在他居住的洞中，野人们早已学会了区分食物与非食物（所谓差异生产)。

三、两难之境的转变：芝诺与黑格尔

逻各斯偏见，两千年颠扑不破。索绪尔亦未摆脱芝诺的困扰。德里达指出：符号从一开始就以偏称和抹销为标志。据此，再现与在场不合，系统与事件相悖。言语与语言，从不导向综合同一，而是彼此抵悟。作为对立双方，它们一静一动，一死一活，俨然一个古战场：巴爷与赫爷在此兵刃相见，难分胜负。绕来绕去，德里达始终面对一个形而上学两难。所谓两难，希腊文作“Aporia”，它表示困惑与矛盾。对于德里达，它也指示不确定性，或思维逻辑的走投无路。他追问：“什么是没有两难的道路?”此一追问，并非单单质疑胡塞尔和索绪尔，它还指向黑格尔。面对两难，黑格尔说他能运用扬弃、超越矛盾。具体做法是：在正、反、合三段论中，先设定一个初始概念，证明它具有深刻矛盾。然后否定它，跃向更高级的辩证推理。黑格尔说，矛盾将在飞跃中遭遇变更，并被扬弃。如此一来，他便能一手体现逻辑思维的在场，一手再现历史事件的变化。

德里达对此嗤之以鼻。在他心中，扬弃（Aufhebung）原意是提升，但含有否定性保留之义。英文译作“Sublation”，显然去掉了变更痕迹。他用法文“Releve”试译扬弃，强调其间的替代与差异。他不相信，仅凭黑格尔一声扬弃，即可彻底化解一切矛盾？说到底，一个概念的生成，不仅出自差异，还有赖于矛盾的冲突演进。就算被提升到更高层次，它岂可销声匿迹，尸骨全无？德里达抵制调和，拒绝扬弃。他要在语言实践中介入矛盾，承认局限，另谋出路。这一解决方案，便是所谓的延异（Difference）了。对此，他在 SSP 论文中解释道：“存在两种对于结构、符号与游戏的解释。其中一种是追求破译、梦想破译某种逃脱游戏与符号秩序的真理源头。另一种则不再转向源头，它肯定游戏，并试图超越人和人文主义，以及整个形而上学历史。”借用美国专家哈恩的评语：“这一决定是面对矛盾作出的，它是矛盾的具体化。”(Abrams，2004)[93]

四、延异的文字游戏

德里达《论文字学》中说：“我们须从实践出发，考虑时间与在场关系，将它视为一种差异、延缓与衍变。”他在《延异》文中称：“系统内部的决定性与效果，不受在场摆布，而由延异支配。”写作《多重立场》时，他进而重申：“如果延异有一个定义。它正是针对无论在何处活动的黑格尔辩证法的限制、中断和破坏。”(李振声，1998)[87]延异究竟具有哪些游戏特征？且让我们举例论证如下。

一例：法文中原有一个表示差异的名词“Diferrence”。德里达说它含义单一，实在不堪应用。于是他在其中嵌入字母“a”，使之变成“Differance”。据说，字母“a”大大替补“Difference”的意义缺失。首先，它突出书写文字。德里达将“a”嵌入

"Difference"，并未改变原有发音。可在阅读中，字母"a"却像一颗定时炸弹，时时提醒人们注意：它颠覆在场，反抗同一，挑战口语优先，威胁逻各斯中心。其次，延异"具有无可简约的多义性"（李振声，1998）[91]。它一方面指的是历时态（Diachronically）的延误，一方面表示共时态（Synchronically）的歧义。两者交相冲突，绝无调和可能。所以，延异便能有效抵制在场，彰显它无法扬弃的复杂性。它的后缀"ance"，亦可显示一种不确定性，即拒绝两难选择。德里达说，延异既非一个词，亦非一个概念。它到底算啥？这个生造怪字不过是棋盘上一颗故意捣乱的落子：它虽大违棋理，却可打破僵局、重开游戏。

二例：在德里达眼中，语言乃一种不断替换的符号游戏。它自身无中心，却能利用符号在场，掩盖事实的不在场。据此，延异即延宕（Defer）：它保留拉丁文"Differre"的古义，即一种稍纵即逝、不断延伸的运动性。如是，延异既指向过去，也关涉未来。传统观念认为语言符号恒定，文本意义明晰。延异却让人们发现：无论文本如何持久，人们都不可能一劳永逸把握它的结构，形成统一认识。在延异支配下，能指再重复，意义自行替补。符号的确定意义，因而被不断延伸、覆盖，进入一个无休止的书写与阐释的大循环。

三例：德里达认为，任何事件只能发生在一个给定时刻，而这一刻早已自身分割了：它包含不在场，牵扯他人的作用。因此，延异的另一层意思是歧义（Differ）。从空间角度看，延异凸显断裂、偏移，或间距化。也就是说，它代表语义的派生，转义、交叉互文。任何一句话，一道命题，都可能引发评论、误读，乃至纷争四起，歧义还造成一种撒播（Dissemination）后果：好比枝叶交织的一束花，稍有触动，意义的种子就会爆裂四散，落地生根。讲到这里，读者们不禁会问：解构大法，神乎其神。但从思想谱系看，德里达应该算是哪家弟子？我们已知，此人出身巴黎高师，承教于著名黑格尔研究专家伊波利特。在校期间，他所读之书，大抵不出3H正宗，即黑格尔、胡塞尔、海德格尔。可他越是苦读不辍，越是满腹狐疑。

前面讲过，1962年德里达翻译胡氏《几何学起源》，并写下个长篇导论。其中除去语言问题，还涉及两大疑难：主体与他人。关于主体，德里达的老师伊波利特早已提示：书写是一个"没有主体的先验领域"（林同华，1994）[127]。在场，则是一种人为假象。而在德里达之前，萨特与列维纳斯，双双展开现象学研究。作为批判先驱，他俩无疑也对德里达造成了重大影响。胡塞尔鼓吹独白之音，指责历史积淀芜杂，这暴露他两项思想弱点：第一排斥他人，第二不敢正视语言局限性。关于第一项，列维纳斯援引犹太末世学（Eschatology），大胆超越西方哲学本体论。这促使德里达考虑一种新的哲学伦理，即尊重他人、承认差异。此外，胡塞尔一再警告隐喻与想象的危险。这也提醒德里达：语言究竟是一种精确再现，还是一种自由想象？关于第二项，萨特较早研究想象的复杂性，可一旦深入其中，反而导致他对胡氏的猛烈批判。

《存在与虚无》（1943年）中，萨特称自我意识乃一"没有主体的先验领域"（林同华，1994）[133]。非但如此，他将意识分为自在与自为：前者消极，构成反思对象；后者积极，主张我疑则我在。这就是说，"任何主体，一旦开始反思与想象，就会变得含糊不定，难得统一"（程爱民等，1987）[172]。在此关节上，英国女学者豪威尔斯评点说：德里达早年对萨特不恭。1980年，他专门撰文向萨特致敬。这表明：德里达走上延异之路，并非孤身一人。列维纳斯1928年赴德国弗赖堡大学进修，受到胡氏与海氏的指导。1930年他发表法国第一部现象学专论——《胡塞尔现象学中的直观理论》。有专家称："德里达的《声音与现象》，堪称是列氏挑战本质直观的延续。""二战"中，列氏和萨特一样，沦入德国战俘营。不同在于，他将自己的生存感悟，变成了针对海氏的辛辣讽刺。他说海氏出身农民，心态封闭，拥有一种"前技术时代的占有欲"，习惯将他人纳入自家领地。1961 年，列维纳斯名著《总体与无限》问世，此书猛烈攻击本体论，说它自苏格拉底起，一贯推行霸权、歧视他人，实为一种"本体论帝国主义"。

1964 年，德里达撰文总结列氏批判。虽与列氏有所分歧，但他还是确认：本体论将一切差异纳入总体，进而将他人差异化解为同一。然而"无限之他人，不可能被一个概念束缚，也不可能置于同一地平线上"（喻阳等，2003）[104]。

综上所述，德里达虽出身名门，却因时运不济，落在一个新旧交错的哲学断裂带上。他的潜心修行，挡不住阴云密布，山雨欲来。偌大高师，早已放不下一张书桌了。于是他抛开学业，四处游荡，五十岁才申请博士答辩。具体说，德里达的解构理论，首先得益于海德格尔，特别是海氏针对形而上学本体论的摧毁意图。其次，尼采的形而上学批判，教会他如何利用符号，去嘲弄、颠覆并重新阐释真理。

世人皆知，海氏喜欢生造术语，蓄意破坏传统概念。例如，由于厌弃存在概念，他给"Sein"加上删除号，以此表示"Sein"先于思想和语言，所以它无法定义。如果硬要说，只能说特定个体的亲在（Dasein）。又如，围绕语言概念，他先后使用过 Rede（言谈）、Sage（道说）、Ereignis（大道或缘构）等一堆怪字，个个难以卒读，令天下学者发晕。以上恶作剧，却让德里达乐不可支。他说自己面对两难，也被迫在删除号下书写。不同之处是，海氏的存在高于一切：他虽不满这个概念，仍苦苦追索一种原始在场。而德里达的母题，却由存在变成了印迹："那个删除号（Rature），不仅仅是个否定符号，而是一个时代最后的文字。在它之下，先验能指的在场，一方面被删除，另一方面却留下清晰的印迹。"（陈浩莺，2004）[145]不妨说，德里达激化了海氏的删除法，进而将他的差异，高高置于本体论之上。

1987 年，德里达在《给一位日本朋友的信》中说：他曾逐字翻译海氏的"Destruktion"与"Abbau"，发现它们均指示拆解，而非毁坏。海氏当年的拆解对象，当然是形而上学。为何拆解而不摧毁？据说海氏别有一番深意。首先，他欲以某种生动语言，代替僵死概念。其次，他并不想斩尽杀绝，而是留有余地，即期盼某种重建。对此，英国学者菲尔帕林借题发挥道：德里达的解构，颇得益于海氏的"Destruktion"。它不像氢弹那样摧毁一切，而是类似中子弹，即能造成一种劫后余生的效果。所以说，"解构之后，毕竟还有生命"（韦子木，1999）[76]。海氏 40 年代写下了两卷本《尼采》，正是此书，将德里达引向了尼采研究，并给予他一系列启示。

启示一：真理与幻象。19 世纪，德国的歌德、英国的阿诺德，竞相赞美古希腊，推崇它是古朴庄严、甜美和谐的文明典范。尼采却在《悲剧的诞生》中说，这是太阳神阿波罗（Apollo）的特征。因为希腊人爱将真理喻为光明。阿波罗作为智慧之神，又称光明使者，然而这个词含有光明与幻象的双重含义。尼采说，幻象保护众人，使之忘却悲惨生存。按这一比喻促使德里达写出《白色神话：哲学文本中的隐喻》一文。文中，他从柏拉图的向日式隐喻入手，深入解析从亚里士多德到黑格尔的隐喻理论。与阿波罗相对，希腊酒神狄俄尼索斯（Dionysus），则代表自然欲望。原始文明中的狂欢仪式，一直洋溢着酒神的迷醉与疯狂。然而希腊文明促成一大转折，即太阳神驯化了酒神，并把它当作艺术形式保留下来。尼采说，希腊文明的建立，有赖于压服差异、制造幻象。苏格拉底，那个单调乏味的“理论人”，据此发明一种求知文化。他坚信“能凭知识改变世界，依靠科学指导生活，继而把人局限在一个确定无疑的狭隘范围”（韦子木，1999）[82]。

启示二：真理与谎言。尼采说，柏拉图确立了一种真理语法。基督教文明作为“大众的柏拉图主义”，则延续这种语法。其特征是：根据理念，否定生命与差异，崇尚科学，打压神话与艺术。尼采在《真理与谎言》（1873 年）中称：人类智慧实为一股异化力量。形而上学的概念，都不吻合它所再现之物。比方一棵树，万千树叶，各个不同。一旦抽取树叶概念，就等于抹杀无数差异。在此基础上，西洋哲学居然建立起“宏伟的概念结构、金字塔式的等级制”。如此真理体系，宛如一座罗马遗骨堂，“它在逻辑支配下，散发着冰冷的尸臭”（梁漱溟，1921）[105]。据此，尼采让德里达明白了差异：它是酒神精神，是久被压抑的欲望，是与我思相左的他人之见。然而这些差异，偏偏能赋予哲学以无尽生命力。

同理，西洋哲学语言，也并非什么真实再现。相反，它脱离现实，自足自律，构成一个幻象世界。何谓真理？尼采无情地揭露说：“真理是一支由隐喻、换喻、通灵术语组成的游动大军。由于自身变形，它备受人们崇拜。由于长期使用，它在世人眼中变成了一种束缚人的固定教条。真理，是人们忘记了它原本是什么的那些幻象；真理，是缺少感性的隐象；真理，是那些由于图像模糊而被人当作金属的硬币。”用德里达的法国话讲，“如此真理，不过是一种仅此而已、别无其他的语言罢了。”（盛宁，1997）[131]

启示三：真理与阐释。上帝之死，令尼采发现：西方人膜拜两千年的道德与哲学，尽是一些异化症候。在其晚年著作《权力意志》中，他开始考虑艺术作为一种替代真理的可能，“拥有艺术，可避免我们死于真理”（钱穆，1986）[45]。尼采的企图，是要借用艺术特有的自由阐释，去打破幻象，去肯定生存。对于这一重大转折，不是摧毁，美国专家麦吉尔概括说：“德里达式的解构是一种新的知识，它并不指向图表与抽象世界，而是自娱自乐，将哲学转换至一个艺术游戏的领地。”（侯维瑞，1985）[109]德里达在《论文字学》中说：尼采解放了符号。由于遗忘了存在问题，他的文字不再属于逻各斯。“阅读，写作和文本，都成了原始操作。”（侯维瑞，1985）[116]1978 年，他发表长文《马刺：尼采的风格》，文中他指责海氏不断变换字词，企图为存在找到一个特殊名称，这只能说明他依然感伤怀旧，尼采却不同，“他在一阵笑声和舞步中肯定了游戏”（侯维瑞，1985）[129]。

五、解构的真理战略

关于解构，美国专家卡勒说：“文学与文论专业的学生，最爱将解构作为一种阅读与理解方法。然而，如果我们希望描述并评价解构，最好从文学以外的地方开始，即把解构当成一种哲学战略。”（伍蠡甫，1979）[179]准确地说，解构出自哲学内部，反过来对付哲学；其目的是打破哲学对于真理的垄断。德里达说：我们在二元对立中看不到和平共存，只有粗暴压制。而解构作为一种普遍战略，则是“为了瓦解上述对立项，并在一个特定时间上，颠覆等级制”（伍蠡甫，1979）[184]。他又说，若将解构付诸实践，我们须“通过一种双重姿态、双重科学、双重书写，将传统的二元对立颠倒过来”（伍蠡甫，1979）[192]。换言之，解构批评家置身于系统之内，任务是破坏系统，张开结构。“解构哲学，因此是要以最审慎、最内在的方式，贯穿哲学概念赖以成立的结构谱系。同时，我们要借用一种外来眼光，以便确定上述哲学史所掩盖或排斥的无名之物。”（王岳川，1999）[83]这些被掩盖、排斥之物，便是德里达念念不忘的差异。

依照上述战略，德里达倾四十年之力，对西洋哲学施行史无前例的系统解构。其解构目标，从柏拉图、黑格尔、康德，直达弗洛伊德、索绪尔、列维-斯特劳斯。其解构方法，亦可谓纷繁多变、层出不穷，主要包括四项，分别是反转、印迹、增补与撒播。西洋哲学一大欲望，即利用二元对立、强行整合差异。德里达从中发现，哲学范畴的反转与颠倒，能有效开启变化、激活差异。这方面的经典案例，出自尼采《权力意志》。尼采说，设想某人感到一阵痛，这痛促使他去查找原因，结果发现一枚针。于是他用“针—痛”的因果顺序，代替“痛—针”的现象顺序。这一先因后果的认知模式，不过是一种以因代果的转喻。尼采的例子，颇能说明德里达的解构要义，即在法则内部发难，颠倒主次，令其错乱。如此一转，本原就不再具有优先权——它被延异了。

再看弗洛伊德的著名反转理论。弗氏大量使用二元对立，譬如意识/无意识、真实/虚幻、正常/病态。那该如何反转呢？弗氏将压抑引入对立，形成一种新的矛盾格局：意识压抑无意识，但意识也可视为无意识的变形。弗氏说：“无意识乃一宽大领域，它将较小的意识包含于自身。每一个有意识的事件，都有一个无意识生发阶段。因此，无意识才是真正的心理现实。”（王博，2004）[156]援引上述颠倒，德里达尽情发挥道：“无意识并非潜在的自我在场。它是一种自我的差异和延息。它是一种真实的、被隐藏的意识。”（王博，2004）[160]《延异》一文中，德里达讨论过弗洛伊德的印迹概念。我们知道，弗氏一面强调意识/无意识的二元对立，一面通过压抑与印迹，颠倒主次。弗氏反复强调，无意识能突破意识的压抑。突破之后留下印迹，诸如梦幻、失言、笔误，玩笑，乃至哲学隐喻。这些，都是德里达津津乐道的印迹（英法文写作 Trace）。

在《弗洛伊德与写作场景》一文中，德里达进一步分析弗氏魔垫比喻。所谓魔垫，是一种儿童书写板。它分两层：底层具蜡膜，上盖一层玻璃纸。儿童在纸上涂写，留下印迹。一旦将纸揭离，印迹不复存在。孩子便可继续写字，但蜡膜上的印迹犹存。弗氏发现，书写像魔垫，控制着记忆的模式，即表面具有清晰记忆，而在无意识层面，它则保留记忆的亲乱。德里达说，印迹揭示记忆的局限：主体并非独立自主，而是“名义关系系统的一部分，它包括了心理、世界和他人”（史忠义，2001）[80]。德里达又说：“延异效果的不可降解性，无疑是由弗氏发现的。而无意识的文本自身，正是一种印迹编织物。”（叶维廉，2006）[76]一如弗氏梦中的记忆残片，德氏印迹蛰居在符号中。这些印迹，也是从形而上学压制下解放出来的差异。差异展开，不断留下印迹：它们一面铭刻差异，一面又不断抹消自己。

受此启发，美国专家雷奇试将印迹比作夸克（Quark）。夸克在量子力学中指示粒子运动，但物理学家无法证实夸克的实体存在。与夸克相似，印迹也在微观层面，指示书写符号的意义生成。说到底，德里达是要借用一种原始印迹，从根本上取代索绪尔的符号。

1972年，德里达出版名著《撒播》。此书围绕柏拉图、马拉美、黑格尔，讨论文本引发的意义多样性。德里达说：与延异一样，撒播是反还原的。同隐喻一样，撒播开辟语义漫游的可能。撒播并非一词多义，它指示意义的散漫增生。他又说，撒播瓦解了语义学：它非但不受作者意图支配，反而割断了作者与文本联系。作为一种类似阉割的行为："撒播描述不能返回父亲的东西，它肯定一种无尽的替换。"（赵一凡，2006）[152]《撒播》中有一篇长文《柏拉图的药》，详尽分析了柏拉图的《斐德罗篇》。

上一讲说过，这则对话记载了苏格拉底讲述过的一个希腊神话。当时，柏拉图过分吹嘘文字，说它是良药，能造福埃及人；但老国王担心文字的危险性，担心文字会毒害民众。故事中的"良药"，即柏拉图一再提及的药（Pharmakon）。德里达发现：这个词既指良药，也指毒药，拥有截然相反的词义。在柏拉图笔下反复出现，造成文本自行瓦解。德里达从中抓住一个双重逻辑，论证将目标对于柏拉图、对于我们大家的双重意义：它是良药，是人们保存文明的工具；同时它也是毒药，是口述真理的威胁。我们还可参比尼采的名言："哲学，好比文化的毒药。"德里达称：撒播的特征，即不可确定性，针对二元对立，它打破非此即彼的两难，提供亦此亦彼的出路。他又说，撒播扰乱句法，瓦解词的统一。大家知道，逻各斯神话之一，便是词作为语言基本单位，不可分割。然而马拉美一心玩弄修辞，酷爱词的分割。模仿马氏手法，德里达证实："Pharmakon"并非模棱两可，它还具有魔术师（Pharkeus）、替罪羊（Pharmakos）等歧义。在此杂乱语境下，任何读者都无法做出单一选择。所以他总结道："'Pharmakon'即差异运动的差异场所，是差异的生产游戏。"（朱通伯，1996）[181]一句话，"Pharmakon"破坏了柏拉图的理念。

苏格拉底说过，逻各斯凭借声音出场，它自说自听。《忏悔录》中的卢梭，因此陷入一种可笑的困境。首先，他矢志效忠逻各斯，即利用真诚言语，再现心灵隐视。其次，由于性格内向，他被迫选择写作，写作因此成为一种"必要的不恶"。他坚称：此书只为自己而写，同时又担心，它一旦落入读者之手，自己再无回天之力。最糟的是，他满以为写作能"弥补记忆的空缺"。可他的忏悔处处遭遇文字捣乱，于是卢梭被迫用写出的我，代替在场的我。而那些虚妄文字，竟让他窃喜不已：因为一旦放弃逻各斯，写作就会超越我思，自由翱翔，五光十色。悲喜交加的卢梭，因此愈发痛感自己像个"乱伦罪人"。卢梭的滑稽忏悔，让德里达又获得解构妙招：替补（Supplement）。他发现：并非卢梭一人陷入不断替补。"所有话语，尤其是形而上学话语，都被圈定其中。"（朱通伯，1996）[189]何为替补？它是延异的别称。卢梭一面谴责文字，一面玩弄文字，写下惊世骇俗的忏悔。这说明写作对于他，乃一种必要替补：它能在作者缺席时，再造一个活的卢梭。同时，写作也让他获得自由。

卢梭承认，作为替补，写作先是补偿，然后是增加，最后是置换。同理，文化作为自然的替补，导致虚伪盛行、淳朴不再。教育作为替补，则泯灭儿童的天性。此法推而广之，便形成一种针对所有二元对立的替补机制。总之，他以大量隐私说明：替补虽方便，却不健康。可他明知替补危险，却始终离不开它，就像孩子迷恋母亲。德里达归纳说：替补制造幻象，替补即符号生产。替补本是异物，但它能反客为主，成为我们的天性。活着的卢梭有所不足，文字便制造出众多卢梭形象。其中之一，便是耶鲁大学德曼教授指控的"伪君子卢梭"。德曼说：卢梭忏悔，号称坦率，其实不然。诸多证据表明，他利用文字变幻无常，将其忏悔当成了一种“逃避道德裁判”的手段。讲到这里，大家回顾胡塞尔的直观还原，美国解构学派的多年追捧，及其对德氏方法的借用与滥用，不但严重混淆了文学/哲学界限，而且造成诸多误解。误解之一，即将德里达视为一个“当代论辩家”；而他对哲学的贡献，恰恰因此而被抹杀。

美国教授诺里斯指出德里达并非反对哲学，而是反对哲学贬低文字的陋习；但不得不承认在现实语言中，文字确实是为了社会学目的而借来的伟大工具。德里达追溯这一压箱史，一面祛除有逻各斯中心主义的文字学迷信，一面以其缜密解构，说明“所有关于知识与真理的思考，都须在一种广义写作语境中进行”（张乾元，2006）[107]。对德里达的另一指责，来自美国哲学家理查德·罗蒂。罗蒂将德氏思想分为早晚周期，在他看来，早期的德里达比较敬业，仍在搜寻康德所谓的“知识可能性”。后期的他，逐渐变成一个脾气古怪的先锋派作家：他像海德格尔那样，乐于探索知识的不确定性。从《丧钟》开始，他更以后现代作家的高超手段，将超验学系统，变成了私人笑话。罗蒂说：此人如此“沉迷于自家游戏，不愿怀上苏格拉底的胎儿”。这说明他“不再是一个具有公共使命的哲学家了”（张乾元，2006）[121]。

说实话，德里达的晚期著作，越来越像后现代小说。罗蒂抱怨的那本《丧钟》，便将黑格尔与热奈并列。黑氏是何等高人？他是国家、法律、真理的导师。与他插科打诨的热奈，竟是一个令法国颓废文人叹为观止的小偷、同性恋、易装癖者。同样把戏，出现在《双重列席》中：柏拉图的庄严，遭遇马拉美的戏谑，他俩被置于对开的书页上，卷入一场可笑的文字混战。与罗蒂相左，美国专家卡谢在《延异的发明》中，则对德里达的晚期工作赞扬备至。他认为，德里达利用丰富案例，展示经典文本中比比皆是的延异、印迹、撒播与替补现象，为我们提供了一整套潜结构（Infrastructure），或有关知识局限性的基本条件。另外，卡谢认同德里达的说法：作为一门哲学创新理论，解构批评必须突破界限、超越陈规。而德里达的哲学发明，在其二十余部晚期作品中，已大致满足创新理论的基本要求：即“不断重复、灵活方便、普遍适用，最终达至一种广泛的哲学公开性”（张寅彭，2006）[118]。

尽管有人拥戴，德里达自己，却不愿被人当作哲学家，吊死在一棵千年老树上。他那漂泊不定的秉性，促使他在哲学/文学两难问题上，循例逃避选择，坚持走中间道路。或者说，他宁可无家可归，也要保持一种若即若离的边缘立场。根据他在一篇自传中的说法：早在青少年时期，他就因为社会压抑与种族歧视，陷入极度的精神苦闷。而他之所以爱上文学，仅仅是因为文学“能够讲述一切”。这一许诺，“才是召唤我、指引我的主要原则”（张耕云，2007）[106]。《哲学的边缘》中，德里达又盛赞法国诗人瓦莱里的一个惊人观点，即哲学是文学的分支。瓦氏的原话是：“为了表述真理，欧洲最强有力的哲学家俱已耗尽心力。无论他们使用何种词汇，诸如观念、存在或我思，全都无济于事，因为这些词汇只能在语境中方可确定。”（袁可嘉，1989）[131]德里达欣然附和道：哲学是一种“竭力掩饰自身文字特征”的特殊写作。“一旦剥去它表述真理的外衣，哲学将被文学吸纳。所以，我想找到一个非哲学基点，据此对哲学发出质询。这并非一种反哲学立场。我真正关心的问题是：哲学如何才能表明它是不同于自身的东西？”（袁可嘉，1989）[147]

带着哲学难题，德里达言犹未尽地走了。2004 年 10 月 9 日，这位享年 74 岁的杰出思想家，因患胰腺癌在巴黎逝世。哲学乎？文学乎？看来一时仍无定论。比较公允的评判是：德里达的解构，确已造成一场哲学向文学的延异运动。或者说，因为德里达，西洋哲学开始了一场前所未有的大规模解魅。而文学批评的繁荣、诗与艺术的再度附魅，则彰显当下欧美思想的一大鲜明特征，即放弃最高价值，开放学术试验，多方探索真理生成与瓦解的各式条件。

症候 11 讲

马克思主义学派的审美意识形态

马克思主义理论在20世纪前半期的西方有着惊人的发展，原因是多方面的。首先，西方各国在发展了资本主义经济的同时，也使无产阶级队伍迅速壮大，日益成为一支对抗资本主义制度的重要力量。马克思主义理论也在工人阶级中得到了广泛传播。其次，两次世界大战的痛苦经历，使有识之士看清了西方资本主义制度的种种弊端，引起了人们对西方现行制度的强烈不满，他们努力寻找比资本主义制度更优越的并能够取而代之的社会制度，马克思主义的社会与经济理论契合了他们的这种要求，自然受到他们的欢迎。更重要的是，在西方资本主义社会陷入重重危机、难以自拔的同时，苏联的社会主义制度显示出资本主义难以企及的优越性。为了解决自己的危机，西方知识分子纷纷以苏联为样板，学习马克思主义理论，希望从中找出救世的良方，这大大促进了马克思主义理论在资本主义国家的传播。这种传播反过来又进一步促进了各国无产阶级的工人运动的发展，促进了工人党的发展。于是，马克思主义理论成了20世纪十分重要的思潮。

两次世界大战给世界人民带来了惨痛的经历，资本主义制度种种弊端在此期间暴露无遗。同时，战后的新科技革命，在给西方经济带来复苏和发展的同时，也带来严重的社会危机与意识形态危机，科学并没有从根本上改变人们的现实生活，相反，机械的现代化使人们沦为现代化工业的牺牲品，逐渐失去了人作为人的本质，人被异化了。这种非人性的社会现状受到左派知识分子的激烈抨击。另一方面，随着对苏联社会主义的进一步了解，斯大林专制主义的做法也打破了西方知识分子对苏联理想化的想象，人们对斯大林的马克思主义极为不满，认为那是对马克思的歪曲与篡改，不是真正的马克思主义。同时，流行一时的激进新左派的一些极端做法也不能赢得赞许，左派没落了。于是，他们提出种种新的西方马克思主义，并且各自从自己的立场出发，把马克思与其他学科理论，如存在主义、弗洛伊德主义等连接起来，试图寻找西方社会危机的解决办法。这样的做法一方面促进了经典马克思理论的现代性转换；另一方面，也产生了种种不同的新马克思主义理论。

20世纪的马克思主义理论依然在全世界发挥着巨大的影响力，但是随着西方进入“后工业化”时期，各国的政治、经济、社会和文化等领域各具特色的发展，文艺理论界对于马克思主义也产生了与以往不同的理解与阐释。这一方面说明马克思主义在新时期的强大生命力，能够适应不同的社会形势；另一方面，这些对马克思主义的新的理解与阐释有些是对马克思主义的发展，但有些是把马克思主义基本论点用于自己的哲学与社会理论的延伸，因此这些理论家实际上在运用自己所理解的马克思主义理论来研究文学理论问题。这样，这些理论也就自然不可能形成统一的理论体系和学术流派。所以，所谓马克思主义文论并非一个目标一致、系统严密的文学理论流派，它指的是西方各种马克思主义文艺理论的一个集合体。（史忠义，1998）[110]

20 世纪西方马克思主义文论从匈牙利著名理论家卢卡奇的《历史与阶级意识》（1923 年）开始，德国的柯尔施与意大利的葛兰西也都做出了自己的贡献，产生了巨大的影响。他们虽然遭到西方传统马克思主义的批判，但这股思潮迅速发展，并与当时的各种哲学与社会学理论相结合，产生出新型的马克思主义理论，比如“存在主义的马克思主义”“精神分析学马克思主义”等，这些理论大都以马克思主义基本理论观点为基础，结合自身的其他学科知识，对文艺现象作出了新的理论创建。这些理论都是对马克思主义理论的当代延伸与发展，从各个角度丰富和深化了传统的马克思主义理论。当然，其中也有许多的误解和错误。

新马克思主义文论主张把文学作品放到社会历史文化的大背景下进行研究，反对把文学与社会和历史割裂开来，与俄国形式主义、英美新批评派和结构主义文论旨趣相通。他们从马克思主义理论中经济基础与上层建筑的理论出发，考察文艺的社会功能，特别强调文艺与意识形态的关系。他们把文艺看成意识形态的一个部类，认为文艺受社会与经济的支配，同时它与其他意识形态部类紧密联系。同时，与传统的尤其是庸俗化和机械化的马克思主义文论不同，他们很重视文学的艺术特性和创作规律，从理论和创作实践中强调文学自身的特殊性。

现代西方马克思主义在各国都得到了长足发展，但其中影响最大的流派则是法兰克福学派。它产生于 20 世纪 30 年代的德国，成员均来自法兰克福大学社会研究所，后来因为受纳粹的迫害而迁往日内瓦和美国。该派的理论影响也很大，战后该派的理论继续得以发展，到 70 年代才逐渐衰退。法兰克福学派的理论以社会哲学理论为主，并不是单纯的文学理论，更准确地讲是文学理论归属于他们的社会文化理论当中。他们的理论是一种“社会批判”理论。他们学习马克思的经典理论著作，又结合现代西方的各种文艺理论，对当代资本主义社会异化与反人性的现象展开激烈的批判。在文艺领域，他们强调现代文艺具有反抗社会压制和异化，为解放人类推波助澜的作用，扩大了该派的影响。

一、卢卡奇：文学与社会的关系

乔治·卢卡奇（Georg Lukacs，1885—1971），匈牙利著名的思想家，马克思主义理论家、文学批评家与革命家。他出生于布达佩斯一个富足的犹太人家庭，父亲是一个银行董事。中学毕业后，他先后进入布达佩斯大学和柏林大学学习，1909 年他获得布达佩斯大学哲学博士学位。1913—1917 年，他在海德堡大学和弗赖堡大学深造。1917 年他返回布达佩斯，不久成为匈牙利知识界的领袖人物，1918 年他加入匈牙利共产党。匈牙利革命（1919年）失败后，他流亡到维也纳，写出了《历史与阶级意识》。1928年他受匈牙利党中央的委托起草了《布鲁姆提纲》，受到党内的严厉批判。1933年希特勒上台后，卢卡奇移居莫斯科，一直到“二战”结束，其间他写了大量的理论著作和文学评论文章。1944年匈牙利解放，卢卡奇回到匈牙利，当选科学院院士，并任布达佩斯大学美学和哲学教授。1956年他出任政府文化部长，不久辞职，1947年被开除党籍，1967年又恢复党籍。1971年卢卡奇死于癌症。

卢卡奇的一生波澜起伏，在某种程度上，从他的身上折射出匈牙利以及当时世界风云变幻的轨迹，而他的所作所为也对自己的祖国产生过显著的影响，他不只是一个学者，更是一个积极参与现实的革命家。在文艺理论、哲学、美学领域，他都有所建树，并产生过重大的影响。美国文学史家韦勒克曾将他与克罗齐、瓦雷里和英伽登合称“四大批评家”，他的成就由此可见一斑。卢卡奇一生勤于著书，主要著作有《现代戏剧发展史》（1908年）、《心灵与形式》（1911年）、《历史与阶级意识》（1923年）、《现实主义论文集》（1948年）、《德国新文学史纲》（1953年）、《审美特性》（1963年）、《社会存在本体论导论》（1984年），等等。

卢卡奇的文学理论思想不能单纯地孤立起来进行研究，而必须联系到他一生所坚持和维护的马克思主义理论。他是位知识渊博的学者，但同时更是一位积极参与社会政治运动的革命家，萨特在这一点上与他颇为相似。或者可以这么认为，他对于文学的研究也是其政治活动的一部分，是他手中的武器，文学是他进行斗争的战场。在他一生的战斗中，他始终坚持马克思主义。也许在他的研究之中有过某些失误，但这一立场是始终不变的。文学研究是他的武器，而运用武器的头脑和方法都是马克思主义的历史唯物主义，他认为这是研究文学的唯一正确的世界观和方法论。

卢卡奇在思想基础和研究方法上，与同时代的埃米尔·施泰戈尔大相径庭，后者是海德格尔存在主义的坚定拥护者，美国“新批评”派的学生，坚持文学“内部批评”的方法。而卢卡奇则坚持认为，文学不可能脱离社会、超越时代而独立地存在，根本不存在只由作品本身形成与外界毫无关系的文学，单纯的作品没有价值，也形不成历史。因此，对文学的研究绝不应该排除文学与其外围世界的联系，只孤立地关注纯粹的“内部批评”。

卢卡奇坚持马克思的历史唯物主义立场，认为文学的发生和发展是由社会生产的全部历史过程决定的，文学的价值在于人们通过它来展现和总结自己所处的历史阶段和社会景象，在于人们可以通过它去发现和认识文学作品所反映的社会历史和人们的生活，所以文学的本质在于反映社会，文学的功能在于使人认识社会。历史唯物主义总的原则是，社会的经济基础是第一性的、起决定作用的，而文学艺术作为意识形态是上层建筑，起次要作用，经济基础将规定文学与艺术的发展方向。卢卡奇反对简单化的反映论观点，他称之为“庸俗化的观点”（高奋，2000）[69]，他认为这种表面上的历史唯物主义与马克思主义的辩证法实际上是背道而驰的。卢卡奇坚持辩证地理解文学艺术与经济基础之间的复杂关系，他认为承认经济基础支配决定作为意识形态的文学艺术，承认文学与社会生活的各方面处于一种互相作用的关系，与承认文学有自身相对的独立性，有自身特殊的发展规律，这两者既是对立的，又是统一的。必须充分认识到文学艺术与经济基础之间的复杂性，必须辩证地来看待这种关系。因为一方面社会的状况非常复杂，另一方面文学中的社会政治问题也异常复杂，更重要的是每个作家，尤其是真正伟大的作家，他的创作比他所代表的文学倾向或社会倾向要丰富、全面得多。因此，卢卡奇特别强调具体问题具体研究，重视研究对象的特殊性。研究某一位作家及其作品，或者研究某一时代的作家及作品，都必须首先要对该时期具体的社会历史状况进行研究，以此为基础，才能真正解决问题。

卢卡奇在20世纪30、40年代所写的关于德国文学的论文典型地表现了他的这种文学理论观点，例如在论及德国的文学思潮的形成原因时，他说："德国帝国主义的经济和政治是文学倾向和文学现象的社会基础，是最终起作用的实际原因，当然只能说是最终起作用，因为中间要经过许多环节。"（徐复观，2001）[127]这些长篇论文既有对于某个时期德国文学状况的概述，也有对单个作家作品的深刻研究，总分结合，充分贯彻了他坚持的文学研究方法。在评价作家作品时，卢卡奇也坚持了马克思主义的原则，以民主与现实主义的标准评价作家作品。在论及德国文学时，卢卡奇说；"德国文学是德国人民命运的一部分、一个因素、一种表现和一种反映。因此，我们的表述所要遵循的指导思想是：凡是向德国的苦难做斗争的就是进步的，凡是旨在以任何一种方式使鄙陋状态永久化的努力，我们一律称之为反动。"他还明确谈及标准："这一标准在任何时候都是与人民，与人民的努力、愿望及痛苦密切地联系在一起的。"（徐复观，2001）[135]可见他认为文学必须而且应该反映社会现实，只有如此，才能发挥文学的认识功能，而民主代表着历史发展的方向，代表着人民的利益。所以，卢卡奇认为伟大的作品里面，总有那些代表人民利益，反映社会现实的作品。

同时，他还认为，在文学发展中同样也存在着和现实主义与非现实主义创作方法的对立，民主与反民主的倾向对立，他把这种对立归结为进步与反动的对立。德国文学史在很大程度上就是进步文学与反动文学进行斗争的历史。他对德国文学近二百年发展历史的描绘就是向人们展示两种力量在文学领域的对立与斗争。因为他认为，这种情况也同样反映了在德国的历史进程中，对文学史的研究某种程度上也就是对社会历史的研究。正是通过对文学史的研究，卢卡奇总结出法西斯在德国能够建立专制统治的原因在于德国非民主势力的长期发展。

总之，卢卡奇站在马克思历史唯物主义的立场上建立了自己对文学的基本理论：文学作为意识形态由其经济基础决定，但两者的关系并非简单的因果关系，文学研究必须充分考虑两者之间复杂的、辩证的、相互作用的关系。文学是社会现实的反映，但同时又必然是能动的反映；文学具有认识功能，研究文学不能仅仅研究文学的内部，必须研究文学与社会的联系，研究文学也就是研究社会，只有研究社会，才能更好地理解作品。文学与社会历史一样，长期贯穿着进步与反动的斗争，人们必须站在民主和现实主义的立场来评价文学。

二、本雅明：机械复制时代的"灵韵"说

瓦尔特·本雅明（Walter Benjamin，1892—1940），德国文学批评家、文化史家及文艺理论家，法兰克福学派的重要成员。他出身于一个富裕的犹太人家庭，早年受犹太教影

响颇深。1912年，他进入弗赖堡大学攻读哲学，后来又在慕尼黑等多所大学就读，1919年以《德国浪漫派的艺术批评概念》获得博士学位。在“一战”期间，他遇到马克思主义哲学家布洛赫，受其影响开始研究马克思主义著作。1927—1929年他访问苏联，回国后即加入法兰克福学派，在此期间，他与布洛赫、阿多诺交往甚密，1929年结识布莱希特，深受其文艺理论的启发。1933年纳粹上台，本雅明逃亡巴黎，但仍继续为法兰克福学派撰稿。1940年，纳粹占领法国，9月他不堪纳粹盖世太保的追捕，在逃亡西班牙的途中被迫自杀。

作为法兰克福学派的一个代表人物，本雅明英年早逝。但他的著作后来经由同为法兰克福学派成员的朋友阿多诺编辑出版，产生很大影响。他的著作包括《德国浪漫派的艺术批评概念》(1919年)、《德意志悲苦剧的起源》(1928年)、《单行道》(1928年)、《讲故事的人》(1936年)、《机械复制时代的艺术作品》(1936年)、《什么是史诗剧》(1939年)、《波德莱尔——发达资本主义时代的抒情诗人》(1939年)、《历史哲学论纲》(1942年）等，另有《本雅明文集》(1955年)、《本雅明书信集》(1966年）等。汉娜·阿伦特后来也编辑过《启迪——本雅明文选》(1969年）出版。这些文集的出版，使他的思想和理论重新被人们发现，甚至形成了一股“本雅明复兴”的研究热潮。另一位当代西方马克思主义文论家杰姆逊曾称赞他为“20世纪最伟大、最渊博的文学批评家之一”（张大明，2001)[185]。

本雅明受到马克思主义哲学家布洛赫的影响，并在其影响之下开始认真研读马克思主义经验著作。他从马克思主义经济学原理中获得启发，把有关生产的概念与理论应用到艺术领域，发展出一套有鲜明个人特色的艺术生产理论。

首先，他认为艺术创作和物质生产一样有共同的规律，是一种特别的生产活动和过程。它们同样都是由生产者与产品，消费者与消费等因素构成，更重要的是，它们都同样受到生产力与生产关系的规律的制约。当然在艺术生产领域里，艺术家就是生产者，艺术作品就是产品或商品，消费者就是大众（读者或观众)，而艺术创作就是生产，艺术欣赏就是消费。如同在物质生产领域中一样，生产技术是生产活动的决定性因素，艺术生产的技术决定了艺术产品的艺术倾向和政治倾向。也就是说，艺术生产技术的进步会提高艺术生产能力，从而改变艺术形式的功能，也就改变了艺术产品的艺术倾向，这也是其政治倾向的一个评判标准。这一点也正符合马克思主义生产力与生产关系的辩证发展原理。生产力决定生产关系，而两者发生矛盾时，就会引起生产关系的变革。在艺术领域中，生产力因素就是艺术生产的技术因素，生产关系则是艺术家与大众的关系，当双方发生矛盾时，艺术革命就发生了，必然产生新的艺术生产技术，产生新的艺术生产关系。（殷企平，2001)[64]

依照这种理论，本雅明对现代艺术的生产与消费进行了相应的评价。在《作为生产者的作者》一书中，他提出读者与观众并非艺术产品被动的接受者，而应该是艺术生产的主动参与者。因此，应该将消费者转化为生产者，也就是说，将读者与观众转化为艺术生产的合作者。在《什么是史诗剧》一文中，他从技术的角度盛赞布莱希特的史诗剧，因为它打破了传统戏剧“第四堵墙”的舞台模式，使观众也能参与到戏剧演出中去，与演员一起构成了戏剧创作的一部分。这样，演员与观众就改变了以往生产者与消费者的关系，而成为艺术创作的合作者的关系。因此，一种新的艺术生产的技术催生了一种新的艺术生产关系，这就促成了艺术的进步。

而在《爱德华·福克斯——收藏家和历史学家》一文中，本雅明认为艺术作品的意义要放在具体的历史环境中进行考察，尤其要考察艺术产品的消费状况。因为，“历史唯物主义者必须舍弃历史中的叙事因素。对他来说，历史成了建构的对象，这一建构点并非空洞的时间，而是确定的时代、确定的生活、确定的作品。历史唯物主义将历史性理解看作被理解的事物的延存，直至现在仍能感觉到这些被理解的事物跳动的脉搏。”（张德明，2004）[95]因此，在他看来，爱德华·福克斯的观点的正确之处在于他不仅认识到我们对一部作品的接受必定受着它的同时代人的接受的决定性影响，同时他还认识到接受史的意义，正是接受史开启了他开阔的视野。也就是说，在整个艺术作品的生产链条中，作者并不占据绝对的优先地位，而正是读者和观众在某种程度上影响着艺术作品的意义与价值。正如他后面所说，“过去的作品并没有完结”（张德明，2004）[107]。由此，我们可以看出，在必要的观念中，作品的意义必须要由具体时代的具体读者才能把握，这是因为作品是在它之前和之后整个历史的一部分，读者只能进入具体的历史环境，前瞻后顾，才能抓住作品的具体含义；同时，这个历史是个不断变化、流动的过程，这也给不同时代、不同地位的读者（消费者）以不同的机会去参与艺术作品的生产，对作品的理解也因此永远是具体的和历史的。

本雅明独特的艺术生产理论有着丰富的内容，然而正如马克思主义经济学原理所强调的，技术决定生产力水平，生产力决定生产关系。在他的艺术生产理论中，艺术生产的技术也占据一个重要的地位。他认为艺术作品的生产是否先进，关键要看“技术”是否先进，先进的技术必然有助于艺术生产。不过，这种看法同时也带来了它的局限性，因为技术的革新与发展固然可以产生新形式的文学艺术作品，增强艺术生产能力，但是同时也必然造成只重形式不重内容的后果。单纯的技术论也缺乏艺术发展的方向性，因为先锋的并不意味着一定是先进的，更不会意味着艺术的品质就一定是更高的。总而言之，技术论打破了固有的形式与内容的两分法，消除了两者的对立，使两者统一到艺术生产的技术上去，这是一种有益的突破和尝试。

本雅明不仅具有哲学家的理性思辨能力，同时还具有诗人的感受能力和想象力，这使他的文艺理论著作具有一种理性的严谨与感性的生动，具有独特的魅力。他的理论中有一个诗性概念——“灵韵”。（殷企平，1995）[86]

“灵韵”的概念是作为艺术品与艺术复制品的对立特性提出来的，在《可技术复制时代的艺术作品》一文中得到了明确而特别的强调。本雅明认为艺术作品原则上都是可以复制的，但艺术作品的技术复制是现代社会的新产物。在该文引言中，他引述了保罗·瓦莱里的话，艺术的物质部分“不可能摆脱现代科学技术的影响”，因此，巨大的革新必将改变各种艺术的技术，甚至艺术概念，“对此，我们必须做好准备”（朱良志，2006）[94]。他认为，艺术作品虽然可以复制，但复制品却伤害着原来的艺术品，技术复制伤害的就是艺术作品所特有的“灵韵”，这也使得艺术作品与艺术复制品对立起来。本雅明所用的“灵韵”概念，大致有以下几种含义。

首先，“灵韵”代表艺术作品的独特性，不可复制性。本雅明说：“即使最完美的复制品也不具备艺术作品的此地此刻——它独一无二的诞生地。恰恰是它的独一无二的生存，而不是任何其他方面，体现着历史，而艺术作品的存在又受着历史的制约。”他认为原作的此地此刻就是它的本真性。原作的本真性可不受技术的可复制性的制约，但技术的可复制性却最终会贬低原作的“此地此刻”。因为，“一事物的本真是它从起源开始可流传部分的总和：从物质上的持续一直到历史见证性”（朱立元，2001）[114]。技术复制由于可以复制艺术品的起源，如自然和社会，所以艺术品的权威性自然也受到了伤害。而在技术复制过程中，艺术品的“灵韵”是唯一不可复制的东西。他说：“复制过程中所缺乏的，可以用氛围（按即‘灵韵’，下同）这一概念来概括：在艺术作品的可技术复制时代中，枯萎的是艺术作品的氛围。”（朱立元，2001）[127]在戏剧表演活动中，演员在舞台上面对观众进行表演，双方构成仪式化的交流，表演的现场性给演员身上罩上一层“灵韵”。但是，在拍摄电影时，演员只能面对摄像机表演，失去了与观众的交流的机会，而且，他的表演也不可能是连续的，可能要经过反复的拍摄，而且还需要进行剪接与后期制作，“这样，围绕演员的氛围必然消失，与此同时，围绕他所演的角色的氛围也随之消失”（朱光潜，1987）[68]。

其次，“灵韵”指的是艺术作品与观众之间的一种距离感。正是这种距离感，产生了艺术作品的灵韵。本雅明认为，艺术作品有两种价值：一种是膜拜价值，一种是展览价值。前者来源于古代的巫术，产生于宗教仪式；后者是后世仪式发展而显现出的价值。由于膜拜，人们把艺术品隐藏起来，只在宗教仪式时对公众开放，这造成艺术品与观众间的距离感和神秘感，使观众产生敬畏感，以实现仪式的目的。也就是说，在这里，仪式是产生敬畏感和艺术品膜拜价值的基础，正如本雅明所说：“艺术的根基不再是礼仪，而是另一种实践：政治。”（朱光潜，1987）[75]随着时代的发展，艺术品从艺术实践中解放出来，其展示价值的表现机会也日渐扩大，艺术品的技术可复制性也从依附礼仪的生存中解放出来了。

三、马尔库塞：爱欲解放论的艺术形式

赫伯特·马尔库塞（Herbert Marcuse，1898—1979），美籍德裔哲学家、美学家，法兰克福学派的代表人物。他出生于一个波兰犹太人家庭，1917年曾加入德国社会民主党左翼，1919年因不满该党叛变革命的行为而退党，后入弗赖堡大学学习哲学，曾受教于胡塞尔与海德格尔，1922年获哲学博士学位。1933年马尔库塞结识马克斯·霍克海默，加入了法兰克福社会研究所。纳粹上台后，他被迫流亡日内瓦，次年移居美国，1940年起定居美国。“二战”期间，他曾为美国情报部门服务，战后又曾在多所大学担任教学和研究工作。他积极参与社会现实政治活动，对60年代燃遍全欧的左派和学生造反运动尤其投入了巨大的热情，被公认为“精神领袖”。1979年7月，他在赴西德讲学途中逝世。马尔库塞勤于著述，作品颇多，其中包括《历史唯物主义现象学概要》（1928年）、《历史唯物论基础的新材料》（1932年）、《理性与革命》（1940年）、《爱欲与文明》（1955年）、《单面人——发达工业社会意识形态研究》（1964年）、《论解放》（1968年）、《反革命与造反》（1971年）、《作为现实形式的艺术》（1972年）、《审美

之维》(1977 年) 等。

马尔库塞的文艺思想与他的社会批评哲学紧密相关。他是在对发达资本主义社会的分析与批评基础上构建他的文艺理论的。他首先展开的是对现代资本主义社会一系列的批评。马尔库塞认为，随着科学技术的发展，西方社会的物质社会水平得到了很大的提高，人们的物质需求得到了极大的满足。但是，人们同时也日益陷入非人性化的社会环境中。科学技术泯灭了人的灵性，使人逐渐沦落为社会机器上一个毫无特色的零件，丧失了人作为人的本质特征。人与人的关系日趋紧张，变成了赤裸裸的利益交换和相互利用。人日益屈从于社会这架机器。马尔库塞认为，工业社会对人的控制越来越严密，早期还是通过压制人的需要来维持统治，而现在则是通过制造需要来加强压制。他反对现代工业社会的压制性消费，把人的物质需求无限夸大，使人无休止地追求那些本不属于人的本性的虚假的需求。整个社会日益陷入对物质的狂热崇拜中，人变成畸形的拜物狂，被消费异化了。在社会文化领域，人的自然本性、人的思维方式也被纳入社会单一的意识形态框架中，人丧失了独特性、创造性和想象力，成为意识形态一体化的牺牲品。甚至艺术也变成了千篇一律。总之，社会变成了单维的社会，人也变成了单维的人 (宗白华，1987)[109-110]。

马尔库塞在他的重要著作《单面人——发达工业社会意识形态研究》(1964 年) 中对这一切进行了深刻的批判。他认为，当代工业社会已经异化为另一种极权社会，因为它成功地压制了这个社会中的反对派与反对意见，把人内心中的否定性、超越性与批评性泯灭了，这个社会成了单一向度的社会，生活于其中的人也变成了单一向度的人。人丧失了去追求更美好生活的能力，甚至也不再想去过更美好的生活。在这本书中，他分别对现代工业社会的政治、生活、文化和思想各个领域的单向度的情况进行了分析和批判。然而，他的结论却是暗淡的，因为人们已经丧失了对现实社会的批评性、超越性与创作性，已经同化于现实社会，不会再提出超越现实的要求了，甚至对无产阶级改造现实的革命性也低估了。后来“五月风暴”中无产阶级的革命表现使他的认识有所改变。

马尔库塞认为，现代工业社会压制和泯灭了人的灵性、人的本能，消灭了人内在的批评性与创造性。因此，要突破这种压制，就必须用文学艺术来促进人的审美解放。审美解放是他的“总体革命”的一部分，它使人们重新获得对世界感性认识的能力，是一种新感性。艺术本质从来就带有对现有社会的艺术形态造反的功能，对人的艺术与审美能力进行解放的功能，这也是他从社会与文化角度对现代工业社会进行批评的必然结论。

1950—1951 年，马尔库塞在华盛顿大学精神病学系作了一系列讲演，后编辑成书，名为《爱欲与文明》，副标题为“对弗洛伊德思想的哲学探讨” (李维屏，2000)[95]。在这本书中，马尔库塞力图把弗洛伊德的学说与马克思主义学说结合起来，从心理学的角度展开对当代文明的批评，是马尔库塞社会文化批评的一个典型。

首先，马尔库塞把弗洛伊德的爱欲本质论与马克思主义的人类解放论相结合，提出爱欲解放论。弗洛伊德把人的心理分为意识与无意识，因为无意识是先天形成的，因此更符合人的本质。无意识中主要存在两种本能：生命本能与死亡本能。马尔库塞认为，人要生存，因此生命本能更能代表人的本能。生命本能的表现就是“爱欲”。在现代工业社会中，人的存在受到压抑，也就是指人的本质的爱欲受到了压抑。于是马尔库塞在这一点上把马克思的解放理论引入进来，认为所谓人的解放，就是爱欲解放。爱欲与性欲不同，性欲单纯指代两性之间的欲望，而爱欲则要比性欲的内容宽泛得多，它包括性欲，但也包括人们生存所需要的其他生物欲望。马尔库塞认为，要取得爱欲的解放，只有通过劳动的解放。就是说，必须首先使人摆脱异化劳动的痛苦，使人们在劳动中取得快乐，引起力比多的释放，从而实现爱欲的真正解放。这样，马尔库塞就把弗洛伊德理论引入了社会学领域，把爱欲的解放与社会的劳动的变革联系在一起，他认为这是对马克思劳动是人的本质理论的一种补充。

其次，马尔库塞认为在现代工业社会中，人的劳动完全被异化了，人的爱欲要求解放，却受到了压抑。他认为现代社会就是压抑爱欲的社会，“在这个世界上，人类生存不过是一种材料、物品和原料而已，全然没有其自身的运动原则。这种僵化的状况也影响了本能，是对本能的抑制和改变。”（Qian Zhaoming，2003）[42]随着社会生产物质财富能力的增强：一方面个人享受到这些进步带来的物质利益，生活舒适；另一方面，个人也为此付出了他们的劳动，还有自由时间，“生活条件的改善被对生活的全面控制抵消了，自由和满足同统治的要求紧密联系，它们本身成了压抑的工具。”（Moore，1903）[107]马尔库塞说：“个体由此付出的代价是，牺牲了他的时间、意识和愿望；而文明付出的代价则是，牺牲了它向大家许诺的自由、正义和和平。”（Moore，1903）[113]

再次，根据弗洛伊德的假设，文明与爱欲是对立的，文明就意味着爱欲受到压抑。是否有一种不受压抑的文明呢？马尔库塞认为，爱欲并不必然与文明相冲突，爱欲受到压抑也有其历史的根源。他认为压抑有两层，一般压抑与额外压抑。对于文明发展来讲，爱欲就必然受到一定程度的压抑，不可能有充分满足的爱欲，这是合理的压抑；然而当社会的某些生产方式与组织方式，成为一种控制人的工具而强加于人时，它所造成的压抑就成为额外压抑，这种压抑是不合理的。马尔库塞认为，额外压抑产生的社会根源就是现代工业社会。因此，只要解除这个社会历史根源，压抑就可以解除，爱欲就可以获得解放，就可以建立没有压抑的文明社会了。

马尔库塞秉持他一贯的社会文明批判的立场，从弗洛伊德的“受压抑的欲望”理论的角度，结合马克思主义“异化劳动”理论，对现代工业社会展开激烈批判。他的结论是：只有颠覆现行社会的统治秩序，人的爱欲解放才能实现。20 世纪 50 年代，马尔库塞发表《爱欲与文明》，表现出他作为哲学家的一面；60 年代，他发表言辞激烈的《单面人——发达工业社会意识形态研究》，充分表现出作为社会学家的一面；而到了 70 年代，他发表《作为现实形式的艺术》时，他表现出作为纯粹的文艺理论家的一面。在《作为现实形式的艺术》一文里，他重点论述了现代艺术对于传统艺术的“造反”作用，涉及艺术与社会政治的关系、艺术与未来社会形式的关系等。他提出了一个乌托邦式的浪漫主义美学和艺术理论。这些论点在《审美之维》一书中得到了进一步的发展（徐正英等，2008）[92]。

首先，他认为想象对于艺术而言是至关重要的，因为它是一种现实经验。而现象中的现实与统治地位的现实是根本不同甚至是相对立的，“以致任何以既定方式所作的交流都似乎是在缩减这两者之间的差异，并污染这一经验”（陈伯海，2006）[119]。马尔库塞坚称想象的现实与实际的现实的差异，不希望任何现实中的东西污染想象。因为没有想象，艺术将以商品形式沉入现实中，将无法保持自身的超越性，不再是它原来所是的东西了。正是因为如此，“这种与沟通媒介本身的不妥协，还扩展到艺术本身的形式”（陈伯海，

2006)[122]。艺术作品的被复制在资产阶级社会并不鲜见，但是，经过多次复制的艺术品依然保留着“一贯的同一性”，依然是一件艺术品。

那么，这种“一贯的同一性”到底是什么东西呢？马尔库塞认为是形式，“那种构成艺术作品独一无二、经世不衰的同一性的东西，那种使一件制品成为一件艺术作品的东西就是形式。借助形式，而且只有借助形式，内容才取得其独一无二性，使自己成为一件特定艺术作品的内容，不是其他艺术作品的内容。”（陈铭，2001）[77]形式是什么？马尔库塞认为：“它是一种历史的现实，是风格、主题、技法规则不可逆反的序列。”（陈铭，2001）[85]虽然这种形式可以摹仿复制，但终究是同一形式的不同变化形式，而这一形式把艺术与其他人类活动区分开来。因此，艺术也就具有一种“超越”的效用。这种效用是“某种超越形态的功用性，即有用于灵魂或心灵。这些灵魂或心灵尚未进入人们通常的行为中，而且实际上不会改变它”（成复旺，2007）[150]。艺术使人们不被现实社会同化，而能保持自身的独立性与超越性。马尔库塞认为这就是艺术的作用，是由艺术的形式所赋予的。

传统美学追求艺术作品表现的美与真，认为美与真在艺术品中应该和谐统一，应该通过“升华”引起人的审美快感。但是现实生活的状况破坏了这种统一，甚至造成美与真的对立，真与美互不相容。内容与形式互相冲突，形式压倒了内容。这种状况破坏了传统的艺术形式，对传统艺术形式“造反”，因为它已经是死的形式，是对人们对世界的感性反应的压抑，即审美压抑。人们被拘于这死的形式中，已经无法通过艺术感知这个世界。马尔库塞认为，新产生的艺术将是一种“活艺术”，一种作为引导的艺术，它要成为“一种政治力量”“实在的东西”。但是马尔库塞认为，“艺术与现实分离的裂口”只有在艺术取消它所有形式之后才能填满。艺术应当放弃自己的形式，让现实本身以自己的形式成为艺术。然而这是艺术的“自我拆台”，是自取灭亡。但是另一方面，马尔库塞又认为，无论反艺术怎么“反”，依然是艺术，反“形式”的造反只能丧失艺术本身的性质。所以，马尔库塞认为：“真诚的艺术品，我们时代的真正先锋派，远不是缓和这个距离，远不是嘲弄异化；而是增强异化，并把异化与当下现实的势不两立性加固到这样的程度，以致拒绝任何（行为上的）实际的运用。它们以这种方式完善了艺术的认知功用（这种功用是内在于激进的、政治的功用），也就是去明言那不可言说的东西，让人遭遇到他背弃的梦幻和忘却的罪孽。实然和可然之间的可怕冲突越是剧烈，艺术作品就越会疏离于现实生活、思想、行为（即便是政治思想和行为）的直接性。”（甘阳，1985）[87]他认为卡夫卡、乔伊斯、毕加索等人创作的作品是真正的先锋派作品。

最后，马尔库塞认为，“活艺术”或艺术的“现实”不能发生在当今社会中，而只能发生在“新”社会中，“在这个社会中，不再是剥削主体或客体的新型的男人与妇女，将在他们的劳动和生活中，展现出人和物曾被压抑了的审美可能性视野。艺术的现实化，或‘崭新的艺术’，只能被领会为建构一个自由社会的广阔天地的过程。”（Martin，1986）[93]这显然是一个乌托邦式的理想。在这里，艺术作为现实的形式才是可能实现的。所以作为现实形式的艺术并非要美化现实，而是要对抗现实，“审美憧憬是革命的组成部分”（Martin，1986）[108]。这种艺术将是创造性的，既包括精神意义上的创造，也包括物质意义上的创造，它需要一个全新的环境，而这个环境将是对现存社会的总体改造。因此，这种艺术确实将是改造社会的一股政治力量，是“实在的东西”。当然，马尔库塞提醒我们这种艺术的超越性，只体现在它与我们的“日常”现实相区别、相分离时，并非要取消传统的艺术形式，它将保留那些与现实艺术相对抗的美与真的形式，因为传统艺术中的美也拥有它的真理性。

症候12讲

现代阐释学与文学接受理论的对话

第二次世界大战使德国遭受重创，整个国家几乎成为一片废墟，国内经济崩溃，民生凋敝。根据波茨坦会议决定，德国被分裂为民主德国与联邦德国两个阵营，前者属于社会主义国家，后者属于资本主义国家。经过一系列的经济恢复措施，到20世纪50年代初，联邦德国经济已恢复到战前水平，之后经济高速发展，到1955年，其工业产值已跃居世界第二，成为工业强国。经济的发展也使人们生活水平不断提高，各种家用电器进入居民家庭，极大地改善了居民生活质量。在联邦德国经济稳步前进的同时，政治局势相对平静，先是阿登纳的连续四届执政，为国内经济的持续发展奠定了基础。此后他所属的基督教民主联盟又继续执政直到1969年。政府政策的连贯性促进了经济的发展。与此同时，社会民主党经过内部改革，政策修正，实力大增，赢得了接下来的大选。1969年，社会民主党与联盟党联合执政。1973年德国发生经济危机，勃兰特政府爆出政治丑闻，结果勃兰特辞职，由施密特接替任总理。施密特讲求务实，大力整顿经济，带领德国走出70年代经济危机。但是好景不长，1980年，德国又陷入经济危机，使得执政两党意见分歧，这直接导致了政治危机，议会重新选举，基督教民主联盟候选人科尔胜出，就任新总理。德国经济从此重新走上轨道，稳步前进。

诠释学与接受美学是20世纪最重要的文学理论流派之一，它的产生与发展，标志着文学研究角度的又一次转换。此前的文学理论始终忽视读者在文学阅读活动中的作用，认为读者总是一个被动的接受者，所有文本的意义都是读者赋予的（如20世纪前的文学理论），读者不参与文本意义的生成。但是，随着现象学哲学与存在主义哲学的发展，作品本身已成为一个意向性对象，期待读者意识的参与，读者的作用在阅读活动中显露出来。诠释学与接受美学把作者的作用系统地、明确地论证和表述出来，使之成为20世纪文学理论的一次重大转变（蔡仪，1979）[106]。

诠释学并不是20世纪突然冒出来的，它的历史可以追溯到中世纪后期的经文释义学与文献考证学，到18世纪，德国哲学家施莱尔马赫把具体的诠释学理论进行系统的总结和提升，建立了一般的方法论诠释学。稍后的另一位德国哲学家狄尔泰进一步阐发了施莱尔马赫的思想，创建了精神科学的诠释学方法论。而真正实现把诠释学从方法论向本体论的现代性转换的则是海德格尔。海德格尔认为，理解是“此在”（即人的存在）自我确立的基本方式，而理解总是从人已有的“此”出发的，即人的理解活动必然是以他已有的“先行结构”为理解基础的。因此，理解是一种在时间中发生的历史性行为，也就不可能得到超越时间与历史的纯粹客观的理解。但是这无法解释人如何突破先入之见而获取新知，这把他引向了追寻事物本身的现象学。人是如何从事物本身开始组建先行结构的呢?他试图从诗性语言的角度来探寻这个问题，因为在他看来诗性语言可以超越时间与空间使个体直接领悟语言的初始意义，从而直面事物本身。诠释学思想是海德格尔整个哲学体系的一部分，对这一部分的系统进行整理与阐述并建立现代哲学诠释学的是他的学生伽达默尔。

值得关注的是后起的诠释学理论家对伽达默尔的批驳责难。其中有代表性意义的是美国诠释学家赫施，他出版了《伽达默尔的诠释理论》（1965 年）和《诠释的有效性》（1967 年）两本书来对伽达默尔的理论展开批评，同时也系统阐述了自己的诠释学思想。赫施认为伽达默尔把历史流传物向所有的诠释开放，认为不存在诠释的优劣问题，这就取消了诠释的有效性（即客观性），也会导致历史流传物陷入虚无主义和相对主义之中。他认为要保证诠释的有效性就只能以恢复文本的作者原意为标准的传统诠释学，但同时他强调意义与意思的区别，即意思是文本的作者的原意，意义则是以新的历史背景理解时所产生的新意，因此，意思不变，意义会随理解而不断变动（葛林等，1987）[94-95]。

这样，他就坚持了诠释学的客观主义立场，同时又做出了灵活的调节。虽然赫施的驳难很有启发性，但现代哲学诠释学在现代西方文论中的影响仍然很大，康士坦茨学派的姚斯和伊瑟尔所创立的接受美学就是秉承伽达默尔的文学理论而建构的。当然，接受美学理论不仅受到诠释学文论的影响，它同时也是现象学意识批评、结构主义和解构主义等理论学派以读者为中心的文学理论与批评潮流中的一支，简而言之，它们都是通过读者反应批评。读者反应批评以英美理论家为最多最盛，其主要代表有斯丹利·费希和乔纳森·卡勒。所有这些文论家和批评流派，无疑都说明现代文学批评理论不可逆转地偏向以读者为中心。

进入 60 年代，在联邦德国，针对文学理论与创作严重脱离社会现实的状况，文学界进行了激烈的批评，主张文学应该重新回归生活，认为以文本为中心的批评理论切断了文学与社会、历史、文化之间的联系，陷入了形式主义的误区。另外，在思想渊源上，它吸收了现象学、诠释学的理论观点，突出强调了文本的不确定性和读者在文本意义构建中的作用，以及文学的接受和产生效果的过程。至此，文学批评的中心从文本转向了读者，诠释学就是这种批评模式的代表，它的代表则是以姚斯和伊瑟尔为代表的康士坦茨学派。

接受美学的创始者是德国南部康士坦茨大学的五位年轻的文学教授和文学理论家，他们是姚斯、伊瑟尔、福尔曼、普莱森丹茨和斯特里德。中心人物是姚斯和伊瑟尔，这两个人被称为接受美学理论的双子星座。这一学派的主要观点包括：重视读者在文学意义构成中的作用，把读者诠释作为文学演进中的一个环节甚至内在动力；在文学作品社会效果的产生过程中，突出作家、文本和读者三者的相互效果，特别强调了读者的能动作用；更新文学史，建立接受美学，关注读者在阅读过程中的反应机制；等等。诠释学的兴盛时期为20世纪六七十年代，它产生了很大的影响，形成一股世界性的理论潮流，产生了许多的理论成果，启发了后起的许多新的理论家，可以说，它的影响至今不衰（袁伟，2002）[107-108]。

一、伽达默尔的哲学诠释学：艺术作品的存在与理解

汉斯·格奥尔格·伽达默尔（Hans George Gadamer，1900—2002），当代德国著名的哲学家、美学家和文艺理论家，是哲学诠释学的创始人和主要代表。他出生于德国马堡，青年时代曾就学于波兰布雷斯劳，德国马堡、弗赖堡和慕尼黑等大学，攻读文学、古典语言学、哲学与艺术史。1922年获博士学位，1929年取得马堡大学教授资格，后曾在莱比锡大学、法兰克福大学和海德堡大学任教，主讲美学、伦理学和哲学。1949年后一直在海德堡大学任教，直到1968年退休，成为该校荣誉教授。1940年起，伽达默尔先后任莱比锡、海德堡、雅典和罗马科学院院士，德国哲学总会主席和国际黑格尔协会主席。伽达默尔一生著述颇丰，其中主要著作包括《柏拉图的辩证伦理学》（1931年，1968年扩充再版）、《柏拉图与诗人》（1934年）、《歌德与哲学》（1947年）、《真理与方法》（1960—1986年四次再版）、《历史意识问题》（1963年）、《短篇著作集》（四卷，1967—1977年）、《黑格尔的辩证法》（1971年）、《科学时代的理性》（1976年）、《诗学》（1977年）、《美的现实性——作为游戏，象征和庆典的艺术》（1977年）、《黑格尔遗产》（1979年）等。

毫无疑问，伽达默尔在学术领域中，首先是一位诠释学的哲学家，然后才是一位诠释学的文学理论家。他的文学理论不是纯粹的对文学家、文学作品和文学史的理论，而是关于文学本身的批评。或者说，他的文学理论实质上是他哲学理论的一个组成部分，他的文学理论是从属于他的哲学理论体系的。当然，对于一个哲学家而言，这也是很自然的事情。一方面，他的文学理论虽然从属于他的哲学理论体系，但这丝毫不会影响他的文学理论的独特性；从另一方面讲，他的文学理论的独特性也许正得益于它深厚的哲学背景。所以我们在讨论伽达默尔的文学理论之前，有必要介绍一下他的哲学诠释学理论。

伽达默尔的哲学诠释学理论是在前人对诠释学的研究基础上发展而成的，他的主要功绩在于把传统诠释学从方法论和认识论性质的研究上升到本体论性质研究的水平。他认为诠释学绝不是一种方法论，而是人的全部经验的组成部分，具有一种本体论性质。他的理论来源是海德格尔对理解的哲学思考（即理解作为“此在”的存在方式），他在《真理与方法》一书的第二版序言中说：“我认为海德格尔对人类此在的时间性分析已经令人信服地表明：理解不属于主体的行为方式，而是此在本身的存在方式。本书中的‘诠释学’概念正是在这个意义上使用的。它标志着此在的根本运动性，这种运动性构成此在的有限性和历史性，因而也包括此在的全部世界经验。”（Bradbury，1976）[91]因此，哲学诠释学要通过对人类的理解现象的研究来探讨人类的全部世界经验，探讨人类与世界的关系，探讨人类存在的真理。

伽达默尔的哲学诠释学在《真理与方法》一书中得到完整的展现。在此书中，伽达默尔通过对真理问题分别在美学领域、历史领域和语言学领域的探讨，发展出对于任何真理

理解的一套理论。在艺术领域，他认为艺术作品只有在被表现、被理解、被诠释的时候，才具有意义，其意义才得以实现。也就是说，艺术作品的真理与意义只存在于对它的理解与诠释的过程中。在历史领域，伽达默尔借助海德格尔对前理解的研究，认为“一切诠释学条件中最首要的条件总是前理解，这种前理解来自于与同一事情相关联的存在”(Bradbury，1976)[102]。这种前理解在理解与诠释活动中起了积极的作用，因为它为主体提供了理解的“视域”。伽达默尔认为，理解与诠释活动就是主体互相扩大视域，彼此接近并达到“视域融合”的过程，在“视域融合”中，历史与现实，自我与他人得到了沟通，结合为一个统一的整体。从这个观点推论，伽达默尔认为，对事物的理解必须要有一种“效果历史”意识，因为事物只能存在于一种特定的效果历史中。这样，理解必须是在特定的视域中进行，不可能有偏离问题的答案。因此，历史总是处于“悬而未决”状态。发展到语言领域，伽达默尔认为，事物必须通过语言才能得以表达，理解必须通过语言的形式才能实现。也就是说，语言是理解得以完成的形式。伽达默尔认为，语言之于世界就像摹本之于原型，世界只有进入语言，才能得以表现并被我们所理解。因此，世界的语言性先于一切被认为存在的东西。或者说，一切存在之物都被语言包围。至此，伽达默尔完成了他的诠释学本体论的转向（蒋孔阳，1997）[195]。

通过对诠释学的本体论转变，伽达默尔实现了要达到的目的：“本书的探究是从对审美意识的批判开始，以便捍卫那种我们通过艺术作品而获得的真理的经验，以反对那种被科学的真理概念弄得很狭窄的美学理论。但是，我们的探究并不一直停留在对艺术真理的辩护上，而是试图从这个出发点开始去发展一种与我们整个诠释学经验相适应的认识和真理的概念。”(Levenson，2000)[72]他的成果就是本体论的哲学诠释学。伽达默尔在对真理进行研究的第一领域即艺术领域中，拿艺术作品与游戏相比较，认为它们之间存在着一致性。这一点倒与维特根斯坦在语言研究中拿游戏作比如出一辙。他赞同海德格尔对艺术作品存在方式的论述，也认为艺术作品并非是观赏者进行科学认知的对象，不是固定不变的。相反，艺术作品的任何再现，都是艺术作品本身的继续存在方式。它的意义与价值不依附于作品本身，也不依存于审美意识的主体，它存在于人们对它的理解与诠释的过程中。伽达默尔用游戏的存在方式来比拟艺术作品的存在方式。

通常人们认为游戏的主体是做游戏的人，即游戏者，因为没有人的参与，游戏是无法进行的，没有人参与的游戏从本质上就不构成游戏。但是，伽达默尔认为，游戏的真正主体不是游戏者而是游戏本身。当然，游戏也需要游戏者才能得以表现。游戏只有在游戏者摆脱了自己的目的意识和紧张情绪后进行，才能算是真正的游戏。游戏具有一种独特的本质，它独立于那些从事游戏活动的人的意识。所以，“游戏的原本意义乃是一种被动式而含有主动性的意义。游戏根本不能理解为一种活动，对于语言来说，游戏的真正主体显然不是那个除其他活动外也进行游戏的东西的主体性，而是游戏本身。”（傅璇琮等，1999）[124]游戏的魅力正在于它超越游戏者而成为主宰，“游戏的真正主体（最明显地表现在那些只有单个游戏者的经验中）并不是游戏者，而是游戏本身。游戏就是具有魅力吸引游戏者的东西，就是使游戏者卷入到游戏中的东西，就是束缚游戏者于游戏中的东西”（傅璇琮，1999）[130]。

伽达默尔认为游戏之所以吸引和束缚游戏者，原因在于游戏使游戏者在游戏过程中得到自我表现。游戏的本质在于使游戏者在游戏过程中脱离紧张状态。为此，游戏者虽然在游戏活动中制定了规则与目标，但游戏的真实目的是转入游戏任务中去，而自己就此进入表现本身的自由中。所以，伽达默尔说“游戏的存在方式就是自我表现”“游戏最突出的意义就是自我表现”“游戏的自我表现就这样导致游戏者仿佛是通过他游戏某物即表现某物而达到他自己特有的自我表现”（江宁康，2005）[99]。

更重要的是，游戏同时又不是单纯的自我表现，实际上，它是为观赏者而表现，是观赏者在欣赏游戏者的自我表现。因此，可以说，“只有观众才实现了游戏作为游戏的东西”。游戏只有在拥有游戏者的同时拥有观赏者，才能达到自身的完整性，“在观赏者那里，游戏好像被提升到了它的理想性”（Stein，1998）[53]。也就是说，游戏是游戏者与观赏者共同构成的统一整体，甚至可以这样认为，不是游戏者而是观赏者才最终决定了游戏的存在方式和本质。

伽达默尔认为，艺术作品的存在方式在本质上与游戏具有内在的一致性。首先，艺术作品的主体与游戏一样，不是作者而是作品本身借作者来得以自我表现，因为它吸引作者来“游戏”（写作）并超越作者，独立于作者的意识之外；其次，正如戏剧一词所指代的观赏游戏的含义所暗示的，文学作品的存在只在于被展现的过程。也就是说，作品只有通过再创造和再现才能使自己达到表现，只有在这个过程中，作品的意义才达到完整，才得到实现。伽达默尔说：“对于这样的问题，即这种文学作品的真正存在是什么，我们可以回答说，这种真正存在只在于被展现的过程中，只在于作为戏剧的表现活动中，虽然在其中得以表现的东西乃是它自身的存在。”（韦子木，1999）[92]

再次，这个过程同样也说明，作品的意义不是孤立的，一方面它需要作者的创作，另一方面它本身也需要读者的理解与诠释，这两个方面构成一个统一体，缺少任何一方面，都不可能展现作品的完整意义。在这里，伽达默尔要强调的是，读者的理解在作品意义构成中的重要性，没有读者的参与，就没有作品的意义，没有作品的存在。此刻，作品的创作者并不占有主导地位。当然需要注意到，由于作者的创作和读者的理解都具有时间性，尤其是读者是在不同的时代对同一部作品进行理解，所以，必须认识到，作品的意义和真理只存在于以往和未来对它的理解与诠释的无限过程中，也就是说，是无法穷尽的。

通过对艺术作品的存在方式的研究，伽达默尔提出了观赏者在确定艺术作品意义生成过程中的重要性，没有观赏者就构不成艺术作品意义的完整性。那么，观赏者是如何来理解和诠释艺术作品的呢？这涉及“理解和诠释”的诸多问题。正是在研究这些问题的过程中，伽达默尔发展了传统的诠释学理论，并把诠释学提升到本体论的哲学高度，为诠释学的发展做出了贡献（赖力行等，2003）[45]。

传统的诠释学主要是一种方法论，指导如何能对文本做出正确的理解和诠释，而所谓“正确的”就是指准确领会作者的意图，以及消除对作品的误解。要达到“正确”的目的，就必须消除自己已有的主观性意见即成见，努力做到客观地对待文本。同时，要理解以前的作品，还必须克服时间的因素，努力重建作品当时的情境。由此，首先要做到不带丝毫个人的主观性；其次还必须进入历史中。然而，这一切是不可能完全实现的。首先，人不可能真正做到绝对的客观，彻底地消灭个人成见，他的任何知识都必然带有当下性；其次，人更不可能完全回到历史中，因为历史是不能重演的。所以，从绝对意义上讲，传统诠释学的两个要求就不可能充分实现。

在《真理与方法》一书的第二部分，伽达默尔一开始就对传统的诠释学进行了回顾。他发现它们不能真正实现自己的目标，即不能成为科学的知识，他认为，这是因为“精神科学的知识并不是归纳科学的知识，而是具有一种完全不同种类的客观性，并且以完全不同的方式被获得”（雷体沛，2006）[113]。这说明了传统诠释学的失败。他认为由胡塞尔开始，由海德格尔发展起来的现象学研究能够克服传统诠释学的困境。正是在胡塞尔、海德格尔现象学的基础上，伽达默尔把诠释学从方法论、认识论上升到本体论的哲学诠释学水平，相应地也对艺术作品的理解问题提出了自己的新看法。

在继承海德格尔对理解循环和前理解的本体论论述的基础上，伽达默尔认为，前理解（或称前见、偏见、先见等）对于特定文本的理解是不可避免和不可或缺的。首先，人在接触一个文本之前，不可能没有自己对于该文本的某种预期和期待，这种预期不可避免地带有个人主观性。其次，伽达默尔还从词源学角度考证出前理解并不只有否定的含义，同时也有肯定的价值。更重要的是，他认为，理解就是读者与作品之间视野融合的过程，是对话的问与答的关系。所以，没有读者的前理解就根本无法形成“视域融合”，就无法理解作品，文本意义也就无法呈现。另外，由于“视域融合”的作用，读者原有的理解得到更新，文本的意义也得以扩展，从而产生了新的理解和意义。

伽达默尔认为：“一切诠释学条件中的最首要的条件总是前理解，这种前理解来自于与同一事情相关联的存在。正是这种前理解规定了什么可以作为统一的意义被实现，并从而规定了对完全性的先把握的应用。”（林同华，1994）[135]前理解的重要作用在于给理解者（诠释者）提供了一个特殊的“视域”。所谓视域，就是在某个立足点所能看到的范围。在理解活动中，视域就代表理解者所能先行把握的一切。这个视域为他的理解活动提供了一个基础，这个基础同时也是历史性的。理解者就是在这个基础之上来理解文本的。同时，文本内部也包含着一个视域，它在寻求一个可以进入视域的理解者。在伽达默尔看来，双方视域从不是封闭的和孤立的，视域就是理解在时间中进行交流的场所。理解者需要努力扩大自己的视域，和文本的视域进行融合，在这样的融合过程中，理解发生了，这就是“视域融合”。伽达默尔认为理解的过程就是视域融合的过程。

他强调视域融合的历时性与共时性，也就是说，视域融合必然是在某个时间的融合，是当下性的。另外，视域融合也是过去与现在，自我与他人共同构成的一个统一整体的活动。伽达默尔说：“真正的历史对象根本就不是对象，而是自己与他者的统一体，或一种关系，在这种关系中同时存在着历史的实在以及历史理解的实在。一种名副其实的诠释学必须在理解本身中显示历史的实在性。因此，我就把所需要的这样一种东西称之为‘效果历史’。理解按其本性乃是一种效果历史事件。”（Eagleton，1996）[139]因此，文本存在于一种特定的效果历史之中，理解者必须具有这种效果历史意识，才能更好地理解文本，而这种理解行为同时也融入对该文本的理解历史中。

二、姚斯的接受美学理论：期待视野

汉斯·罗伯特·姚斯（H. R. Jauss，1921—1997），德国文学理论家、批评家、接受美学的主要代表，康士坦茨学派创始人之一。他早年曾在海德堡学习，师从海德格尔。1953年获得文学博士学位，曾先后在海德堡大学、门斯特大学和吉森大学任教，1961年晋升为教授，1966年起任康士坦茨大学教授，他的主要论著包括《文学史向文学理论的挑战》（1967年）、《艺术史和实用主义》（1970年）、《风格理论和中世纪文学》（1972年）、《审美经验与文学释义学》（1977年）、《在阅读视界变化中的诗歌本文》（1980年）等。

60年代以来，联邦德国文艺学界面临巨大的理论危机，“二战”后形成的形式主义文学理论陷入了理论的困境。原有的形式主义文学理论主张把文学与社会现实和历史隔离开来，专注于纯审美的文体研究。在文学史研究领域，实证主义的编年史式的文学研究与形式主义的纯审美形式演进史式的文学研究都暴露出自身的理论缺陷：前者的代表是马克思主义文学史，主张社会政治经济和社会思潮的发展决定了文学史；后者则干脆认为文学史是个封闭的自足体，一切演变都在内部进行，不受其他因素的影响。

面对这种情况，年轻的康士坦茨大学教授姚斯勇敢地提出自己的观点。他认为实证主义的文学史将文学史降低到一种“事实”的地位，形式主义文学史将自身理解为没有任何定向的盲目“演进”。这两种文学史的研究方法都是不对的：“把文学演进为一种新与旧之间不停顿的斗争，或描述为形式的标准化与自动化的更替，都是把文学的历史属性归结为文学变化的单维现实，把历史的理解局限在对它们的认识感知。”（郦稚牛等，2004）[99]换言之，姚斯认为它们都没有揭示出真正的文学史，因为它们割裂了文学与历史，美学研究方法与历史研究方法的内在联系，成为“单维的现实”。他认为只有把两方面统一起来，结合起来，才是科学的文学史研究方法，这就是接受美学。在这种理论中，姚斯加入了现实的一维——读者。

姚斯受到现象学研究方法的启发，从研究文学作品的存在方式入手，来研究读者在文学史中的作用。他明确指出：“在作者、作品与大众的三角形中，大众并不是被动的部分，并不仅仅作为一种反应，相反，它自身就是历史的一个能动的构成。一部文学作品的历史生命如果没有接受者的积极参与是不可思议的。因为只有通过读者的传递过程，作品才进入一种连续性变化的经验视野。”（卞重道等，2002）[103]起到这种作用的读者，姚斯认为才是“真正意义上的读者”，也是接受美学意义上的读者。这样的读者不是文学作品的被动接受者，相反，他积极地参与了文学作品的存在。在接受美学的观念中，只有读者参与了的文学作品才是存在的作品，这是文学作品的一种存在方式，也就是说，读者存在于作品当中。

而在实证主义文学史和形式主义文学史中，读者是外在于作品而存在的。所以，文学作品的历史性不能够缺少接受者的能动参与。姚斯认为，这是以以下几方面为基础的：第一，读者对文学作品的接受是以以往的阅读经验所形成的“期待视野”为前提的，一部作品，“它唤醒人们对已读过的东西的记忆，把读者引入一种特有的情感状态，并随着作品的开端唤起读者对作品‘展开与结局’的种种期待。”（李振声，1998）[108]而文学作品的审美价值则取决于它“以某种方式满足、超越、辜负或驳斥它最初读者的期待”（李振声，1998）[116]，艺术特性决定于“在期待视界的改变”之间的距离。第二，文学的接受要求文学的历时性与共时性的统一（文学的历史真实在历时性与共时性的交叉点上显露出来）。

在历时性方面，同一部作品在不同时代含有不同的理解和评价；在共时性方面，同一部作品在同一个时代被不同的读者阅读，理解和评价也不一样。而同时，不同风格类型的同一时代的作品也具有自身发展的历时性。

所以，对于文学的真实历史只有这样才能达到："纯粹历时性角度也许最终能根据创新和自动化，问题与解决的内在逻辑决定性地诠释譬如各种文学体裁史中的变化；然而，只有它突破了形态学的标准，将有重要历史影响的作品与已为历史淘汰的、同一体裁的作品相对照，同时，也不忽略重要作品及其不得不在其中同其他体裁的作品并肩发展的文学环境的关联，它方始达到恰当的历史维度。"（吕同六，1995）[100]姚斯认为文学史应该是作家、作品和读者三维之间关系的历史，是文学被读者接受和产生效果的历史，他说："文学的历史是一种审美接受与创作的过程。这个过程是在具有接受能力的读者、善于思考的批评家和不断创作的作者对文学本文的实现中发生的。"（吕同六，1995）[111]

姚斯利用从波普尔和曼海姆那里借用来的"期待视野"这个概念来说明读者对作品的接受方式和文学的艺术特征。波普尔高度评价"期待视野"，他说："它同盲人的经验相似，盲人偶然遇到一个障碍，因而体验到这障碍的存在。通过证明我们的设想的虚假，我们实际上与真实取得了联系。对我们错误的反驳是我们从现实中获得的正面经验。"（程爱民等，1987）[109]他用"期待失望"来说明"证伪"的重要。曼海姆用"期待视野"证明我们时代的特征：一个结构极不稳定的社会。艺术史家 E. H. 冈布里奇则在《艺术与幻觉》一书中把"期待视野"定义为"思维定向，记录过分感受性的偏离与变异"（程爱民等，1987）[115]。

姚斯的"期待视野"指的是，在阅读理解之前，读者对作品显现方式有定向的期待与预期，这种期待有一个相对确定的界域，这个界域限定了读者理解可能的范围。姚斯认为有较狭窄的文学期待视野和较宽泛的生活经验视界两种形态，读者可以利用和结合这两种形态来确定一部新作品的独特倾向。更重要的是，姚斯认为期待视界对于文学作品的接受问题的作用机制是：文学作品的接受要在作品与读者期待视界的互动之中逐渐显现。这种机制的具体运作方式正如姚斯所说，"一个连续的建立和改变视界的相应过程也决定了个别的文本同构成这个文类的各种后续的文本之间的关系。新的文本为读者唤起熟知的早先文本的期待视界和规则，那样，这些早先的文本就被更正、修改、改变，或者甚至干脆创新创作了。更动与修改决定了范围，而改变与创新创作则决定了文类结构的界限。"（苗力田，1997）[101]也就是说，期待视界是永远变动不定的，它在作品与读者之间构成了一个互动的平台。新的作品通过种种方式，唤起读者对它的期待，同时也就规定了读者的期待视野，修正、改动了读者旧有的期待视野，这种修正、改动在与新作品的互动之中不断进行，逐渐形成新的期待视野。当然，姚斯在此并没有指出这种互动的方向性，这可以看出俄国形式主义文学理论在他身上的影响。姚斯认为，这种不断进行着的相互作用就构成了文学的历史。文学的连贯性就在期待视界中得以传递，只要能使期待视界客观化，就可以理解和阐释文学史。

姚斯的"期待视野"概念有两个重要前提：第一，每个读者在阅读新作品之前，都已经拥有相当高水平的前理解，也就是说，他已经做好阅读新作品的准备。这种前理解或者来自对该类型作品已有的阅读经验，或者来自对作品所涉及的问题已有所接触。读者绝对不可能以一无所知的状态来接受一部作品。第二，一部作品也绝不可能完全孤立地展现在读者的眼前，它不可避免地要处在一定的社会历史环境中，而读者也处于同一个环境中，这样，作品就可以用多种方式唤起读者相关的记忆，引导作者进入一种特有的情感状态，从而产生阅读期待。这两个前提可以说明现象学对于姚斯的深刻影响，没有读者对于作品的前理解，就不可能理解作品，没有作品对读者的召唤，就不可能引起读者的阅读期待，而缺少这两个前提，作品与读者之间的关系就被割裂了。(胡家峦等，1992)[110-111]

三、伊瑟尔：文本空白与不确定性

沃尔夫冈·伊瑟尔（Wolfgang Iser，1926—2007），联邦德国接受美学理论家、文学批评家，康士坦茨大学教授。他出生于德国玛林堡，后进入莱比锡大学和图宾根大学就读，1950年获海德堡大学哲学博士学位，以后在多所大学任教。1967年他进入康士坦茨大学担任英国文学与比较文学教授，遇到姚斯与几位志同道合者，他们共同创立了接受美学的“康士坦茨学派”。他的主要著述包括《文本的召唤结构》(1970年)、《潜在读者》(1974年)、《阅读行为：审美反应理论》(1976年）等。

作为接受美学的共同创始人，伊瑟尔与姚斯虽然在整体的理论倾向上是一致的。但是，由于两个人的理论基础有所不同，他们的理论倾向和审美趣味也就有所差异。姚斯更多地借鉴了伽达默尔哲学诠释学的理论，注重读者对文本接受问题的研究，而伊瑟尔则更多地受到现象学的理论影响，特别是受到罗曼·英伽登的理论的影响，所以他关注的是读者对文本的反应研究，他称自己的理论为审美反应理论。在英伽登那里，文学作品只是一个文本，是一个意向性客体，同时文本又是一个多层次的“图式化结构”，在这个结构中，存在着许多的空白和“不确定领域”。读者在阅读过程中，需要发挥自己的想象力，去“重构”文本，填充那些空白，从而实现文本的潜在因素。这个过程英伽登称之为“具体化”。通过“具体化”，作品就从一个意向性客体转化为审美对象。英伽登理论中的“图式化结构”“不确定领域”和“具体化”等概念给了伊瑟尔很大的启发。在伊瑟尔自己的理论中，他继承了这些概念，并对之进行了修正，从而发展出了自己的理论。他把注意力集中于审美主体（即读者)，分析整个阅读行为。他关注三个方面的问题：一是文学作为一种潜在的结构，如何使意义在文本中得到再现；二是文本意义在阅读活动中如何变化；三是文本与读者的关系即阅读活动的交流结构问题。他的三部主要著作依次表达了自己对这三个问题的思考（韦子木，1999）[107-108]。

伊瑟尔认为，对文学作品的任何研究，都必须考虑作品与阅读者之间的相互作用。读者与作品是同等重要的，因为“文本只提供‘程式化了的各方面’，后者（即读者——引者注）促使作品的审美对象得以形成”(Selden，2004)[115]。文学作品包括两个极点：一个是“艺术的”，一个是“审美的”。前者是指文本，后者则要依靠读者的阅读活动而具体化。因此，作品本身既不等同于文本，同时又不等同于文本的具体化，它只能处在两个极点之间的位置。在这个位置上，读者与作品都处于一种运动状态，因为作者的创作意图与读者的阅读印象产生了错差，正是这种错差使作品在意识的极点与审美的极点之间游移。在这种游移的状态中，文本的潜力就逐渐显现出来。伊瑟尔的《文本的召唤结构》一书着重论述了文本的“不确定性”问题。

伊瑟尔从罗纳·大卫·莱恩（Ronald David Laing）的理论中得到一些启发，他认为阅读过程的相互作用之所以不同于其他相互作用的形式，就在于读者与作品不存在“面对面”的情景。也就是说，双方都不能完全地了解对方，双方之间存在着隔阂。伊瑟尔认为正是这种隔阂构成了交流的动因，“这种隔阂，即文本与读者之间的基本不对称，导致了阅读过程中的交流，共同环境和共同理论的缺乏与‘无物’相对立，造成了人们之间的相互作用。不对称和‘无物’都是空域（blank）的不同形式。空域是不明确的，但有组合能力，构成所有相互作用的过程。动态的双向作用以及实际联系的出现会引起另一行为，消除文本——读者之间的不平衡。”（崔海峰，2006）[105]

伊瑟尔把文本与读者的相互作用比作“文学中的交流”，他认为这种交流是一个“被置于动态并受到调节过程”，促成交流的动力是“一种处于内在与外在、隐蔽与显露之间的，既能控制又能扩展的相互作用”（喻阳等，2003）[78]。伊瑟尔认为，空域和否定可以在交流中起到这种作用：“空域和否定各自以不同的方式控制着交流过程：空域为情景之间的连接留有余地，使读者对这些景象和情状作出调整，换言之，它们诱导读者在文本中进行基本活动。各种否定形态激发起明确的、为人们所熟悉的因素或知识，目的是剔除它们。然而被剔除的成分依然可见，于是使读者熟悉，明确的因素、知识的态度有所改变。换句话说，他是被领到一个与文本相关的位置。”（陈浩莺等，2004）[102]在伊瑟尔看来，空域就是文本的结构与意向性关联物在文本中的不连贯，它“召唤”读者发挥自己的主动性，开放自己的创造力，去填补哲学空白（“空域”），就是说文本中的结构得到了扩展，意义得到了充实。而否定在另一方面又控制着读者的创造活动，也就是说，空白不断地唤起读者在阅读过程中已有的期待，而一旦空白得到了填补，空白就被打破，被否定了，读者又获得新的期待视界。被隐藏部分刺激读者的思维，这思维又受显露部分的控制；当内在部分被诠释后，外在部分随后也得到转化。只要读者弥补了隔阂，交流便即刻发生。隔阂本身的功能就像是一个枢轴，整个本文-读者的关系围绕着它在转。

在阅读过程中的空白、填补、否定和更新构成了伊瑟尔所谓的“文本的召唤结构”。在这里，我们可以看到英伽登理论的影响，同时也能见到伽达默尔的“视域融合”理论对他的启示：文本与读者相互之间是问与答的对话关系。在对话的过程中，读者克服自己的视野局限，与文本作者的视野融为一体，形成一种新视野。就是在这个过程中，文本意义才在运动状态中逐渐显现出来。总之，在伊瑟尔的理论里，“变化中的空域画出了受自我调节过程引导的游动观点所要经过的途径，而在这个自我调节过程中，空域结构的各种特征互相交织”（陈浩莺等，2004）[113]。可见，文本的空白（不确定性）构成了伊瑟尔阅读理论的关键。

伊瑟尔认为空域的关键作用主要体现在三个方面：一、构成一个参照域面。它由文本中相互作用、相互反映的各部分组成。在这个域面上，各部分之间的异同都得到呈现，并最终联系起来构成一个共同框架，要求对文本形成一个总的观点来“填充”它，因为它本身也形成一个空域。二、控制参照域面。在参照域面形成的过程中，读者观点发生了转移。起初他关注各部分的空域，随着各部分空域显示出其关联性，形成新的空域，读者又开始关注新的空域，努力去填充它。三、把读者引向新的主体。读者观点在各部分的空域间游动，又转到新的空域，他所关注的每一个空域都会形成一个主体。一旦形成主体，先前空域与该主题的联系就不再存在。这时，读者的注意力就会转向新的主体性的部分。可以看出读者观点在文本中不断游移，而空域也在不断地形成和消失，这两者形成的互动过程，构成了伊瑟尔的阅读活动。重要的是，读者构成了阅读活动不可或缺的一部分。伊瑟尔曾这样描述这一阅读活动的过程："读者填补文本中的空域，然后建立参照域面，其中出现的空域又以主题-结构的方式被填补，各并列主题与背景中产生的空白由读者的立足点占据，由此出发，各种相互间的转换引出审美对象。概括后的结构特征使空域迁移他处，以便使判断进入变化后的空白，后一步乃需读者的组建行为来完成。"（史忠义，2001）[102]

从这个角度来理解伊瑟尔的阅读活动理论，他提出"文本的潜在读者"也就不足为奇了。"文本的潜在读者"实际上是说，读者潜藏在文本中。文本既然是一种召唤结构，召唤读者去填充它结构中的空白和不确定领域，那么能够完全响应这种召唤，并完成填充空白任务的读者就是文本的潜在读者。在现实阅读活动中，这样的读者显然是不存在的，因为没有人能自称获得了某文本的全部意义，作品被反复诠释就是一个证据。所以，伊瑟尔所谓的"潜在读者"说明了文本潜在的所有阅读可能性，反过来也说明了每一个读者都可以获得文本的一方面意义，读者构成了文本的意义。

症候13讲

后现代的缘起

后现代主义（Postmodernism）在拉丁文里，是个自相矛盾的多义时髦词汇。它的前缀Post指某物某时之后。据此概念，不难看出，英文中的“后现代”的简单意义，无非是在强调与现代主义（Modernism）极为有别且又后来者居上的一个分界词。文学史上，现代主义文艺类型的文化思潮，一般是从1857年算起的。这一时期的两朵奇葩代表作，当属福楼拜的《包法利夫人》和波德莱尔的《恶之花》。与此同时，1958年，在美国出版的俄裔美国作家纳博科夫的畅销书《洛丽塔》，无疑又是后现代文学粉墨登场的一大力作。在哲学概念的理解层面下，我们不妨把“后现代”理解为“一个不仅与文艺有关，还涉及资本主义文化矛盾的修正形式。它始终以一种批判的姿态、保持着超越现代性的努力之势，代表着西方文明的某种未来走向”（Thickstun，1988）[117]。在此点睛之处，与现代性（Modernity）概念紧密相关却又彼此不同的“后现代主义”，便与难以通约的传统主义人文思潮拉开了格格不入的矛盾式序幕。

首先，拒不归入某个学科的后现代文论思潮，有着自己的传播媒介形式和美学核心议题。其次，它具有理论旅行与话语增生的文化思潮古怪特性，彰显着未来理论走向的展望与意涵。作为旅行理论（Traveling Theory）的话语场（champ de discours），它那复杂无义、变动扩张的转义之势，向各国学者提供了一个任由杂乱意见反复填充的话语增生空间，结果便形成了一股莫名其妙的“后理论”流行思潮。那么，不知向何处流向的后现代究竟是什么？为了说明其生存的道理、给它下个精准的定义，或阐释清其重要的意义与价值，为此人们争论了半个世纪，却迄今仍无定论。但是，无可否认，欧美系统研究中的后现代理论姿态亦在酝酿、发展中。随之，后现代性理论的内在谱系关联，业已波及中国文艺界。十多年来，国人或受其时髦新异性而倍加青睐，或为其怪诞性的广泛传播与影响而备受困扰。

这样一来，被吸引者发现：后现代涉及西方一系列的新思潮。它的流行展示出一股世俗魅力，也体现了强大的理论生命力。难怪有美国学者开玩笑说：“它像一款概念新车（Concept－car），锃亮精巧，装备先进，分别由许多国家生产组装，再向全世界各地进行销售。”（Eagleton，2005）[72]而被困扰者则大肆抱怨：后现代内容冗杂，形象怪诞。与之相仿，还有后工业、后殖民、后结构。它们彼此纠结，令人烦恼。

简言之，后现代思潮蔓延，凸现了西方文明的当代危机。可无论如何花样百出，它的原始动机并无改变，即强调断裂，竭力反思，批判现代性的谬误。目的则是要超越前者，突出重构的理念。回顾后现代五十年发展史，本小节试将它分为四个阶段：①后现代文艺思潮兴起（20 世纪 50—60 年代）；②后现代多重释义（70 年代）；③后现代文化批判（70 年代末—80 年代初）；④后现代哲学话语形成（80 年代至今）。(李维屏，2000)[116]

说起后现代，人们最先想到 60 年代盛行欧美的先锋派文艺。这股潮流一开始表现为战后美国小说与诗歌的试验创作，随之遍及美术、音乐、戏剧、建筑等领域。与之呼应，美国文艺界生成一套与现代主义相冲突的审美标准。所以从源头上讲，后现代既是一场新文艺游戏，又是一场针对现代主义的反叛。它号称与现代主义不同，一心要取代前者，并标榜自己的超越与创新。那么，反叛又是如何发生的呢？对于美国批评界，当年最刺激的话题，莫过于“现代主义的衰竭”；而衰竭的迹象，首先来自于俄裔美国作家纳博柯夫的畅销书《洛丽塔》。

一、后现代的文学样式

（一）后现代范本

《洛丽塔》的现代派小说文本描写了一个精神失落的欧洲人，在美国丰裕的社会里，可悲可笑地追求一个未成年女孩的优雅精巧情节。由于它的理想追求对象冲破了传统伦理教义的桎梏与牢笼，所以该小说于 1957 年在英国出版后，立即以“非道德罪”的罪名由头遭到了法庭的查禁。次年，即 1958 年，美国一家野鸡书店开始出版、发行此书，结果居然令人大跌眼镜，竟连年畅销、饱受欢迎。不久，《洛丽塔》又被屡次搬上银幕，一跃成为美国文学“由现代派向后现代转变”的经典范本。无可否认，《洛丽塔》确实完美实现了福楼拜百年前的现代主义衡量标准和艺术梦想：“我确信艺术未来的那个方向，在于一本不靠任何外在之物、写至美至真到虚幻的书；它几乎没有任何主题可言，能将悬浮于宇宙之际的全部灵气凝为一体，以显现出前所未有的文学精神与活力生机。”（盛宁，1997）[76]

《洛丽塔》正是一本无主题的空灵之物。批评界为之兴奋，争议纷纷。有人说它挖苦弗洛伊德学说，有人说它戏仿爱情故事，有人认为它是对美国浅薄文化的反讽，还有人称之为犯罪小说的变种。百思不得其解之余，只好请出现代主义批评大师莱昂内尔·屈瑞林来平息争端。屈瑞林教授也曾著文赞扬过《洛丽塔》美轮美奂的艺术品位，进而石破天惊地点明：“这是经典现代派作家，在向最后的情人告别。”（王博，2004）[62]屈教授还承认：“《洛丽塔》的吸引力，来自其虚无缥缈的混沌性质。可能正是这种推动我们不断向前的奇怪道德流动性，才赋予此书再现美国生活某些侧面的杰出能力。”（王博，2004）[79]至此，我们不妨考虑一下，纳博科夫究竟是怎样才能做到再现屈瑞林所说的“道德流动性”的呢？面对这个世风流变的大问题，当年的滑稽场面是：老爷子刚发出“告别情人”的警报，以他为首的美国文艺批评机构，即遭到新左派与大众文化的大举进攻。此后 10 余年，有关“现代派衰竭”和“后现代崛起”的喧闹声，在美国文坛交相呼应。而后现代概念，由风行时的混杂，逐渐趋于凝聚成型，自也免不了激进派与保守派的反复争斗。

1959年，纽约文人集团主力批评家欧文·豪，在《党派评论》上发表了《大众社会与后现代小说》一文，一一历数了后现代的恶劣影响。在豪看来，战后美国文化平庸浮华，导致传统崩溃、道德失落。从垮掉的一代、旧金山作家，直到塞林格、梅勒等人的作品，无不流露出玩世不恭的创作倾向。豪指责说：“这些后现代作品的特点是消极虚无，全然摈弃了我们的思想习惯和文学准则。”（Smith，1967）[143]纽约文人的堂皇压制，促使激进派加紧抗辩。他们抛出系列时新文论，旨在攻击保守统治，倡导文艺新风。离经叛道的主张分别来自查尔斯·奥尔森的投射与开放诗论（1950—1958年）、约翰·巴思的《衰竭的文学》（1967年）、莱斯利·菲德勒的《小说的终结》（1963年），以及苏珊·桑塔格的《反对阐释》（1966年）。

（二）后现代新诗

作为美国新诗鼻祖，奥尔森50年代初就启用“后现代”一词。这位乡村歌手因受西部风情熏陶，一直反感现代派的高雅玄虚。50年代末他同黑山诗派结盟，又联合垮掉诗人，发起了新诗运动，矛头直指以艾略特、兰色姆为首的学院派。为了打破封闭、传统的文学体制，奥尔森坚持颂扬惠特曼的民主之风，推崇维廉斯的开放意识，并以口语吟唱的形式，竭力普及大众化的新诗文类。他还援引海德格尔的名言，说诗歌是一种生活能量的投射，诗人可从这种投射中获得激情，再将它传给听众。

（三）后现代小说

与之齐名，约翰·巴思成为美国小说界又一标新立异的一代楷模。巴思并不追求口语形式，而是推行荒诞不经的技巧试验。60年代初，他曾与品铁、海勒、冯奈格特等黑色幽默小说家一起，分享过纳博科夫的成功秘诀。纳氏对他们具有典范的艺术意义——“大作家都具有高超的骗术”，其作品与现实毫无关系，却能“独创一个新世界”。依照这一神秘信条，巴思接连写出《烟草经纪人》《牧羊童贾尔斯》等荒诞作品，又于1967年发表评论《衰竭的文学》，悍然宣称：“现代主义业已枯竭，小说作为艺术形式，也已经过时了。”（申丹等，2001）[79]为何作此悲鸣？原来，巴思发现，他们这一代人无法“直截了当地讲故事了”。这并不是说，所有故事都被前人讲完了。巴思是要说明一种“文化境遇的巨变”：当代生活千变万化，充满“测不准定律”支配下的新奇与混乱。为此，小说便不再具有反映真实的文学意义。那么小说家出路何在？据巴思讲，唯有以博尔豪斯、贝克特为典范，去创造支离破碎、花样多变的形式，去表现边缘感受，还有那“一切都成问题”的惶惑心态，当代的小说创作才能另辟新径、继续存活下去。

（四）后现代评论

身为新诗运动和试验小说的领军人物，奥尔森和巴思不约而同地欢呼天下大乱，煽动改朝换代，但这还不足以说明事态严重。糟糕的是，反叛舆论迅速在象牙塔中蔓延开来，一发而不可收拾。其中最具影响力的两位青年才俊，菲德勒和桑塔格，便集中反映了美国评论界的分裂和动荡。

菲德勒原为学院派精英。他的专著《美国小说中的爱情与死亡》(1960 年),令他一举成名,跻身教授行列。作为激进派的代言人,他却扬言“历史已耗尽了现代主义的美学价值”,文学亟须向后现代开放想象力,方可生存下去。《小说的终结》中,他列举出众多怪诞的倾向,说明当代作家已宣判了小说的死刑:“他们或像纳博科夫那样以讽刺推动它走向末日,或像巴思那样拼凑文字杂拌,或像巴勒斯那样将其炸碎,只留下经验残片与毁灭的狂喜。”(王岳川,1999)[89]

菲德勒称,荒诞作品在美国大批涌现,反映出一个“大众文化时代的开端,其特征是大规模机器生产和艺术产品的促销”。与传统艺术不同,新小说集高雅与通俗于一身。它一面假装迎合文学标准,一面又“大量走私非文学娱乐品”。后现代文学的含混,不但让小说变得像“哈哈镜、喜剧杂技、芭蕾舞和电影一样流行走俏”(Edel 等,1958)[127],也造成了小说形式与功能之间的诸多矛盾。

(五)后现代美学

另一位先锋理论家苏珊·桑塔格,成名时只有 30 岁。桑塔格才貌出众,受过严格的美学训练,曾是屈瑞林研究班上的高材生。1964 年她在《党派评论》上撰文,标榜王尔德为同性恋小说代言的颓废文风。文中她大胆宣称:“坏艺术内容无形,但它不妨碍读者欣赏其精妙的文学风格。”(高奋,2000)[81]至此,才女的“唯美论”惊世骇俗,一举打破了美国清教文化的残存戒律。桑塔格顿时声名大噪,随后又在《常青评论》上发表了《反对阐释》(1966 年),为后现代做出了迄今最为强劲的理论辩护。桑塔格的目标,是要从根本上颠覆现代主义的艺术规范。她从柏拉图摹仿论开始,一路检抄文论思潮的大观园,批驳西方美学“重视内容、不断为形式辩护”的困境。她指出:“批评家总爱‘说明’,但世界的神秘性是公开于众的。”(徐复观,2001)[123]面对生活瞬息万变,她号召大家捍卫感觉。她所谓的新感性(New Sensibility),既反对阐释,也不榨取内容。她又说:“后现代作品既非毫无意义,亦非一目了然,而是具有一种悬而未决的意义。”(伍蠡甫,1979)[61]其逃避理性的主要特征,正是出于对理性的厌恶,才转向各种极端形式的追求“跟着感觉走”的个人体验的。

伴随着新感性,各类叛逆艺术纷纷涌现,冲击美国文艺领地的还有托比·罗斯克的怪诞绘画、凯基·斯托克豪森的嘈杂音乐、约翰·梅森的环境雕塑、麦克洛的即兴舞台剧、道格·拉斯克里普的写真摄影和查尔斯·詹克斯提倡的后现代建筑。桑塔格的反阐释理论,无论如何都阻止不了专家的阐释力,亦打消不了众人的好奇心;可它却在 70 年代初,给美利坚民族的后现代思想方式提供了一些美学根据,令其稍稍恢复了一些独具特色的异质性的理论神志。围绕 60 年代的大规模文化地震与文情调查,学者们不等尘埃落定,就展开了一场以文本为解释中心、聚焦于美国文艺领域,逐步迈进社会文化研究范式的批评活动。70 年代后期,这一多元化的讨论格局已形成一股不容小觑的涵盖性力量,吸引着无数欧洲学者的激情和兴趣,“后现代”的理论范式随之也就变成了一个国际文化的研究命题。

二、后现代：一种反表征的文艺形式

后现代的理论之争与思潮冲击，猛烈而又急促地改变着美国的整个文艺格局，此乃不争的客观事实。当今时代，文艺批评界的责任正面临着巨大的危机与挑战，要用现代与后现代之间的形式差异来界定好二者之间的谱系关联性，最好的解决方案莫过于从后现代文艺的反叙事、反表征形式入手，向世人证明“后现代”在后理论视域中的批判能力与阐释向度。1968年艾瑞克·卡尔勒出版的《艺术形式的崩溃》，尝试清算后现代文艺摒弃传统、破坏规范的后果：“我们四下观望，到处洋溢着一种艺术崇拜，即人们追逐破碎叙事、无聊言辞、毫无目的的故事情节。”（Brook，1981）[96] 1970年，欧文·豪也在《新事物的衰败》中宣告：“后现代展示出一种表征危机。危机的根源，一如阿尔多诺在《启蒙辩证法》中所言，来自文化工业与大众消费的急剧变化。不妨说，是发达资本主义造就了冷漠而享乐的大众，同时又取消了文艺再现历史、批判现实的社会前提。”（赵一凡，2006）[184] 面对纷乱浊世，豪教授幽幽抱怨道：一个当代艺术家“怎能再现如此病态之社会”？

与病态论不同的是，伊哈布·哈桑、理查德·沃代表了肯定派的意见。身为后现代美国教父，哈桑先生不但作品多产，而且坚持不懈。为此，荷兰人佛克玛称他是“把后现代国际化”的历史功臣。1971年，哈桑在《俄狄浦斯的肢解》中首开后现代之流的语言分析，提出一套“现代主义中心”的消散说。在哈桑的心中，后现代的艺术攻势实则延续了欧洲现代派的策略，即从两个方向撤离语言：其一是马拉美的自嘲与消解；其二是韩波的超现实夸张。前者简约，造成了语言表达特征逐渐丧失意义的生成。后者膨胀，导致了语言指涉意义的蔓延。从卡夫卡到贝克特，欧洲现代派大体凭借以上手法，打造出一种无声文学（Literature of Silence），或借用罗兰·巴特的术语，即零度写作（Zero - Degree Writing）。哈桑认为：美国后现代作家，继承了欧洲人的实验传统，将它推向极限，变成了一种反表征（Anti - Representation）的另类形式。这暴露出当下语言与现实之间的形式严重紊乱之象。哈桑又说，后现代作品貌似狂人呓语，可它在骨子里，却珍藏着一种返璞归真的梦想。

我们知道，现代派文学擅长晦涩比喻，偏爱神秘象征。譬如叶芝、乔伊斯便是这一行的高手，艾略特更以解读天书《尤利西斯》为荣。20世纪50年代，美国新批评推崇文本细读，注重钩玄索隐，奉其为官方文学标准。对此，后现代诸子无不咬牙切齿，发誓要颠覆这一由隐喻与神话构成的表征秩序。在他们看来，现代主义故弄玄虚，无非是要编织理性罗网，让世界服从其主体意识。如此表征实在是亵渎艺术、涂炭生灵。后现代一反其道，偏要让世界恢复生动，呈现它原有的自然纯朴、千姿百态之色。

三、后现代：一场大众文化的运动

后现代并非一起孤立的艺术现象。史学家指出，它对外呼应着60年代的激进势力，如新左派、妇女解放、民权运动，对内则凝聚起一种青春期的叛逆心理。众所周知，“二战”后那一代美国青年，俗称战后超生儿（Baby Boomers）。他们生活优越，自由放任，天性不安分守己。正是这批被宠坏的中产子女，从嬉皮士、幻觉剂、性解放，一直闹到参禅念佛、格瓦拉城市游击战。按照他们的“首席辩护律师”罗札克的说法，60年代那场杂乱无章的青年骚乱，可统称为是一种典型意义上的美国式的大众文化。

大众文化的根基何在？罗扎克在《大众文化的形成》（1969年）中说，新型工业发展到“二战”之后，已在美国制造出一种极为明显的技术官僚统治（Technocracy）之势。这个人类史上空前强大的理性帝国，对内压抑人性，对外穷兵黩武。而战后的美国青年却又命运不济，偏偏诞生在原子弹蘑菇云的笼罩之下。更可怜的是，他们从上学起就注定沦为冷战的亡命卒。麦卡锡反共的精神压迫加深了他们与长辈的代沟，越战无休止的征兵驱使着他们成为边缘人或逃亡者。罗扎克强调：“由于左派政治过时，这一代美国青年只能在行为方式上表示抗议。换言之，他们以文化反叛的抗争方式，在美学价值而非政治立场上拒绝资本主义。”（叶维廉，2006）[85]大众文化的本质，就是公然嘲笑一切精英主流文化的固有观念：“它的性生活矫揉造作，它的家庭破碎不堪，它的装扮日趋庸俗，它那唯利是图的生活套式简直令人作呕。”（叶维廉，2006）[85]

这里，沃森是从另一角度考察大众文化的现实价值的。他在《从教士到普罗米修斯》（1974年）中指出：菲德勒、桑塔格等后现代理论家，多受大众文化先驱（诸如垮掉文人、黑色幽默小说家）的启发。他们双方的共同点都是反高雅、反阐释，鼓吹直觉感性，强调形式高于意义。而双方的目标，也是都要摆脱保守政治与精英文化，弘扬社会民主，追求精神解放。经过比较，沃森确认：两者分享一系列“隐含意识形态的观念”（Eagleton，1970）[61]，其中既有美国社会学的新论，也有法兰克福学派的文化批判精神。

我们知道，哈佛教授加尔布雷思，1958年发表过名著《丰裕社会》，为战后的美国描绘了一幅光明的前景图谱。其基本特征是：物质丰裕、消灭匮乏，告别冲突、走向自由。与此同时，加拿大学者麦克卢汉随之抛出了《理解媒介》（1964年），欢呼人类文化已由精英文化、印刷文化，进入了电子文化的阅读视域。他预言：“新的信息社会，将把偌大的世界变成一个‘地球村’。”（殷企平，2001）[117]这个村子将大大改变当代人的感觉方式、认知结构和文艺再现手段。据此，沃森敏锐地指出：“新感性与之密切相关。而后现代文艺的迅速兴起，无非是将大众媒介延伸至科技领域，由此才刺激了通俗艺术的流行。”（殷企平，2001）[124]

后现代与大众文化的另一共享资源，来自法兰克福学派的旅美学者马尔库塞。这位新左派的导师，于1955年发表了《爱欲与文明》一文，着重批判了弗洛伊德的压抑论。我们知道：弗氏相信人类本能地追求爱欲（Eros），而爱欲却会遭到社会压迫。所以，现代人必须忍受压抑，以便实现快乐与现实的妥协。马氏反对妥协，号召爱欲解放，激发本能创造。在《爱欲与文明》1966年再版序言中，他辛辣地抨击了美国的文明说：“前所未有的物质丰裕与科技进步，换来的竟是日趋严重的社会控制与精神窒息！”为打破高压，他号召美国青年依赖先锋艺术这一反制度形式，大胆地实现意识上的革命。对此，沃森还追溯道：“后现代文艺一面将其爱欲愿望与恐惧相连，一面又仰仗青年文化的生存形式，构筑起了一个反抗现实的感觉秩序。”（袁可嘉，1989）[85]

至此，我们大致介绍了后现代的文艺缘起及其早期的研究状况。除去展示问题与矛盾的研究对象之外，本章节的论述内容并未给出任何一种明确的结论。提醒大家注意的是，后现代研究自文艺美学之始，渐至哈桑泛批评（Para - criticism）的整个批判过程中，哈桑教授就好比是一个转向的路标，指示着后现代“由单一到芜杂”的历史衍变之旅。

应当说，美国文艺批评家出于职业的本能之责，往往能及时地发现异常、预报文化的变迁。然而因其敏感度过高，这一本能之责也容易引发人们思想上的惶乱之情，招致负面效应。面对“后现代”的当下判断，他们犹如目睹一个从瓶子里逃出的妖怪，眼见它乘风长大，却手足无措，尽管时常痛感自己法术不灵，却又在越出文艺范畴的宏观文化批判语境中，重构后理论时代的文论范式与文化形貌，进而担当起后现代主义摆脱传统框限、质疑意识形态、回应文化变迁的巨任。

西方文论的范式延伸

在整个西方文论史上，20 世纪是一个相当独特的阶段。虽然它就时间而论并不一定特别突出，但是其流派和学说的众多似乎已经可以和古典文论平分秋色。西方文论史的课程学习，首先应当结合古典文论的逻辑线索，对 20 世纪西方文论的基本范式予以归纳，以下是关于“以语言-结构-文本为圆心的形式批评”“以创作-接受-阅读为圆心的意义批评”“以话语权力-意识形态为圆心的文化批评”三个部分的论述与阐释。

一、以语言-结构-文本为圆心的形式批评

（一）从俄国形式主义到布拉格学派

西方人为“形式主义”所下的定义通常包括两点：第一，在文学中排除或者缩减社会的、历史的、政治的或意识形态的因素；第二，将作品、文体乃至整体的文学视为一个相对封闭的系统。另外，“形式主义”也常常意味着更重视文学的形式——技巧方面，而不大重视意义和主题。但是如果我们将 20 世纪西方几种相关的形式批评贯通起来，将其看作一个相互联系的危式，应当可以发现其中超越形式的意义。在这条体系上，有俄国形式主义和布拉格学课，有英美新批评，有结构主义和叙事学，也有符号学理论。

一般认为，俄国形式主义的形成时间为 1915 年。当时，在俄国先后成立了两个研究组织，一个是“莫斯科语言小组”，一个是“彼得堡诗歌研究会”。前者以雅克布森为首，成员有维诺布里克和托马舍夫斯基等；后者以什克洛夫斯基为首，主要成员有埃亨巴乌姆、雅库宾斯基、鲍里瓦诺夫、蒂尼亚诺夫、日尔蒙斯基、维诺格拉多夫等。当时，他们大多是莫斯科大学和彼得堡大学的青年学生。他们与未来派诗人马雅可夫斯基等有密切的联系，他们中有些人本身也从事文学创作，比如雅克布森和什克洛夫斯基都出过诗集，蒂尼亚诺夫是出色的小说家。另外，《故事形态学》的作者普洛普（V. Propp）在西方文论研究中也常常被归入俄国形式主义系列。

值得注意的是，俄国形式主义的全过程发生在俄国革命前后的一段特定时期。在“莫

斯科语言小组”和“彼得堡诗歌研究会”初期活动期间，第一次世界大战正在进行，俄国处在革命的动荡岁月中，这些年轻的文学研究者虽然生活在书斋中，但他们的热情同样高涨。他们相信自己也在开创历史，如埃亨巴乌姆在1924年所说：“在文学领域里，形式主义是革命运动，因为它把这门学科从古老而破旧的传统中解放出来，并迫使它重新检验所有的基本概念和体系。”（张德明，2004）[69]在这里，我们似乎可以发现俄国革命民主主义者的传统，尽管他们讨论的东西不一样，目的可能也不一样，但精神和气质是一样的。

埃亨巴乌姆发表于1925年的论文《“形式的方法”之理论》，开篇便点明了俄国形式主义的主旨：“关于文学理论和文学史的这一思想流派被称为‘形式的方法’，它来自一种保卫文学研究之自主性和具体性的努力。”（张乾元，2006）[77]埃亨巴乌姆所说的“自主性”(autonomy）和“具体性”（concreteness)，后来也成为英美新批评的论题。俄国形式主义在当时的主要质疑在于：文学批评是否定要依赖于有关作者及其时代背景的传记式考察，从而，与英美新批评相似，俄国形式主义力图在历史、哲学、传记、心理学等等研究之外，为文学批评建立独立的规则。如同埃亨巴乌姆所说：“形式主义者具有一种科学实证的精神，即抛弃哲学的假定、抛弃心理学或者美学的解释。”（张乾元，2006）[84]这也就是他所引用雅克布森之说：文学研究的对象不是“文学”，而是“文学性”（literariness)。

俄国形式主义尤其为20世纪的西方文论提供了新的研究视角，比如文学语言与日常语言的区分、“陌生化”的概念，以及这一概念对现代叙事学的启发。20世纪20年代后期，俄国形式主义的主要代表纷纷流亡国外，从而使布拉格学派成为它的理论延续。布拉格学派亦称“布拉格语言小组”，其主要成员包括从苏联流亡至布拉格的雅克布森，以及穆卡洛夫斯基、韦勒克等人。许多研究者都认为，布拉格学派是在俄国形式主义和后来的结构主义之间架设了一座桥梁。其中最主要的通道，在于他们将索绪尔的语言学理论运用到文学研究之中。

比如，穆卡洛夫斯基的《标准语言与诗性语言》一文，将“诗性”和“非诗性”的语言作为不同的语言功能加以区分。“诗性的语言”在他看来“只有其自身的意义”，而并不承担任何社会功能。因此“求真的问题与诗歌作品的主题无关，对于诗歌也没有任何意义”（朱立元，2001）[76]。就此而言，布拉格学派是从语言学的角度将文学作品界定为一种自身的结构，这也正是英美新批评后来所崇尚的“文本细读”（close reading）之根源。关于其中可能产生的偏颇，西方学者一般认为：俄国形式主义和布拉格学派都是为回应当时正统马克思主义批评的压力，才过多强调了文学作品的内部关系，而忽略了文学作品与作者、读者以及社会-历史环境的外部关系。（朱立元，2001）[80]

另外，俄国形式主义的“陌生化”概念，被布拉格学派进一步引申为相似的“凸显”。这被认为是布拉格学派最重要的贡献之一，尤其是对叙事学批评有所影响。所谓“凸显”其实也是与“诗性语言”和“日常语言”的区分有关，按照穆卡洛夫斯基的说法，诗性语言的功能，就是“使表达最大限度地凸显出来”。布莱希特的“间离效果”理论，与此一脉相承。

（二）英美新批评

所谓新批评是20世纪起源于英国后发展到美国的一种形式主义文学批评流派，其发生年代与俄国形式主义同时，但延续的时间要更长一些。大约为1915—1955年。不过，俄国形式主义的结束是外部原因造成的，而新批评的结束完全是文学理论自身发展的结果。

简单说，新批评的理论建筑在对于所谓“三R关系”的独特理解上。所谓三R关系是指作者（writer）、作品（writing）和读者（reader）之间的相互关系。在新批评看来，在这三者关系上的不同侧重，就产生了不同的批评。如果关注作品的产生过程，追寻作者个人经历与作品的相互印证，就是传记式批评；如果追究作品所产生的社会历史条件，就是历史-社会式批评；如果关注作品对读者的影响，当读者是指自己时，就是印象式批评，当读者是广大受众时，就是社会学批评。而这些都是新批评者不认可的方法，他们相信，需要关注的只是作品自身。因为作品即本体，包含着自身的全部意义和价值。他们甚至也不考虑作品与作品的关系，那涉及文类研究和主题学研究，是属于文学史的对象，与批评无关。这样，读者、作者和其他作品都可以被排除出去，批评只与某一作品有关。的确，以往还没有哪一个批评流派表明这样绝对的客观主义态度。早期的新批评还承认，这样做多少是出于批评策略的考虑，后期的新批评则试图从理论上对此加以彻底的说明和贯彻(张寅彭，2006)[78]。

新批评虽然起源于英国，但却在美国获得长足的发展。在这个过程中，兰色姆是一个承先启后的人物。早在1921年，在美国田纳西州一所大学任教的兰色姆就开始关注诗歌问题，并与当时的三个学生长期保持通信来往，一起从诗歌创作转向文学批评。这三个人就是后来成为新批评主将的泰特、布鲁克斯和沃伦。他们在20世纪30年代中期后发表了一系列批评论著，其中影响最大的是布鲁克斯和沃伦合著的《怎样读诗》（1938年）。由于这些著作的出版，一个文学批评学派已经形成，只是当时不叫作新批评，而被称为“南方批评派”，等到兰色姆于1941年出版《新批评》一书，新批评便被用来指“南方批评派”，“新批评”之谓也就由此而来。

新批评的另一位代表人物布鲁克斯则在其论文《寻求新的批评》之中承认“新批评是不容易描述或者界定的”。兰色姆将温特斯的批评目的和方法视为“逻辑的”，将艾略特的批评视为“历史的”，将理查德的批评视为“心理学的”；但是他既没有为新批评下定义，也不想去下定义，他只是在最后一章用了这样的标题“寻找本体论的批评”。实际上，理查兹本人也是新批评的重要创始者，而且他恰好十分重视“文本细读”的方法和批评的实践层面。他的学生燕卜荪则早在1930年就出版了《朦胧的七种类型》书，并被列为新批评的理论家之一。

《朦胧的七种类型》是典型的“文本细读”之作。其基本内容就是“对诗歌进行分析性的细读”。所以布鲁克斯说：燕卜荪式批评的要义，就在于“批评要在诗作为诗的结构中处理诗的意蕴”；而以往的批评则倾向于“用散文的方式寻找诗的‘善’和‘真’，使诗成为哲学或者科学”（Abrams，2004）[106]。在布鲁克斯看来，燕卜荪的批评是要告诉人们：诗歌的隐喻承担着“功能性”而不是“修饰性”的作用，诗歌的韵律和词句“也都成为诗歌展示意义的积极力”，沿着这样的线索，维姆萨特和伯兹里（M. Beardsley）在1946年和1949年发表了两篇重要的论文：《意图谬见》（*The Intentional Fallacy*）和《效果谬见》（*The Affective Fallacy*）。“意图谬见”和“效果谬见”的基本意思，都是强调“就诗歌本身去阅读和分析诗歌”，如果文学批评只考虑作者的“意图”或者作品对于读者的“效果”，必然带来“谬见”，从而成为“非法的”。

上述英国批评家的理论后来在美国得到了一定的承接，从而新批评亦被称为“英美新批评”。曾经作为布拉格学派成员之一的韦勒克后来移居美国，并于1949年出版了他与沃伦合著的《文学理论》，新批评在美国达到了最高发展阶段，这正是新批评开始在美国产生巨大影响的时代。由于维姆萨特、韦勒克、布鲁克斯和沃伦长期在耶鲁大学任教，美国后期的新批评学派又被称为耶鲁学派。从那以后，新批评在美国成为最主要的批评学派，长期占据了学院的舞台，对于文学理论的发展施加了巨大的影响。一直到20世纪50年代末，随着结构主义的兴起，新批评才逐渐销声匿迹。

（三）结构主义与叙事学

结构主义是20世纪60年代出现在法国的一种思潮，就文学理论本身而言，可以说是继20年代俄国形式主义、30年代布拉格学派之后的第三个重要阶段。事实上，这三个学派之间也存在着内在的联系。如前所述，俄国形式主义由于政治原因在20年代末就结束了，虽然其思想在捷克斯洛伐克和波兰等东欧国家得到了延续，形成了布拉格学派，但俄国形式主义本身仍然长期没有对西方产生影响。维克多·厄利希（Victor Erich）在50年代中期出版的英文著作《俄国形式主义的历史和理论》并没有立即引起重视。但是，10年以后，当来自东欧的托多洛夫翻译出版了法文的俄国形式主义文集《文学的理论》后，却立即引起激烈的反响。从此，从莫斯科到布拉格再到巴黎，从俄国形式主义到捷克斯洛伐克早期结构主义再到法国结构主义，20世纪思想的一条重要发展脉络终于清晰可见了。当然，这并不是一夜之间发生的事情。我们已经看到，当布拉格学派的主要成员之一韦勒克在战后来到美国后，立即同英美新批评发生了联系，并使其在理论上获得了长足的发展。与此同时，布拉格学派的代表人物之一雅克布森也到了美国。但是，他似乎并没有像韦勒克那样迅速地融入美国学界，而是同欧洲保持着密切的联系。

在40年代，雅克布森在纽约结识了法国人类学家列维-斯特劳斯，两人后来成为朋友和合作者。如果说韦勒克和沃伦的结识，使原本没有任何思想渊源的俄国形式主义与英美新批评有了思想的联系，那么，雅克布森和列维-斯特劳斯的结识，则使俄国形式主义、布拉格学派和法国结构主义有了思想上的联系。另外，托多洛夫和克里斯蒂娃等年轻一代东欧学者定居巴黎也促进了东西欧思想的交融。需要注意的是，较之个别思想家的出现和交往而言，更为重要的是种深层的思想联系，那就是：这三个学派都得益于索绪尔的语言学思想和方法。这样，从莫斯科开始，经由布拉格，最终形成了巴黎在20世纪下半期的群星灿烂，而结构主义以及后来的后结构主义成为现代思想史上最有影响的学派，其对包括文学在内的人文学科的影响至今还可以感受到（史忠义，1998）[109-110]。

第二次世界大战以后，布拉格学派对“结构”的诉求成为后来意义上的结构主义。其中最主要的代表，通常会追溯到法国的结构主义人类学家列维-斯特劳斯以及文学批评家罗兰·巴尔特。另外，热奈特关于叙事学的研究、拉康关于“无意识”的研究，也被认为以结构主义为根基。简单地说，结构主义以及与之相关的理论，都更重视关于结构或者系统的“共时性”研究，都受到索绪尔语言学的影响，都关注“意义”如何形成，而不是

“意义”本身。

普洛普出版于1928年的《故事形态学》被视为最早运用结构主义方法对文学进行的研究。该书最大的特点就是从文本中归纳出典型的结构，如“7种神话角色”“31种叙事功能”等，再借此解释具体的文本。与此相应，列维-斯特劳斯将相似的方法用于解析文化，罗兰·巴尔特则进而提出“阅读代码”的问题。他们都注意到有种预先存在的系统，使个别的表达得以组合。正如热奈特在《叙述的话语》（1980年）中所说：罗兰·巴尔特等人的结构主义理论，“是要发展一种（新的）诗学。它并不试图解释个别的作品意蕴何在，而是要探询使作品获得其形式和意义的系统”（张大明，2001）[89]。在结构主义批评中，罗兰·巴尔特无疑是最引人注目的人物之一，被称为“60年代以来法国和整个西方最有影响力的文化符号学的建立者之一”（张大明，2001）[93]。同时，他也是全法国最出色的文学批评家和文学理论家之一，而他对所谓当代神话学的讨论实际上走向了文化研究的方向。他的名字与结构主义文学理论紧紧联系在一起，但又正是他率先对结构主义文学批评方法提出了怀疑和批评，从而深刻地影响了后结构主义文学理论的产生和发展。了解巴尔特的文学思想，可以使我们对结构主义、叙事学和符号学在文学中的应用有一个基本的了解。

人们一般认为，“从作品到文本的转向”部分地说明了巴尔特从结构主义到后结构主义的转变。但实际上，那只是这一转变的外部表现，其内在动力不仅可以由巴尔特的新写作观表现出来，甚至也可以从巴尔特自己的写作风格中得到说明。特里·伊格尔顿已经看到：巴尔特的写作风格就“意味着写作在某种程度上超越了结构主义研究方法的严格性”（Culler，1997）[102]。不过，从巴尔特的文本观也可以更清楚地看到巴尔特的写作观和文学观的实质。概括而言，巴尔特认为“文本”不同于“作品”，它不是放在那里的一本书，而是指一个领域和一种活动，即写作实践，后来德里达著作中有章便题为“书的终结，写作活动的兴起”（Culler，1997）[106]。

其次，巴尔特认为文本不是一个封闭的意义实体，而是一个没有什么内在结构、没有终极意义、没有固定所指和外部范围的能指群。在这里，所谓“互文性”将写作的“个性”和“独创性”全部取消，最后也就推翻了作者在作品意义方面的权威。从而“作者的死亡”和“作品终极意义的消失”是联系在一起的：“一个文本不是发出某种单一的神学式意义（作者上帝的信息），而是一个多维空间，在其中的各种‘写作’中，没有一个是始源性的，这些不同的‘写作’互相混合并冲突，文学文本只是引自无数个文化中心的各种引用语的编织体。”（张耕云，2007）[151]这样，写作和阅读在巴尔特那里必然成为一个过程。不同于传统“作品”将读者和批评家当作被动消费者置于脱离写作的阅读阶段，“文本”要求他们作为生产者参与写作，共同创造意义。

在晚年，巴尔特越来越喜欢使用带有性爱意味的语言，来谈论写作和作为写作的阅读/批评活动的快乐、极乐和狂喜等，这使其“写作思想”中最后一个重要观点逐渐凸现出来，即写作本质上是一种审美享受。《文本的欢乐》（《文本的快感》）这一标题就带有双重含义，这里的欢乐（或快感）既在于文本本身，也在于我们从文本之所得；其中欲望的问题再度浮现出来，甚至成为巴尔特理论的核心。

许多结构主义理论家都以索绪尔的语言学为依据，认为“结构”如同“语言”一样，既不受制于外部世界，也不能改变甚至“意指”外部世界，从而完全是自我封闭的。这体现出结构主义强调“形式”的一个极端的侧面。其实后世许多研究者都指出：索绪尔并没有只看重“共时性”而忽视“历时性”的维度，却恰恰认为二者都是必要的。即使在结构主义的文学批评本身，也有人注意到“罗兰·巴尔特实际上也从结构分析关联到外部的社会、意识形态和政治的现实”（朱良志，2006）[93]。

一般认为，结构主义在文学批评领域的最大成就在于叙事学研究。叙事学的称谓据说是托多洛夫在1969年提出的。20世纪70年代这一称谓被结构主义理论家广泛使用，被视为一种“关于叙事的结构主义分析”。热奈特作为结构主义叙事学的最主要代表，试图将“语言学范式”扩展为一种“叙事的语法”。他认为：结构主义是对以往文学理论的一种“矫正”“文学已经太久地被视为没有符号的意义，因此现在有必要将它视为没有意义的符号”（殷企平等，1995）[125]。所以，从总体上看，热奈特认为“所谓的结构主义，也就是俄国形式主义、法国主题学批评、英美新批评所代表的一个运动”（殷企平等，1995）[139]。

（四）符号学

应该说，符号学也是一种对于“形式”的理论关注。表示“符号学”的有两个不同的词：“semiotics”一词来自美国哲学家皮尔士对自己研究领域的描述；“semiology”则是索绪尔的术语，意指“在社会范围内研究符号的生命”。后来这两个词一般都可以互换，前者多用于英国和其他欧洲国家，后者主要用于美国和加拿大。

在20世纪60—80年代，符号学的概念和方法被文学批评普遍接受。至少在文学批评的领域内，符号学研究在“形式结构”这一线索上的传承关系是相当明显的。所以卡勒曾在《符号的研究：符号学、文学、解构》（1981年）一书中指出：“符号学是种动物学的追求，符号学家要发现符号的种类、差异、功能。在过剩的文本而面前，不是去寻求一种意义，而是试图界定符号并描述符号的功能。”（朱通伯，1996）[91]这样，语言学范式也成为符号学分析的关键，比如罗兰·巴尔特《符号学原理》认为：语言的第一系统是自然语言，即“确指语言”；在第一系统之外，又有第二系统，即“泛指系统”。文学文本实际上是“泛指系统”中的“能指”。这种“语言的二级系统”构成了一种“符号链”。

罗兰·巴尔特还就此提出了五种“阅读代码”，认为读者在阅读活动中通过语言学式的不同“代码”来贯通情节、解释情节、理解形象、建构象征，并以外部世界作为参照。卡勒对此不以为然，认为读者“是要解释句子，而不是为这些句子解码”（朱光潜，1987）[115]。不过后来的研究者却注意到其中的一种重要变化，即初起之时的文学符号学研究，大都与英美新批评具有相似的倾向，主要关注文本的内部规则而不大重视外部的语境。但是到其后期，一些符号学家的兴趣开始转向读者，从而对“符号”的研究更多地成为关于“代码”的研究。而“代码”与“符号”的不同，就在于“代码”是“使人类能将某种事件作为符号来理解的系统”（朱光潜，1987）[126]。

由此，我们便可以理解克里斯蒂娃对符号学的引申。她曾在1968年发表论文《符号学：批评的科学还是科学的批评》，提出文学并不是为了符号而存在，却只是“一种特殊的符号活动”“语言学要处理规范的、表达性的词语；而作为规范语言学的一种对象，文学只能被设定为不可化约的”（宗白华，1987）[114]。克里斯蒂娃还在1974年的《诗学语言的革命》一书中，将“符号”和“象征”予以区分。她认为：在希腊文的意义上理解“符号”，即有“独特的标志、线索、引得、证明、形象化”等含义；因此“符号”与“意指过程”密切相关，从而对体现着等级权力的“象征”具有颠覆作用。从形式、文本、结构、代码，到克里斯蒂娃以“符号”颠覆“象征系统”的解释，我们可以感受到“形式批评”的线索上可能潜在着的一种根本性的批判精神。

二、以创作-接受-阅读为圆心的意义批评

（一）心理分析批评

西方文论史上关于艺术创造活动的最早记载，大都强调“灵感”，突出艺术过程的某种神秘意味。而经过弗洛伊德的心理学分析，艺术活动中的心理状态却得到了完全不同的解释。“弗洛伊德的历史地位可以说是对统治18、19世纪西方思想的两种矛盾力量浪漫主义和理性主义进行了创造性的结合。”（Abrams，1953）[69]在弗洛姆看来，弗洛伊德首先是一个理性主义者，甚至可以说是西方理性主义传统的最后一位伟大代表。同他之前的斯宾诺莎、康德、卢梭和伏尔泰一样，弗洛伊德也狂热地信仰理性；他们都感到负有共同的使命，要为一个新的、真正文明的、自由的、合乎人性的世界而战斗。弗洛伊德感到，理性是唯一的工具或武器，只有运用它才能理解生活的意义，消除幻想，摆脱权威的桎梏。所以，精神分析运动的目的就是帮助人们用理性控制自己的非理性激情。

心理分析批评被分为三个阶段，每个阶段都侧重于弗洛伊德的不同著作，而批评的重心也有一个从作品到作者再到读者的转移。心理分析批评的第一个阶段是将弗洛伊德的《释梦》当作主要文本，甚至是本密码本，以寻找种种象征含义，然后再将这些象征含义对应文学艺术作品，来尝试解开作者隐秘的心理，特别是隐秘的性欲心理。第二个阶段侧重于弗洛伊德对于本我、自我和超我形态的分析，特别是它们之间的紧张关系在创作中的反映，以考察艺术家的创作过程，即艺术家如何在创作中达到个人愿望与社会伦理道德之间的平衡并获得升华。第三个阶段主要依据弗洛伊德的《文明及其不满》，批评的重心则转向了读者。这类批评将阅读看作一种积极的活动，相信阅读可以使读者发现自身，而不是发现文学；因为作家的无意识通过作品得到象征性表现，获得了欲望的满足，读者则可以通过阅读过程中的自居作用，设身处地地去感受，从而得到同样的满足（叶维廉，2006）[67-68]。

弗洛伊德从“非常态的精神活动”推及整个人类的心灵世界。他多次告诫同行：梦的解析本身并不是目的，也许解析人类才是目的。而他通过“非常善良的人也做极其邪恶的梦”的事实，愈发相信“对精神病患者的行为和一般人类行为的解释，存在着共同的基础”（Martin，1986）[93]；所以他对人类的艺术活动进行描述时，“力比多”的本能冲动仍然是根本的动因。

弗洛伊德在《精神分析引论》的“绪论”一节，便提出了心理分析的两个命题。第一，“心理过程主要是潜意识的”；第二，“性的冲动”不仅是精神病的重要起因，而且

“对人类心灵最高文化的、艺术的、社会的成就，作出了最大的贡献”。这种贡献的具体方式，就是“性的精力被升华成了性的目标，而转向他种较高尚的社会目标”。有人认为弗洛伊德的“力比多”主要是强调艺术家在创作活动中的专注和投入，所以可比于柏拉图的“迷狂”。其实柏拉图讲的是内在的“灵感”，而弗洛伊德却强调物质的“本能”。从根源上看，柏拉图的“灵感”是“神灵”所赐，弗洛伊德的“本能”则来自社会意识对人类内心的压抑，从结果上看，柏拉图似乎并不想否定意义的确定性，弗洛伊德对心灵“防卫机制”的复杂描述则意味着我们应当对文本背后的“隐念”重新进行读解。(甘阳，1985)[125]

弗洛伊德实际上是根据外部的“合理化”秩序分析内部的“无意识”冲动。也许正是因此，心理分析的最主要成就未必在于艺术创作心理的研究，却首先将问题引向了“意义”的生成机制以及文本背后的过程。所以后来心理分析理论自然得到了关于“意义”问题的不同引申。西方研究者一般认为：在第二次世界大战以后，心理分析批评越来越多地包含了马克思主义、解构主义和女性主义等多重视角。

其中，从弗洛伊德心理学转向后期心理分析批评的枢纽，被认为是拉康。拉康的主要贡献，在于为心理分析理论引入了语言学的范式，将“无意识”的结构与“语言”的结构相并列，使其直接导入一种关于“无意识”的语言/结构研究。比如在拉康的“镜像”理论中，幼儿自身的“能指”与其映像的“所指”之间，随父亲的介入而从“和谐”至“分裂”，从而“语言符号是对客体本身的直接取代”(Levenson，2000)[67]。但是拉康本人运用此种理论对爱伦·坡小说的分析，并没有获得太好的评价，甚至有人认为那根本不是真正的文学批评，而只是将文学作为心理分析的材料。拉康在文论史上的意义，可能主要在于他对后人的启发。

20世纪80年代以后，心理分析批评常常是与女性主义理论相结合而进入文学研究领域的。心理分析作为一种独特的手段，被用来讨论女性性别的形成及其表达。其中主要强调的，是“女性所处的文化和语言结构，决定着她们成为一种性别主体”(Moore，1903)[151]；从而借助心理分析的方法，女性主义批评家发现“女性的性别身份”实际上是“一种不确定的状态”。这样，拉康对心理分析的发展便在女性主义批评中显示出特殊的价值：因为拉康“拓展了理解性别差异的方式，这一差异使男性和女性的本质成为社会的、象征的结果，而不是生物学的、强制性的。从政治的观点看，这种立场对女性主义者具有直接的吸引”(Moore，1903)[167]。另一方面，“拉康关于俄狄浦斯情结的描述，也转向了父权与法律、文化和象征化(symbolization)的关系，于是被压制的母权便得到了个心理分析的重要维度。”(袁伟，2002)[79]

直到90年代，心理分析式的文学批评仍然有一定的发展。比如彼得·布鲁克斯(Peter Brooks)的著作《心理分析与故事讲述》(1994年)。布鲁克斯认为：“文学研究中的心理分析一再搞错了分析的对象”，即或者分析作者，或者分析读者，或者分析文本中的虚构人物(陈伯海，2006)[95]。在他看来，其中的问题就在于“我们总是幻想心理分析与文学批评的会合”(Selden，2004)[113]，而这是因为“我们以为文学形式与心理过程之间应当会有某种联系，以为美的结构总会在某种程度上与心理相重合”。那么，心理分析在文学研究中的对象究竟应该是什么？布鲁克斯否定了文学形式与心理过程的平行，似乎是要侧重“对分析者讲故事”与“对读者讲故事”之间的平行。他甚至相信，心理分析“可以为叙事性的理解暗示出一种恰当的动态模式；借此，我们得以超越形式主义的'叙事学'，再度把握某种叙事的参照。这种参照不是对世界的命名，也不是文本的外在关联，而是在叙事从讲述者向倾听者转换时的一个参照系的移动"（成复旺，2007）[155]。

布鲁克斯的意思是说：心理分析所关注的是"病人"的故事，对于其中的矛盾、暗示、不连贯等，必然还要通过心理分析重构为另一种叙事话语。另一方面"病人"的故事是对心理分析者而言的，因此"故事"的逻辑规则是由心理分析者规定的。如果将"叙事的参照"设定在心理分析者和读者之间，那么决定这种"参照系的移动"的也就在于一般逻辑与实际阅读活动所形成的张力。也许可以说，这种心理分析批评，已经兼容了心理学、叙事学、接受理论和读者反应批评等多种因素。

（二）原型批评

"原型批评"必然涉及心理分析批评的传统，比如弗洛伊德所谓的"俄狄浦斯情结"，实际上正是体现了一种普遍的、跨文化的原型。在讨论心理分析批评的一章中，伊格尔顿提起了这样一件事情："一天，弗洛伊德看着他的孙子在童车里玩耍，他注意到，孙子喊着'走了！'把一个玩偶扔出童车，然后又叫着'来了！'把玩偶用线再拉回来。弗洛伊德在《超越快乐原则》（1920 年）中把这一著名的离开-回归游戏解释为幼儿对不在自己身边的母亲的象征性支配；但是这也可以看作故事的第一道闪光。离开-归来也许是我们所能想象的最短的故事：一件事物失而复得。不过，即使最复杂的故事也可以作为这一模式的变体来继续标准的叙事形式，是原来的安排被打乱而又最终得到恢复。"（江宁康，2005）[129]

不仅如此，"故事是安慰的来源：丧失的事物是造成我们焦虑的来源，因为它们象征着某些更深层的潜意识的丧失物，而发现这些丧失物安全复归原位总是令人愉悦的。在拉康的理论中，正是一个最早的丧失物——母亲的身体——驱使我们讲述自己的生活，强迫我们在欲望的无穷无尽欢喻运动中寻找这个失去的乐园的替代品。对于弗洛伊德来说，正是一个想返回我们不会受到伤害的地方，即返回先于一切意识生命的无机存在的欲望（子宫和死亡），使我们不断向前挣扎。"（蒋孔阳，1997）[98]也许可以说，这两个方面就是原型批评的心理分析来源和基础。

另外，瑞士心理学家荣格以"集体无意识"解释不同时代、不同文化中相似的神话和原型，这也对原型批评和神话批评产生了明显的影响。荣格的"集体无意识"理论，被较早运用于鲍德金的《诗歌中的原型模式》（1934 年）。鲍德金将柯尔律治的《古舟子咏》与《旧约》中约拿的故事相比，从中归纳出"再生"的原型。原型批评的另一奠基人是弗雷泽，其代表作《金枝》也是对历史上的艺术、宗教和神话的相互关联进行穷尽性研究。他的理论被默里运用于《诗歌中的古典传统》（1927 年），其中论及莎士比亚的《哈姆雷特》与古希腊欧里庇得斯《俄瑞斯威斯》（三部曲）的相似性。比如，老国王均被人谋杀，谋杀者均娶了王后，主人公均受到神的启示去复仇，但也都导致了母亲的死亡。默里以为这两个故事的原型不可能是相互模仿的，前者出自斯堪的纳维亚传说（北欧神话），后者是希腊神话，所以他相信这背后的共同处只能是"我们可以称之为金枝国王的仪式或习俗"，即弗雷泽说的"老国王被新国王、新国王被后来的新国王之弟"的循环模式所取代。

这种“模式”通过不同的文学叙述凝聚在“民族记忆”之中，便是荣格的“集体无意识”(Stein，1998)[104]。

不管是人类最早的欲望和调足的表达，还是最早的故事和叙事结构，都可称为神话。所以，原型批评的全称是神话原型批评。在浪漫主义时代，特别是在德国浪漫主义者那里，我们已经看到了对于神话的极端重视。弗里德里克、施策格尔要求恢复作为一种诗歌对应物和象征系统的神话，称神话是浪漫主义诗歌的一种巧智。它可以使艺术家撇开逻辑的理性作用，返回到“美妙的万象纷呈的想象，原始之初天性的混沌状态”（陈铭，2001)[85]。沿着这样的思路，他最终将诗歌同自然、宇宙、哲学和宗教混同为一。后来，尼采更认为近代文化的衰微就是由于神话的毁灭，而文化的复兴取决于神话的复兴。与此同时，随着人类学、心理学和语言学的发展，西方人对于神话的研究和认识有了前所未有的进展。这些，为神话批评或神话原型批评的产生奠定了坚实的基础。

1957年，加拿大批评家弗莱（N. Frye）出版《批评的解剖》一书，使原型批评理论得到更为系统的阐发。弗莱相信，文学本身是一个系统（也正因此，他的理论可以算作广义的结构主义），而它并非散布于历史中的各种作品的随意堆积，如果仔细考察，就会发现这个系统依据某些客观规律而活动。这些规律就是一切文学作品的原型创作结构。在弗莱看来，神话是“文学的结构要素，因为文学总的来说就是‘移位的’神话”(Qian Zhaoming，2003)[119]。移位（displacement）是指变形交换，即是说同样的主题在神话、宗教和文学中的不同表现。例如，俄狄浦斯悲剧不过是更古老的克洛诺斯杀父娶母神话的变换，而俄狄浦斯悲剧后来又成为中世纪骑士屠龙传奇的原型。事实上，弗莱认为，那个神由生而死而复活的神话，就已经包含了文学的一切故事。所以，弗莱极为赞赏地引用了诗人格雷夫斯的两行诗，“有一个故事而且只有一个故事/真正值得你细细地讲述”（葛林，1987)[105]。为了说明这点，《批评的解剖》将文学归纳为五种叙述模式和四种基本原型。

“四种基本原型”的根据，是一年四季的更迭规律，日出日落的循环往复以及人的生命“青年—壮年—老年—死亡”的演变。从而归纳出分别与之相应的喜剧、传奇、悲剧和讽刺文学。总之，文学乃是“移位的神话”，文学发展亦是此种“循环”。对于神话原型批评的评价不一，对于弗莱的《批评的解剖》也是如此。就文学批评本身的发展而言，原型批评正好与新批评构成了相反的两极，这从所谓“远观”和“细读”这两个术语就可以看出。这就是说，原型批评反对的就是新批评的过于琐细，过于拘泥于个别作品，过于强调作品的形式方面。与之相反，原型批评注重从宏观上把握文学，强调作品之间的联系，同时在内容上将神话、仪式、传说等纳入文学的考察范围。这固然令人眼界开阔，但也容易失之粗略。与此直接相关，原型批评经常受到两点指责：一是不能细察和把握作品的精微奥妙之处；二是不能明辨作品艺术价值的高下。如果说在20世纪50年代以前，英美新批评仍然处于文学批评的主流，那么弗莱使“原型批评”真正确立了自己的地位，并且结束了新批评的统治（韦子木，1999)[89-90]。

（三）接受理论与读者反应批评

现代西方文学批评的发展可以大致分为三个阶段：集中注意于作者阶段（浪漫主义和

19世纪)、全然关心于作品阶段(新批评和结构主义)、将重心转向读者阶段(接受理论或读者反应批评)。没有读者的阅读与接受，文学作品根本是不成立的，文学的过程、原型的移位，都不仅在于创作活动，而且也在于完整的阅读活动。随着这样的问题被越来越多地意识到，最终出现了接受理论和读者反应批评。有的批评家甚至认为，20世纪真正产生了广泛影响的批评理论只有三种，即马克思主义批评、女性主义批评和读者反应批评。其中最重要的理论家是姚斯、伊瑟尔和斯特尔利等。

接受理论和读者反应批评主要是德国人的思想(其中的读者反应批评是美国人对接受理论的发展)，与此前的胡塞尔现象学、海德格尔和伽达默尔的阐释学思想有直接的渊源关系。但是就文学理论的发展来说，它是作为对巴黎结构主义和所谓太凯尔小组的反驳而出现的。接受理论和读者反应批评认为，文学作品不是为了让语言学家去进行分析才创造出来的，也不是一个封闭的系统，不管叫符号结构还是叫文本结构都一样，文学作品必须诉诸读者的理解、阐释与接受，而人的理解、阐释与接受都是历史的存在。因此，文本必须被敞开，必须被置于人的历史经验中。这就是接受理论和读者反应批评产生的理论环境和历史环境。在逻辑上，接受理论和读者反应批评是相辅相成的。按照斯特尔利1980年的论文《小说文本的阅读》所做的归纳，接受理论所使用的“接受”一词，就是指阅读活动、意义建构以及读者对其所读文本的反应(傅璇琮等，1999)[102]。

在诠释学的意义上，伽达默尔其实已经论及“期待视野”的问题，而姚斯对此问题的重申，则代表了接受理论与读者反应批评的基本取向。在文学文本的阅读活动中强调“期待视野”，也就使“视野的融合”成为“意义”产生的关键；伊瑟尔的“未定性”和“文本的空白”、赫奇的“意义”与“意味”之辩也都是由此而生。接受理论必然会指向“文本的开放性”，这也正是伊瑟尔1974年的论文《隐含读者》所特别讨论的。“隐含读者”突出了读者对文本的积极参与。如伊瑟尔所说：“两个凝视夜空的人也许都在看同样的星群，但是一个人看见犁的形状，另一人则看出了铲子。‘星星’在文学文本中是固定的，但是连接它们的线却有所不同。”(赖力行等，2003)[85]

这些理论在美国批评家费什那里，又延伸为“解释的群体”与“期待视野”的区别。他认为“创造意义的既不是文本也不是读者，而是解释的群体”所占有的“解释策略”(赖力行等，2003)[90]。而组成“解释的群体”的，是“那些并非为了阅读而是为了写作，分享解释策略的人们。换言之，这些策略先于阅读活动而存在”(李振声，1998)[151]。在费什看来，如果读者对文本达成相同的解释，是由于“同一解释群体的成员必然意见一致，因为他们会看到一切都与其群体既定的目标相关”；相反，如果读者对文本的解释不同，则是由于“不同群体的成员必然与之意见相左”(李振声，1998)[163]。总之，“意义”其实是取决于读者所属的群体身份。

在以创作、接受、阅读为圆心的意义批评之线索上，无论各种理论的侧重有多么不同，在文本与读者之间建立一种意义关系的努力是总体的趋势。费什在1980年回顾这一过程时曾经说：“20年前的文学批评所不会做的事情之一，就是去讨论读者。”(Eagleton，2005)[41]但是到了费什对此感慨之时，文学读者的身份和作用已经是任何文学理论都无法忽视的了。

三、以话语权力-意识形态为圆心的文化批评

(一) 新历史主义批评

从“形式批评”到“意义批评”的轨迹，始终体现着20世纪西方文论以话语权力-意识形态为圆心的文化批评体验，追寻“意义”的过程。这一过程也自然延伸到文化批评的领域，通向了新历史主义、女性主义以及后殖民主义等批评理论。

西方历史主义批评是80年代在美国和英国出现的一种批评流派，人们通常把蒙特罗斯（Lousis Montrose）和格林布赖特（Stephen Greenblatt）当作是新历史主义文论之思的两位主要代表人物。在那一年，美国新历史主义流派的代表人物格林布拉特和蒙特罗斯发表了他们的开创性著作——格林布拉特的著作《文艺复兴时期的自我形塑》和蒙特罗斯的重要论文《伊丽莎白一世：牧人的女王》。另外，对于新历史主义批评来说，1983年也是十分重要的。在那年的2月，格林布拉特和由13名学者（全部来自加州大学伯克利分校）组成的编辑委员会创办了《再现》(*Representation*）杂志，它后来成为新历史主义批评的主要阵地。从那以后，新历史主义（New Historicism）便逐渐发展成为一个重要文学批评学派（崔海峰，2006）[102]。

简单地说，新历史主义批评主要是力图抛弃结构主义以来的“共时性”方法，主张在美学、文化和历史的张力之中研究不同的文本。当然，这是非常简单的说法。从这个术语本身可以看出，这种文学批评侧重的是文学与历史的关系。这一理论倾向在美国亦被称为“文化诗学”，在英国则有“文化唯物主义”之说。所谓“文化诗学”主要是格林布拉特自己使用的一个术语。就是在《文艺复兴的自我形塑》这部著作中，他在提出新历史主义的提法后，又表示“文化诗学”可能是一个更好的说法。但是，这点似乎并没有得到其他人的认同。至于“文化唯物主义”则不同，它是指在英国出现的一个学派，与美国的新历史主义有诸多不同，但由于思想倾向相似，也被纳入广义的新历史主义。不过一般而论，人们通常是用“新历史主义”对它予以概括。

由于结构主义的影响，共时性的批评方法在20世纪一度占据了主导地位，因此西方文学研究一向重视历史批评。新历史主义批评主要就是针对共时性研究的问题而发，与此相关的则是对于结构主义的形式主义倾向的反对，因此我们把它放在以话语权力、意识形态为圈心的文化批评的第一部分。

新历史主义“新”在何处？这首先是在于对历史的看法。在以往的历史主义文学批评中，文学和历史（literature and history）、文本和语境（text and context）是一种二元关系。如果一方是稳定而清晰的，另一方就可以以某种方式反映它，或者说成为它的映象。对于传统的历史主义来说，一般而言，文学总是历史的一种反映。新历史主义则从一开始就拒绝把历史看作外在于文本的系列事实，却主张对同一历史时期的文学文本和非文学文本加以平行的阅读，进而探讨二者之间的复杂关系。这种态度最为明确地体现在蒙特罗斯的“文本的历史性”和“历史的文本性”两个概念之中。

格林布拉特认为：“文本的历史性”和“历史的文本性”之核心价值，就在于要将

“通常只限于文学文本”的阅读活动转向“一切文本性的历史踪迹”。这也就是说，一切“阅读”都不仅是针对文学文本，而且也将包括全部社会的、历史的、意识形态的内容，因为“作品的生产和消费总是涉及多种利益。这恰恰因为艺术是社会性的，从而体现着多种意识。一定的价值和利益是在社会和政治生活的斗争中产生的，在面对过去的艺术时，无论我们是否愿意，都不可避免地要记住价值和利益的转换”（雷体沛，2006）[99]。将“文本性”赋予历史，不仅意味着文学与历史的相通、文本与阅读的互动，也意味着历史文献与文学文本同样具有叙事性甚至虚构性，从而说明“客观历史”是不可能存在的。

第二次世界大战以后的“新史学”，也与新历史主义的态度颇为契合。所谓“新史学”主要是指法国的“年鉴学派”，特别是该派的第三、第四代成员。他们的研究涉及历史的各个方面，有所谓心态史学、即时史学、结构史学和对我们来说特别重要的想象史学等。还常常会将那些已经确立了的对于文学作品的学术探讨观点的“帽子”抛在一边。例如，蒙特罗斯的著名论文《〈仲夏夜之梦〉和伊丽莎白文化的构成幻想：性别、权力、形式》的开头就是一个典型的例子，其第一句话是：“我将考察一个伊丽莎白时期的梦——不是莎士比亚的《仲夏夜之梦》，而是西蒙·福尔曼（Simon Furman）在1597年1月23日做的一个梦。”这种富于戏剧性的开头通常会有时间和地点，因此具有文献的、当事人亲眼所见的、超出“历史”的活生生经验的力量。更重要的是，由于这些历史文献并不从属于那种作为语境（context）的背景，而是作为文本（text）加以分析，所以，与其说它们是语境（contexts），还不如说它们是“并存文本”（co - texts）（卞重道等，2002）[73]。在新历史主义者那里，所使用的文本和并存文本被看作同一历史时刻（historical moment）的表达，并由此加以分析。

格林布拉特对《李尔王》的分析，或许也可以作为一个典型的例子。帕克（P. Parker）等人主编的《莎士比亚与理论问题》（1985年）一书，收有格林布拉特的论文《莎士比亚与驱魔者》。他从“历史的碎片”中仔细考察了1585—1603年关于一次非法“驱魔”活动的记录，认为这与《李尔王》的创作有许多关联。格林布拉特所强调的并不是莎士比亚借用了其中的一些素材，而是两个文本之间、艺术与现实之间的互动关系。通过这种关系，历史的事实化解为艺术的虚构，艺术的虚构又参与甚至重塑着历史和文化的现实。

具体地说：“驱魔”活动当时实际上被视为建立合法性神圣的一种方式；如果能有效地“驱魔”，“驱魔人”当然会借此获得神圣的地位，成为新的权威（即所谓的“卡里斯马”）。对于伊丽莎白时代的世俗权力和英格兰教会，这都是无法容忍的。这也正是“驱魔”活动遭到禁止的原因。在格林布拉特看来，《李尔王》对上述素材的借用，恰好是以戏剧的方式消解“卡里斯马”之源的神圣感，从而可以得到高度的认同。比如，这部作品“完全没有《理查三世》《裘力斯·恺撒》和《哈姆雷特》中的鬼魂，也没有《麦克佩斯》中的巫师。人们一再寻求异教的神明，那些神明却沉默不语。没有谁来应答人类，没有什么能激起敬畏和恐惧。剧中对异教神明的求告，只是证明了并无神明”（郦稚牛等，2004）[104]。格林布拉特认为：这种文化与文本之间的互动关系，就是“官方教会将一种危险的‘卡里斯马’权力机制让渡给演员；反过来演员又使这一机制戏剧化，进而成为虚幻——这也就形成了一种‘共谋’”（郦稚牛等，2004）[113]。从格林布拉特对莎士比亚剧做的分析来看，新历史主义批评的重点确实早已不在文本自身，而在于文化和历史所能给予文本的生命和意义。

（二）女性主义批评

在英文中，生理学意义上的“女性”是用“femaleness”，而文化意义上的“女性”则是“femininity”。女性主义（feminism）一词与后者相关，被解释为“一种政治立场”，原指19世纪美国妇女争取平等权利的运动。

1848年美国女性发表宣言，从性别的角度提出15项对于政治和法律制度的不满，宣言起草人斯坦顿（E. C. Santon）又在1895年出版了重新注释过的《圣经》，称为“妇女圣经”。她认为《圣经》的启示中渗透着男性作者的意识形态，所以必须对有关妇女的所有经文重新予以阐发。后来在1963年，美国女记者贝蒂·弗丽丹（B. Friedan）出版了《女性的奥秘》一书，成为美国女性组织发起大规模堕胎运动的源起。而作为一种社会政治运动的女性主义，主要是在20世纪60年代末至70年代初活跃于西欧和美国。其中还有一些出版于1968年法国学生运动前后的著作，均讨论到“性别关系与社会政治结构”问题。比如玛丽·戴利（Mary Daly）的《教会与第二性》、凯特·米利特（Kate Millet）的《性别政治》等。从1996年玛丽·伊格尔顿编写的《女性主义文学理论》，也可以清晰地看到女性主义理论与政治的密切关联，比如其中涉及“黑人问题”“资产阶级”“马克思主义”“社会主义”“唯物主义”“激进主义”“分离主义”等（高奋，2000）[141]。

今天的女性主义批评可以说是20世纪60年代妇女解放运动的直接产物，因为这一运动从一开始就意识到文学中传播的女性形象的意义，并且将质疑和反抗这类形象的真实性和合理性视作一个至关重要的任务。70年代的女性主义批评主要探索父权机制及其文化心态，批评的重点是那些由男性作家创作的、典型的女性形象。到了80年代，女性主义批评开始吸收和借鉴后结构主义、符号学、社会学、马克思主义、后精神分析和解构主义理论，将目光投向语言、意识形态、阶级、性别、家庭、种族、身体和心理欲望、历史记忆等诸多领域。与此同时，女性主义批评的重心也从攻击男性世界转向对于女性世界的探寻，试图重建被压制的女性经验。

女性主义理论被运用于文学批评领域，集中体现为关于“女性写作”问题的分析。比如伊莲娜·肖瓦尔特（Elaine Showalter）1977年出版《她们自己的文学》一书，提出“女性的写作”长期摹仿着主流传统中的支配性符号，并且将其“内化”为自己的艺术标准；“女性主义写作”则是要凸显少数群体的权利和价值；另外她还用“女性写作”一词，来描述女性在这一过程中自我发现和寻找性别身份的阶段。肖瓦尔特清楚地描述了上述转变过程，她将其称为从男性文本到女性文本的转变。同时，她还杜撰了一个词“gynocritics”，即“女性批评”，来指对于女性文本的研究。她声称，女性批评的对象是“历史、风格、主题、文类和女性写作的结构，女性创造力的心理动力，个别或集体女性职业生活的轨迹，以及女性文学传统的演化和法则”（Thickstun，1988）[73]。除此以外，她还在历史中辨别出三个不同的女性写作阶段：首先是“feminine phase”（1840—1880年），在这个阶段，女性作家主要摹仿主导性的男性批评规范和美学标准；接着是“feminist phase”（1880—1920年），在这个阶段，女性作家坚持一种激进的和通常是与男性传统相分离的立场；最后是“female phase”（1920年以后），在这个阶段，女性作家特别关注女性的写作和女性的体验。肖瓦尔特的理论中有不少过于生硬艰涩的用语，这显然是因为女性主义批评需要一套术语，以获得理论的形态。

20世纪70年代以后，女性主义批评出现了多种不同的立场和声音。她们讨论和争论的问题主要围绕着三个领域展开：①理论的角色；②语言的性质；③心理分析的价值。而中心问题则始终是：是否有一种女性写作？是否存在着一种本质上属于女性的语言形式？对于这个问题，女性主义者有着长久的争论。例如，伍尔芙在著名的《一间自己的房间》中就已经表示，语言的使用是有性别区分的，所以当女性在写作小说时会发现没有共有的语言可以使用。她甚至举了一些男性作家的作品为例证，称那些都是男性的句子，不适合女性作家使用。为此，简·奥斯汀就拒绝使用传统的语言，而创造了适合她自己的女性语言。不过，对于什么是属于女性的语言，伍尔芙并没有做出明确的解说。但是，传统语言是男性的（masculine），女性作家因不得不使用这种为实现男性目的而创造的工具而痛苦这种观点却得到普遍的承认。例如，斯本德尔（Dale Spender）在80年代初发表的著作《男人制造的语言》（*Man Made Language*）就发展了这一观点。她声称，语言不是一种中性的媒介，它包含着的许多特征都反映了其作为工具的角色，通过它，父权等级制度找到了自己的表达（徐正英等，2008）[62-63]。

如果传统语言被看作是以男性为主导的工具，那么是否可以有一种远离这种偏见的语言形式，或者是否甚至可以有一种倾向于女性的语言呢？对此，英美女性主义批评的态度是：有一个明确的女性文学传统，只是被埋藏在文学史中，需要做的不过是将它挖掘出来。换言之，她们试图到历史中去寻找女性传统、语言和写作。法国女性主义批评则提出：女性写作存在于无意识之中。女性写作这一术语是由西克苏在她的著名论文《美杜莎的笑声》（*Le Rire de la Medusa*，1975年）中提出的。西克苏认为根本不可能去界定一种女性的写作实践。因为这种实践永远不能被理论化、被规范化、被符码化。“它总是冲破男性主导意识和男权话语的重围，从而有效地建构以女性体验为中心的观念和表达”（吕同六，1995）[89]。在她看来，这种在一种轻松语法结构中增强意义的自由游戏的写作与女性密切相连，而且这种写作是女性生理的独特产物：“女性必须通过她们的身体写作，她们必须创造不可动摇的语言，这种语言将摧毁和拆除立场、阶级和理论、规则和符码，她们必须消除、克服和超越那终极的保留话语。”（吕同六，1995）[101]这样，女性写作本质上就是超越性别的、超越规则的、狂喜的。西克苏的观点产生了很大的影响，但也引发了许多问题。例如，说身体领域是免于社会规范的和不受性别条件限制的，因而成为女性本质的体现，这样的本质主义显然无法和女性主义将女性特征看作一种社会化产物的观点相吻合。再有，如果女性特征是社会构成，必定在不同文化中有不同表现，那么究竟谁是那些必须通过身体写作的女性？

在克里斯蒂娃那里，女性写作的问题被进一步的讨论。在《系统和言说主体》一文中，她使用象征的（symbolic）和符号的（semiotic）这两个术语来区别语言的两个不同方面。在她看来，话语的象征的方面与权威、秩序、父亲、压迫和控制相连。与之相反，话语的符号的方面不是以逻辑和秩序为特征，而是以“替换、滑动和凝缩”为特征，那表明一种更为松散、更为随意的连接方式。她借用柏拉图在《蒂迈欧篇》中使用的chora概念，即一种先于词语的语言状态，来指这种话语的符号方面，同时将它同母亲而不是父亲联系起来。对于克里斯蒂娃来说，这种符号性质是在语言之内的一种力量或活动，是前俄狄浦斯阶段残留下来的东西。虽然前俄狄浦斯阶段的婴儿还没有接触语言，但在他们的身体内已经有条欲望之流，这种有节奏的流动可以被看作一种语言，尽管它还没有意义。为了使真正的语言产生，就必须切断这条欲望之流。因此，在进入象征秩序时，符号的过程就受到压抑。但是，这种压抑是不完全的，仍然在语言中有着它存在的痕迹：在语调和节奏，即语言的身体性和物质性之内，或者在语言的矛盾、无意义、混乱、歧义、沉默和空缺之处，仍然可以发现它们。作为诗歌语言的表现，与之相对的是散文语言的表现。前者更接近女性，后者则属于男性。

需要强调的是，象征的和符号的不是指两种不同种类的语言，而是指语言的两种不同方面。这里的模式是无意识和意识式的，特别是拉康对于这两个概念的使用。在克里斯蒂娃对于象征和符号这一对基本对立概念的区分中，她的确吸取了拉康的思想，特别是拉康关于想象界和象征界的区分。我们还记得，在拉康那里，想象界是婴儿处在前俄狄浦斯和前语言的阶段。那时，自我还没有从对象中区分出来，与世界相分离的身体意义还没有确立。生活在一个完美的想象世界中，婴儿还没有受到欲望和被剥夺的侵扰。可是，随着父亲的介入，婴儿陷入了焦虑，他意识到性别的差异，同时也开始发现语言，从而进入了象征界。由于象征秩序事实上是现代阶级社会中父权的、性的秩序，由政府权力、文化价值、性别关系和语言的标准语法等所体现，所以，克里斯蒂娃不是以想象和象征相对应，而是把符号和象征对立起来，而符号也就被看作内在地具有政治颠覆性，并总是构成对于封闭象征秩序的威胁。由此来看，突出语言的符号方面的女性写作所具有的政治含义也就不言而喻了（陈浩莺等，2004）[132-133]。

对于有些女性主义者来说，这种符号的女性世界和语言提供了多种可能性，其价值在于提供了一种另类的想象，以颠覆父权的等级制度。但是，对于另外一些女性主义者来说，这不过是将理性的世界拱手让与男性，而只为女性留下了一个传统上赋予女性的情感的、直觉的、私人化的领域。

由此，我们已经涉及了女性主义与心理分析的关系问题。这是一种看起来很简单，但实际上很复杂的关系。早在1968年，女性主义批评家米利特就发表了《性别政治》一书，将弗洛伊德看作女性主义必须反抗的父权等级制度的主要理论来源。在女性主义者中间，这种看法相当有影响。不过，在女性主义内部，后来也出现了一些重要著作，为弗洛伊德辩护。例如，米切尔（Julie Mitchell）在1974年发表了《心理分析和女性主义》一书，使用米莱自己的术语和概念捍卫弗洛伊德。其中，特别值得注意的是性（sex）和性别（gender）之间的不同。我们知道，这对概念对于女性主义者来说至关重要。简单说，性是属于生理学的事情，而性别则是一种社会产物，是某种学来的或求得的东西，而不是自然的产物。

事实上，这一区别在波伏娃著名的《第二性》开篇的第一句话中就得到了明确的阐述："一个人不是生来是女人，而是变成女人。"（Culler，1997）[45]米切尔就是将自己的观点看作对于《第二性》的继续阐发。她认为，弗洛伊德并没有简单地把女性特征看作给定的自然的东西。而弗洛伊德在《性学三论》等著作中所做的，就是要说明女性的性别特征不是从一开始就自然地存在于那里，而是由早期经验和认识所产生和构成的。所以，所谓的男性生殖器钦羡概念不必与男性生理器官相关，它实际上是社会权力和优势地位的一种象征。所以，后来吉尔伯特使用“社会阉割”这个术语，来指女性缺少社会权力。

如果从这个角度思考，拉康的新心理分析理论受到女性主义者的青睐就不奇怪了。因为，就如加洛普在《女性主义和精神分析》一书中所指出的，在弗洛伊德那里较为隐晦的东西，在拉康那里往往变得比较明确。这特别表现在拉康清楚地将性器官看作社会权力的象征，而不是身体的生理构成，以及他将这种社会权力与语言密切联系在一起。如果将女性主义批评与后殖民主义批评联系起来看，那么在“少数群体”的意义上，“女性写作”与“非经典文学”的写作几乎是可以互换的。女性主义批评几乎就是从“弱势性别”的角度对后来“弱势文化”之立场的一次预演。

女性主义批评与新历史主义批评也有一种有趣的关联，即：二者往往都是从重读经典开始，并在自己的立场上剥离出曾被湮没的意义。格登伯格（J. Goldberg）在《莎士比亚时代的铭文：权力的言说》当中，引述过林达·兰伯（Linda Lambert）等人对莎士比亚剧作的女性主义读解。林达·兰伯于1982年发表论文《喜剧的女性、悲剧的男性：莎士比亚剧作的性别与文体研究》，认为莎士比亚所采用的文体本身，已经表达了某种“等级文化”或者“父权文化”的观念；而作为男性作者，莎士比亚实际上不可能了解女性的心灵和身体。林达·兰伯的论文还引出了另外一些关于莎士比亚剧作的比较激进的读解，乃至莎士比亚被认为是“一个缺乏女性经验的牺牲品”（Brook，1981）[132]。

格登伯格本人则注意到，当人们论说莎士比亚时代的父权主义时，忘记了一个事实：即在文艺复兴时代的现实生活中，男孩和女孩小时候都穿女性的服装，而在莎士比亚戏剧的舞台上正好相反，全部角色都由男演员扮演，这两种情形恰好从不同的方面体现了同样一种权力机制的“戏剧化”，因而被“戏剧化”的权力机制其实也就凝聚为“文体”（或者“服装”）本身。但“文体”绝非那样简单地以喜剧、悲剧的区分构成父权文化的等级，而是代表着“一种对于意义生成的专断的限制”（Bradbury，1976）[121]。经过格登伯格的分析，女性主义批评从“性别”角度寻求的话语权力似乎还被还原到内在于“语言”的权力结构。但是我们不能不承认，无论女性主义批评的出发点是否被接受，无论是“性别”还是“文体”，都代表了“权力”，这种“权力”都并非它所陈述的“意义”本身，都可以成为读解的对象，从而也都是可以被颠覆的。

（三）后殖民主义批评

关于“后殖民主义”（post - colonialism）的理解是不尽相同的。实际上它在西方人自己的文论研究中所得到的评价也并不高。虽然后殖民主义批评在20世纪90年代才开始流行，但类似的意识早就出现了。在这方面，非洲裔法国作家、思想家、精神分析家范农（或译法农，Franz Fanon，1925—1961）是公认的早期代表人物。他的《大地的不幸者》和《黑皮肤、白面具》都是经典之作，特别是《大地的不幸者》由萨特作序，已被翻译成十多种文字。这部著作讨论的是法国在非洲的殖民战争，被称作“文化抵抗”的宣言。范农认为，殖民地人民寻找自己的声音和身份的第一步应该是重新声言自己的过去。因为，在许多世纪来，欧洲殖民主义者将殖民地国家的过去，即前殖民时代，看作前文明的过渡状态，甚至是历史的真空状态，以此来贬低殖民地国家过去的历史。殖民地国家的儿童所接受的教育是历史、文化和进步都随着欧洲人的到来而开始。如果说第一步是重新找回自己的过去，那么，第二步就是消除那贬低殖民地国家过去的殖民主义意识形态。不过，范农的著作受到广泛重视是近年来的事情（喻阳等，2003）[97-98]。

按照古戈尔伯格（G. M. Gugelberger）“后殖民文化研究”（1994）之词条的说法，“这并不是种批评流派，而是一个特殊的问题，是少数群体话语与第三世界研究等问题的抽象结合。所有这些研究都达成了一种重要然而迟到的共识，即：‘少数群体’的文化其实就是‘多数群体’的文化，而霸权化了的西方（欧美）研究，是由于政治原因才得到特权的。”（史忠义，2001）[75]但是也有许多人认为，“后殖民主义”的概念本身就是有问题的。比如，“后”是指时间上的还是意识形态上的超越？如果不是就时间，而是就意识形态方面而言，那么是否“仍然处于殖民统治状态的地区，才会有后殖民主义的文学？”另外如果追溯“殖民主义”，那么澳大利亚、加拿大甚至包括美国也都曾有过被“殖民”的历史，为什么“后殖民文化研究”却专指“第三世界”的“少数群体”？

真正开创了后殖民主义批评的还是萨义德（Edward Said）在1978年出版的《东方主义》，在这部著名著作中，萨义德有力地展现了欧洲中心的普遍主义的内容和实质，这种普遍主义理所当然地将欧洲的或西方的东西看作高等的，非欧洲和非西方的东西则是低下的。他特别指明了这种欧洲的“东方主义”文化传统，这种文化传统是一种特定的和长久存在的将东方看作低于西方的“他者”的意识形态。在萨义德看来，这个“东方”既是一个地理概念，更是一个文化概念，作为西方的对立面，即异己的“他者”而存在。萨义德指出，在西方人的头脑中，东方不过是种替代性的自我，这就是说，东方成为西方人在他们自身所不愿意承认的那些劣质方面的存储之地和投射对象。但与此同时，东方又常常被西方人看作一个吸引人的异国情调和神秘莫测的地方。

另外，西方人通常还把东方人看作种同化的群体，而非个人，他们的行为由本能的情感而不是由有意识的选择决定。而且，这类情感或反应总是来自种族的考虑而非个人地位或境遇，等等。总之，伴随着欧洲殖民主义海外扩张的狂热，西方文化中的“父权”意识空前地膨胀起来。就文学艺术表现而言，这种意识形态的帷幕就是异国情调的“东方主义”。它同欧洲经济、政治和文化霸权的确立始终有着密切的联系。萨义德准确地将其定义为一种表达体系，通过它，欧洲“在后启蒙时期得以在政治上、社会上、军事上、意识形态上、科学上以及想象上管理甚至制造出东方”（王博，2004）[123]。这种表达体系在文学上的反映被赛义德称作“想象力的帝国主义”。

所以，尽管“后殖民主义”的概念已经成为当代西方文论所不能回避的，但是在许多西方研究者看来，“后殖民主义”批评的最主要的意义，仅仅是“在体制内为各种非经典文学（non-canonical literature）的研究创造了空间”，同时也使“学术研究和出版商注意到新的发展”（王岳川，1999）[105]。一般来说，后殖民主义批评使人们关注到文学文本中的文化差异问题。在这个意义上，它与马克思主义批评、女性主义批评和同性恋批评属于一种类型，因为它们分别关注的是文学文本中的阶级差异、性别差异和性倾向差异。所以，后殖民主义批评的最积极影响在于：它进一步质疑和摧毁了早期自由人文主义批评家们所声称的普遍性原则，即伟大的文学作品具有无时间性的普遍意义。

后殖民主义批评告诉我们，这样的声称实际上贬低和无视文化的、社会的、地区的和种族的体验的差异，实际上是倾向于使用一种假定普遍的标准来判断所有的文学。例如，人们常常说那些欧洲伟大现实主义小说家作品中的地方场景不过是一个背景，作家在这个背景中描绘人类状况的基本的和普遍的方面。这样，这些作品便不被看作地区性、历史性、男性、白人的或者工人阶级的小说，而只是被看作小说。由此，这种写作方式和再现现实的方式被假定为无可置疑的普遍准则。后殖民主义反对这样的看法，并认为每当一部作品被赋予普遍意义之时，便是白人的和欧洲中心的准则和实践得到高扬之时（苗力田，1997）[114]。

不过我们终究是要就20世纪西方文论的大致历程进行总结，是要将这一最后出现的批评模式纳入新历史主义、女性主义及其借文学反观历史、由文化解析权力结构的文化批评之线索，所以我们还是可以通过后殖民主义批评看到一定的积极意义：它至少为我们增添了一个新的标志，从而更清晰地展示出当代西方文论从“理论”到“批评”、从狭义的“文学”到广义的“文化”之总体进路。

从古典到当代的西方文论，始终可以在其理论形态的嬗变中发现一种“问题意识”的渐进线索；换言之，理论在这其中对于文学的问询是在不断深化，或者至少是不断变化的。起初，人们的主要兴趣在于了解“对象是怎样的”，与之相伴的理论形态正是关于“模仿”“和谐”和“功用”的一系列传统命题。当人们逐渐意识到“对象”只不过是对人而言的“对象”时，问题则被转换为“人是怎样认识和表达对象的”以及“表达本身又是怎样被认识和接受的”。从康德到各种浪漫主义的表现说，乃至20世纪的形式批评和意义批评，都与这样的问题转换相关（伍蠡甫，1979）[107]。

上述问题被推向极致的时候，必然会使传统的意义系统及其秩序发生变动，因而下一个问题便指向“表达和接受意义的语言结构究竟是什么”（Eagleton，1996）[125]。由此，“语言”和“历史”都成为某种“权力”的神话，文论也就成为一种全面的文化批判。从通常的意义上看，这样的线索似乎使“文论”越来越远离“文学”本身。但是如果将“文论”置于“人文学”的总体背景，则可以通过这一理论范式的延伸，感受到人文学术执着地持守着它与现实生存之间的绝对张力。毕竟，在肇始于古希腊时代的西方文论当中，文学问题的实质始终是“文学”与“真理”的关系问题；而“真理”的根本，最终只能在于它与我们之间的张力。这也应当是我们从西方文论的整体过程中特别加以把握的。

症候 15 讲

文化政治诗学的意味与启示

提起后现代文化政治诗学的意味与启示，美国学界首推贝尔和詹姆逊。这两位都是国际知名教授，也都是当代资本主义文化研究的理论重镇。他俩于 20 世纪 70 年代末加入讨论，分别以《资本主义文化矛盾》（1976 年）、《后现代主义：晚期资本主义文化逻辑》（1991 年）著称于世。如果说以上两位教授代表了美国知识界的左右之争，那么利奥塔的《后现代文化状态》（1979 年）、哈贝马斯的《现代性与后现代性》（1981 年），则意味着德法哲学刀兵相见，围绕现代性问题展开了一次世纪较量。至此，欧陆批判理论的两大主流，西方马克思主义与后结构主义，也与后现代思潮哗然交汇，合成一派鲜花着锦、烈火烹油的热闹场面。借用德国学者韦尔施的俏皮话，后现代就此告别美国式的粗浅，升格为一种魅力四射的全球景观。

一、贝尔的保守型文化批判

1970 年春，行将退隐的屈瑞林（Lionel Trilling）教授，步履沉重地离开他执教四十年的纽约哥伦比亚大学，应邀赴哈佛校园讲学。美国学术史上，这是一次极富象征意味的告别讲演。鉴于讲演者年迈，讲演内容冗长，哈佛校方执意以贵宾规格，分段安排报告会。于是，这一轮讲演持续了近半年，台上台下遍布学界星宿。其中一批由老爷车准时接送的高龄听众，竟然是博士生们久已淡忘的太老师。在他连续六讲的文化悼词中，屈瑞林哀叹世风日下，人心不古，又苦苦搜寻当下文化的灾变线索。

老爷子引经据典，说西方文化自古推崇诚挚精神，视之为意义与道德核心。资本主义崛起后，诚挚不断贬值，让位于真实原则。自卢梭《忏悔录》、狄德罗《拉摩的侄儿》起，现代文学刻意追求自我真实，嘲讽社会混乱，不惜导致西方文化精神分裂。当今之世，人们一面服从科技理性统治，一面却奉尼采式的疯狂为真实权威。而“所谓后现代的时髦空话，也随之主宰了当今知识形式”。屈瑞林宣讲《诚挚与真实》时，台下坐着他的挚友、哈佛教授丹尼尔·贝尔（Daniel Bell）。前者的深重忧虑，激发了后者的道德良知。不久，贝尔推出《资本主义文化矛盾》一书，拟从精英立场，全面审视后现代文化。

《资本主义文化矛盾》开宗明义："我们已抵达西方文明的分水岭，目睹资产阶级思想的终结。而这思想在屈瑞林过去两百年里，塑造了现代社会。"（徐复观，2001）[107]贝尔称：西方社会由经济、政治、文化三领域构成。它们相继独立，各自围绕不同轴心运转。进入后工业社会，这一结构矛盾加剧，不断引发摩擦冲突。譬如在经济领域，人们厉行科学管理、财务审核，遵循利润至上的效益原则。而在政治机构中，轴心原则是平等，即从人权法案开始，不断增加福利，扩大民众权利。两大领域各行其是，干扰文化自治。在文化领域，真正起支配作用的不是效益，也不是平等。艺术的灵魂是所谓自我表达，自我满足。文化标榜个性、独创、反制度精神。面对侵蚀与挤压，文化步步退却，企图强化自己的专利。百年不衰的西方现代主义文艺运动，便是这场冲突的文化结晶。

病情一经确诊，贝尔即开始查找病灶。他发现，资本主义在其娘胎里即已患上了屈瑞林所说的精神分裂。资本主义早期研究者中，韦氏说它苦行、桑巴特说它贪婪。贝尔无奈，只好称之为"宗教与经济的双向冲动"。就是说，前者养成资产者的虔诚，后者激励其开拓野心。可在文化领域，艺术家彰显自我，标榜个性，无情无义地诋毁资本主义，并因此名利双收。造成这等怪状，贝尔说，是因资本主义失掉了宗教束缚，只剩下无止境的自我放纵、自由创新。自由创新欲望，说到底是要挑战或颠覆传统。20 世纪初，纽约有一批先锋艺术家别出心裁，盘踞格林尼治村，以便实践其放荡不羁的波希米亚生活方式。此病延续到 60 年代，先锋派与大众文化公然合流，遂成为风靡全社会的"中产崇拜"（Mid - Cult）。对此贝尔讥讽说：现代主义惨淡经营，奋斗百年，终以后现代名义，赢得了至高无上的文化霸权（赵一凡，2006）[154]。

贝尔说，后现代的要害在于信仰危机。宗教衰败，诱使现代主义乘乱篡夺其位。可作为宗教替代品，现代派文艺零乱孱弱，无法抗衡科技经济，也缺乏宗教对于社会的维系功能。作为变相崇拜，现代主义一味翻新，装神弄鬼，反而驱散仅有的神圣感，只好一浪压一浪，"以不断抗争去否定前者成功，还要继续奋斗，以确保自己不成功。"（赵一凡，2006）[162]长此以往，现代主义就又变成一只泼尽水的空碗。它的思想震撼（Shock），萎缩成无聊时尚（Chic），并被成批复制、大量倾销，形成一种准宗教崇拜，对此贝尔归结道：后现代俗称反文化，它的正式学名应是文化法神（Cultural Profanity）。此种渎神文化表明，资本主义不再为人类提供工作生活的终极意义了。

贝尔的后现代批判，得益于他开阔的社会学视野、精到的结构分析、厚重的历史意识。令人警醒的是，贝尔教授坦承资本主义病入膏肓、人类被迫重新选择——此种境界乃一般人文学者觉悟不及。然而出于精英立场，他对后现代偏见严重，多有批评。例如斥其俗鄙、反智、不敬鬼神、享乐放纵，不一而足。长辈训斥口气中，总也脱离不了一部古老的道德经。

说到这里，有必要交代一下与贝尔相关的英美文化保守主义。众所周知，英国资产阶级用于创业、养于守成。而英国文化的古板举世罕见，迄今仍保留堂皇外表、森严秩序。它之所以老而弥坚，成功避免美国革命、法国大革命，乃至俄国革命的冲击，自有其不可小觑的怀柔之道。反映在政治上，便有君主立宪、辉格党、费边社、老牌自由主义。在文化上，另有与德法截然不同的一派文化批评传统。自 19 世纪起，以马修·阿诺德为首的英国精神贵族，即以眷恋传统、崇尚道他、畏惧变革闻名天下。其中卡莱尔的文化复古倾向，曾一度惊动马克思，专门著文予以批驳。贝尔口中的道德批评，及其念念难忘的文化等级制，都是上述保守传统的秘制家藏：它直接来自阿诺德在《文化与无政府》（1869年）中表达的顽固信念，即以古希腊文化为典范，辅以清教徒的道德规范，建立一种文化哲学，取代濒于崩溃的宗教统治，从而将英国文化由政教合一，平安过渡到世俗形态（袁可嘉，1989）[116-117]。

遥想当年，阿诺德仿照光荣革命，平息宗教纷争，化解贫富积怨，替大英帝国立下汗马功劳。然而，为确保资本主义长治久安，他和他的信徒却就此成为英美两国的“文化主教”。这帮文学教授的职业习惯，除去教书育人，又平添若干布道忏悔的内容。譬如英文系课程，一直离不开雅俗高下的清规戒律。又如艾略特、利维斯这类老牌批评家，个个娴熟道德说教、深谙社会劝善，不时还会做出屈瑞林那样的文化悼亡之举。

了解英美批评传统，有助于我们把握贝尔的思想脉络。早在《资本主义文化矛盾》之先，我们看到斯宾格勒《西方的衰落》，即是一部经典“末世供族源”。汤因比的《历史研究》，更惊使于一个“后现代乱世”的降临。据其研究，西方文明1875年进入革命与战争交织的灾难期。特点是传统崩溃、道德沦丧、信仰无存。作为这一支怀旧思想的传人，贝尔的后现代批判难免老气横秋。而他的信仰重建方案，实与阿诺德、艾略特的宗教情结一脉相承。

二、詹姆逊的全景式左派批判

与贝尔的保守学风不同，弗雷德里克·詹姆逊（Fredric Jameson）教授擅长左派文化批判。或者说，他的理论方法多来自法兰克福学派开创的文化批判。左派批判传统这一派思想激进，根基深厚。它的批判概念，上承康德、黑格尔，下接马克思批判传统。在方法上，它提倡综合性社会哲学研究，力主批判理论的改造升级。作为一支书斋里的革命理论，它与马列也有分歧。主要差异是它反感经济主义，偏重精神研究，尤其关注当代资本主义异化趋势。自从1931年建立，法兰克福学派一直坚持针对发达资本主义的文化批判。然而道高一尺，魔高一丈。从霍克海默《启蒙辩证法》、马库塞《单面人》、直到阿多尔诺《否定的辩证法》，我们不难看出他们日趋悲观的思想倾向。

在革命前景黯淡的困境下，各路西马理论调整部署，集中力量于两个战略方向：其一是文化生产，它包括本雅明、马歇雷的文艺生产论，以及阿多尔诺针对文化工业的著名批判；其二为意识形态，它涉及葛兰西的市民社会与文化霸权理论，阿尔都赛的多元决定论，及其意识形态国家机器说。詹姆逊何以走上这条悲壮的左派抗争之路？原来50年代末，他在耶鲁大学读书时，师从德国流亡学者奥尔巴赫。在当时令人窒息的反共气候下，詹姆逊学术立场未明，可他的博士论文，却选择了法国左派领袖萨特。据说，他以萨特为楷模，是要把自己设计成“孤独而不妥协”的批判型知识分子。此后二十年批评实践中，詹姆逊先后以《语言的囚笼》《政治无意识》标榜自己的欧陆理论倾向，以此对抗英美批评垄断。这次后现代论战，他在贝尔之后登台，一反前者的感伤悲观，展露出左派批判理论的咄咄锋芒（张大明，2001）[87]。1975 年，詹姆逊面临思想上的后现代转折："所有在空中飞舞的稻草，都证明一种普遍感觉，即现代岁月完结了。"（盛宁，1997）[125] 1982 年，他在《后现代主义与消费社会》中表示，后现代是一种艺术风格，也是一个文化分期概念。通过它，可望建立文化经济之间的逻辑联系，开展全景式文化批判。为此，他提出一个关键命题即后现代文化从根本上受制于、对应于资本主义消费社会，其特征是主体瓦解、雅俗交融、意识形态淡化、学科分野模糊。而它突出的形式特征，当属杂拼和精神分裂。

所谓杂拼（Pastiche），来自现代派的戏仿（Parody），即以滑稽手法模仿经典，从中制造差异错位，引起人们的笑骂思考。戏仿原有美学上的批判功能，但由于过分滥用，新意枯竭，于是戏仿萎缩成了杂拼。杂拼无个性，也少批判。詹姆逊说它"通过再生产增强资本主义的消费逻辑"（盛宁，1997）[134]。

所谓精神分裂（Schizophrenia），是指后现代特有的认知规律：诸如时空倒错、概念游移、历史健忘、道德荒谬。我们知道，法国心理学家拉康，爱用符号学分析精神分裂。诸如希腊神话中的俄狄浦斯、莎士比亚笔下的哈姆雷特，在他看来均有"恋母弑父"的潜在欲望。根据后结构心理分析，此乃一种语言障碍，即儿子心中的"父亲符号"，不幸发生了异位——它由大活人（具体所指），变成了某种压迫象征（抽象所指）。说白了，人们所谓的后现代经验，正来自语言符号的断裂异位（德里达称之为"延异"）。它反过来又普及、加强了意义紊乱。此外，铺天盖地的商品广告，也导致视听一片迷乱。如是，至此，资本主义便得以打造出一种精神分裂、难以再现的后现代文化（张德明，2004）[92]。

1984 年，詹姆逊隆重发表《后现代主义：晚期资本主义文化管窥》，一举成为美国左派文论领袖。依据马恩唯物史观，并搬引比利时左派学者曼德尔的《晚期资本主义》，詹姆逊试将资本主义发展，分为市场、垄断、晚期三阶段。他所谓的晚期，即当下的跨国资本时代。这一全球化资本统治，目前主要以信息联网、文化殖民、经济战争为特征。其宏伟历史目标，是消灭一切传统文化残余，完成对自然界的完全渗透，以及对无意识的彻底殖民。与三阶段相呼应，詹姆逊又提出三种文化形态，即现实主义、现代主义、后现代主义。他强调：文化形式及其机构沿革，取决于生产方式变更，以及资本主义的变革与物化逻辑。进入晚期阶段的资本主义社会，于是出现了后现代消费文化。而这一文化形态，从根本上与后工业经济模式相适应。在科技-生产-消费的强大逻辑支配下，后现代文艺的属性、形式与价值取向，纷纷从再现转向再生产，目标是服从商品化与市场需求（张乾元，2006）[115]。

后现代文化的重大变异，促使詹姆逊密切关注当代经济与文化的复杂互动。他发现，原属上层建筑的文学艺术因受经济整合，已被纳入资本主义生产流程。而为迎合大众消费欲望，欧美国家的艺术、思想和学术部门加快运行，持续创新，日益获得一种刺激经济、引导社会的主动性。参照法国左派思想家阿尔都赛的多元决定论，詹姆逊发明一种文化主国（Cultural Dominant）说。大意是：发达资本对后现代文化的强力渗透，严重毁坏了文艺与文化的半自律性。与此同时，商品广告的无序传播，不但将高雅文化和严肃思想推向大众，亦将它们切割成无数碎片，使之遍布社会经济生活的各个层面，以至于原本不相干的后者，如今也呈现出丰富多变的文化色彩，令人哭笑不得：文化研究居然因此变得重要起来。

如何看待后现代？詹姆逊既不赞成激进派的一味张扬，也对保守派的道德经厌烦不已。在他看来，一种客观而唯物、历史而辩证的立场，早已由马克思确立无疑了。请看马克思在《共产党宣言》中描绘的资本主义：它充满残酷的冲突和破坏，又洋溢着生命与希望。一如法国左派学者列菲弗尔所言："历史从不单靠一条腿走路。"（Abrams，2004）[111] 马克思既然断言，资本主义是未来新社会的框架与前提，我们就该把它看作"人类最好与最坏的可能"（Abrams，2004）[124]。与贝尔相反，詹姆逊压根儿就不信资本主义能靠忏悔获得新生。他尤其怀疑那些废弃信仰的可用价值。援引马克思的辩证批判，他呼吁我们在否定传统糟粕之际，大胆肯定并且利用后现代的变革机遇。

《文化逻辑》赢得好评如潮，这是因为詹姆逊将有关后现代的各式杂乱文本首次"置于全球资本的政治经济学语境"中，成功实现了全景式的批判解读。盛誉之下，有人批评他赶时髦，犯下了"解构革命主体"之罪，还有人嘲笑他迷恋总体论，说他是个"老而无悔的马克思信徒"。詹姆逊宠辱不惊，继续钻研新学，迎接挑战。他此刻的对手，不复是哈佛教授贝尔，而是巴黎的后结构明星，让-弗朗索瓦·利奥塔（Jean - Francois Lyotard）。

三、利奥塔的后结构主义挑战

1979 年，利奥塔以《后现代状态：关于知识的报告》介入论战。蹊跷的是，这本法文小书费时五年才完成翻译。1984 年，《后现代状态：关于知识的报告》在美国发行，詹姆逊亲自为它作序。他婉转地提醒读者：利奥塔貌似脱俗，一副仙风道骨，实则是个练达趋新的弄潮儿——此人能从语言游戏、科学革命、知识合法性，一路戏耍到后现代。令詹姆逊忐忑不安的是，利奥塔撇开政治经济学，也不念什么道德经，却偏偏一口咬定：西方知识当下混乱的原因是它改变了游戏规则。换言之，后现代文艺、科学、政治与经济，无不发生了叙事危机。

什么游戏规则？何来叙事危机？听者无不茫然，只能任由利奥塔随意牵引，进入一个陌生而神奇的语言王国。王国的第一道门槛，就是维特根斯坦的语言游戏。此类游戏据说是一切宏伟思想、精致理论的同源构造。有了它，利奥塔便能从头至尾剖析人类知识，并将它分割成两大类：叙事知识与科学知识。

先讲叙事。人类的叙事能力，我们知道，发源于童谣、情歌、占卜、祈祷、部落神话。作为口口相传的古老知识，它质朴温和、宽松不拘，如老祖母苦口婆心，给咿呀学语的孩子们讲故事。结构语言学认为叙事游戏虽然对语言能力的要求不高，但它包含着丰富的情感价值（像正义、善良、高尚与美），兼容各种游戏规则（诸如指示、描述、质询、评价）。另外，通过说、听、指三角传输，叙事构成广泛的社会交往以及文明内部不可或缺的人际制约。与之不同，科学就像老祖母膝下的一名聪明后生：它生性孤僻，不食人间烟火，一心要追索理念、描述规律、限定真理。为此，它抛开柔弱情感和杂乱规则，只玩一种高级游戏，即真理陈述。科学的无情，令它无法构成广泛包容的社会交往，只有作为学者和科学家之间的高深对话（殷企平，2001）[158]。

按理说，人类文明自古仰仗两类知识的互相补充。但尼采所言：科学自有一股"忘却的力量”；它一旦脱离叙事母体，便要大肆侵略扩张，并以自身的标准，不断地去否定前者。叙事忍辱负重，百般退让。科学却愈发认定它没有根据，只配给妇女和儿童享用。叙事危机由此产生。换言之，科学纵有天大的理由去鄙视和否定叙事，可它毕竟无法代替叙事的社会功能。更麻烦的是，科学执拗如铁的合法性需求，不断导致它自身的不合法。对此，尼采有一句名言：“科学的真理需求导致虚无主义，它转过头来拒斥科学。”（张寅彭，2006）[113]利奥塔深化了这一悖论。他说受害者不仅是科学，也包括叙事，乃至整个西方知识的合法性。

毕竟，叙事处于文明源头，它自身并无合法之忧。譬如原始部落的酋长、萨满、老祖母，他们因其至尊权威，自动行使真理解释权。然而科学不吃这一套。从柏拉图对话起，它就建立起严峻的游戏规则：不但要求叙事者能陈述真理、提供证据，还要求倾听者具备高智商的理解力、反驳力。对话双方的指谓，亦须与真实绝对一致。如此这般，科学就在真理意志支配下，形成一整套排斥系统。它不断剔除杂质、严密法规，以证明自己神圣合法。

利奥塔针砭道：也是自柏拉图起，西方科学就依赖各种“不科学的叙事”，强使自己合法化，因此便有泛神论、绝对理念、科学哲学。悲剧在于：这些合法化叙事永远达不到纯净标准，因为它们自身就是两类知识的混合物。20 世纪的科学革命，进而暴露出自然科学芜杂、验证手段荒谬（张耕云，2007）[92]。为此，波普尔之后的现代科学，再度实行大清洗。后果如利奥塔所示：科学家逐渐觉悟，被迫放弃了他们对于超验证据的追求，转而奉行操作主义。实际上，科学真理如今仅存在于实验室的尖端游戏中，除少数专家的短暂共识，科学再无其他合法依据。

科学的疯狂自戕，自然会殃及人文知识。众所周知，18 世纪欧洲启蒙运动，造就了科学与民主，这对孪生兄弟，情投意合，携手共进，共同代表了人类自由与知识的进步。对此，利奥塔戏称它们二者为资本主义的“宏伟叙事”，或西方现代史上的两大“合法性神话”。神话的核心，是一个追求真理的知识主角：他在历史航道上乘风破浪，英勇向前，一路驶向理性的终点。而这位知识主角所使用的理性话语，既可判定知识合法，又能核准社会制约。不幸的是，1807 年德国柏林大学的建校原则，开始造成合法性的裂解。此后，现代科技势如破竹，就在它不断拆解科学殿堂之余，也反噬了人文典范的规则及其合法叙事的功能（张耕云，2007）[109]。

何谓后现代？利奥塔卖关子说：在知识和思想层面，它指示人们对于宏伟叙事的质疑与否定。说白了，就是如今的文化人，不再相信英雄壮举，也不再妄想进入什么理性天堂。同科学家一样，他们甘愿承认理论局限、方法断裂，一切知识都在未知中浮动。于是乎，人们开始各自玩弄自个儿的语言游戏：搜集边缘话语，提倡小型叙事，发展局部知识。如此后现代知识状态，颇似古希腊哲学的黄金岁月。那时候诸子对话、百家争鸣，智者派、怀疑派、诡辩派、禁欲派莫衷一是。利奥塔却说：它充分展示了“不规则语言游戏自由竞争的理想境界”（Smith，1967）[115]。

至此，我们初步领教了利奥塔的手段。与前两位英雄不同，此公一出场，即让人觉得来者不善：他除了英气逼人，更兼鹰视狼顾，意在不测。各路好汉众目睽睽之下，只见他来去如飞，扑杀无数，却一直猜不透，他的法宝究竟为何物？更令众人沮丧的是，这位黑衣大侠，只用了简单几招，便轻松击垮启蒙神话，拆穿宏伟叙事。这岂非表明：一应传统理论和学术体系，包括英美保守主义、西马文化批判，全都要沦为一堆破碎古董？甚至，在他即将称雄的后结构世界里，其他各路武林高手都要被迫废了武功？对于詹姆逊及其身后的资深传统而言，利奥塔的后现代定义，无疑是一个双面含义的挑战。这是因为：他一面炫耀西马理论所缺失的新式拆解利器；一面又悍然宣称，他要破除左派视为批判基础的总体论，代之以鼓励差异的个体性（申丹等，2001）[97]。

四、哈贝马斯裁判后现代论战

1980 年 9 月，也就是利奥塔《后现代状态：关于知识的报告》问世不足一年之际，德国批判哲学家哈贝马斯在法兰克福市授予他阿多诺学术奖的庄严仪式上，当众宣读一份答谢论文，题名《现代性：一项未竟工程》。第二年 3 月，哈贝马斯亲赴纽约大学人文研究所讲演。面对美国听众，他把论文又用英文宣讲了一遍，题目改称《现代性与后现代性》。哈氏越洋讲演，无疑是对后现代论战，做出一次权威裁判。身为法克福学派末代掌门人，哈氏武艺精绝、德高望重，自有资格担当国际裁判。然而这回比武，他却是飘然若仙，不请自来。是何原因让他直入重围、置身兵戈之下？他又有多大能耐，胆敢一一摆平各路英雄？

我们已知，此前出战的三位高手，分别代表西方三大思想传统。譬如贝尔和詹姆逊，各领左右阵营，打得难解难分。随后亮牌入场的利奥塔，更以不对称战法，将新旧之别展露得淋漓尽致。面对如此僵局，哈贝马斯如何下手破解？令人叫绝，哈氏撇下后现代，直奔现代性，来了一个刨根问底的大迂回。请看他与众不同的基本立场。

第一，现代性为花，后现代为果。无花哪来果？所以从哲学上讲，现代性才是大家围绕后现代争辩不休的问题所在。何谓现代性？人们熟知的现代主义，并不是现代性的全部：它只涉及现代性一个侧面，即文艺现代性。若要全面了解现代性，各位须得扩展视野，从头开始，抄检大观园。

第二，在伏尔泰、卢梭那里，现代性本是一项理想社会设计，它精致和谐充满了自由平等博爱。依康德之说，这一社会由科学、道德、艺术三领域组成，分别由认知工具理性、道德实践理性、艺术表达理性所支配。三理性默契运转，即可导向完美未来。黑格尔进而确立现代性的哲学地位，他断言：现代性乃理性精神，其核心是主体性。然而，历史发展暴露出启蒙缺陷：海德格尔批评它是现代迷误，利奥塔笑它是一套崩溃的宏伟叙事。

第三，现代化进程加强了科技思维与商品经济。人们的日常交往也因此备受侵害。艺术为抗衡资本逻辑而走向反叛，并在精神领域不断引发抗议。然而，现代主义不过是一种针对文化的虚假否定。哈贝马斯坚信，作为“人类有史以来最伟大的发明”，启蒙工程并未失败，它仍有理由得到我们的改造。改造的关键，就在于交往理性的建设。为此，批判理论家绝不可轻言放弃，更不能把文化紊乱责任，完全推到文艺现代性头上（朱良志，2006）[59-60]。

至此，哈氏一举扭转这场论战之命题，将它由热火朝天的后现代，引向人们久已遗忘的现代性。从战略上讲，此举有两大优胜：第一，拨乱反正，将争论带回到问题根本，从而为后现代研究提供一个宽大公化的理论平台。第二，哈氏返回现代性的举动，不啻是在提醒交战各方，他们虽然各自有理，却犯有相同错误，那就是本末不分，盲人摸象。

眼见哈氏飞挪腾跃、左右开弓，如入无人之境，观众不禁为他喝彩。细读其文，我却发现一个有趣现象。首先，他对贝尔三次点名，说他糊涂、守旧，错把责任一股脑儿推给现代派文艺。为此，他笑贝尔是“美国最出色的新保守派”。可是，哈氏针对贝尔一类的保守派，仅仅是点到为止，并不以为虑。对于利奥塔，他却黑面相对、如临大敌。他在文中指名批驳法国后结构主义，宣布福柯、德里达、利奥塔代表“反现代立场”。此后他又马不停蹄，于1985年发表名著《现代性哲学话语》，此书引起了德法哲学多年论战。围绕现代性，欧美思想界大举返回启蒙设计，反复梳理自尼采到福柯的后现代哲学话语。关于此举引起的反响，建议参看美国学者昂特莱威编撰的《哈贝马斯及其未完成的现代性工程》（1996年）。

至此，我们见证了一个历史大循环，这个循环揭示了一条西方危机思想的嬗变规律。应当说，后现代思想的跌宕沉浮将促使文化政治诗学的哲学话语走向更加激烈的分化聚合之道。浏览当下欧美后现代文论症候图谱学术的成型轨道，真真是乱象未已：一簇簇部落枪手、江湖侠士、游荡黑客，胡乱打着女权、后殖民、新历史、生态批评旗号，狂奔突进，呼啸而过，留下一串串狼烟烽火。如何评价这一纷杂生动的学术思想局面？套用中国古语，依旧是福祸相依，利弊同堂，悲喜交加，魔道比拼。为了化解这一难题，我们理应时刻提醒自己：危机之下，适者生存。

症候 16 讲

后理论时代中西文论思潮的回顾与展望

自 1900 年尼采死后，西方文论便在人文领域多头萌发，不断触发着学术革命和思想危机的碰撞与交流。譬如文学领域，我们目睹一波接一波的现代主义、后现代主义思潮。而在毗邻学科，文论改头换面，先后以哲学改造（现代学）、语言学革命（结构/后结构主义）、文化批判（西方马克思主义）等面目出现，给我们留下一大堆头绪繁乱、内容丰富的理论资源。最近 20 年，西方文论东渐，成了中国学界的热门话题。所谓文论，原本是指 20 世纪发展起来的诸多西方批评理论。与此同时，它也代表发达资本主义变革态势下，不断挣扎求生的欧美新学潮流。

作为新学，文论图变心切，反复倡导观念变革。革新之余，它们还喜欢在自己名号前，添加新（New -）、超（Super -）、反（Anti -）、后（Post -）之类的头衔，以此标榜先进，或与众不同。“二战”后，这些“加帽子”的文论流派层出不穷，诸如新左派、新历史，超现实、超自我，反文化、反表征、反俄狄浦斯，后工业、后现代、后殖民、后启蒙、后形而上学，不一而足。尽管来路不一，倾向各异，文论的共同癖好却是一以贯之地反思和批判西方文明。从尼采到福柯，各色批判思潮绵延百年，起伏跌宕，不断超越形而上学，突破人文传统，引领西方学术创新突变。依照欧美学界共识：各路新学实难分类，只能含混称作“Critical Theories”，意即“混杂型批评理论”。针对时髦又古怪的西洋理论，中国学者见怪不怪，一一摸着石头过河。继而本着拿来主义，约定俗成，直呼为文论。“文论”这个名字因其简约，反而包容：①它彰显西方人文学术变革；②它强调文学与文化理论混合；③它借《文心雕龙》之“文”，指向西洋新学与中国文化之互动（朱立元，2001）[119]。

总之，中国学者巧立名目，译介文论，迄今已有二十年。同行普遍认为：这玩意儿佶屈聱牙，艰深晦涩。一不留神，就会变成精英游戏，或沦为商业炒作。时下国内的文论教学，相对集中于一批重点高校博士班。所谓专家治理，亦处于摸索阶段。不妨说：文论研究为何如此困难？究其原因，恐怕主要在于学科变形（Blurred Genres）。变形说，出自美国文化人类学家克利福德·吉尔茨。吉氏发现：当代人文学术与社会科学彼此交叉，大幅重组，经历了一次整容塑身。就是说，文论不复是我们熟知的文学理论，也不再局限于人文传统，其突出治理困难，表现在如下四个方面。

第一，从地域看，文论多来自德、法、俄等欧陆国家，迭经传播，形成跨国理论，进而在全球遭遇误读。在此层面，文论既代表语言障碍，也意味着方法紊乱。例如在美国，由于大量吸纳欧陆思想、套用舶来理论，文学批评早已变成一只无所不包的学术熔炉，其产品则是一种混杂出新的文化批评。

第二，文论最大的麻烦，来自一种危机求变逻辑。过去一百年中，资本主义迅猛发展，高科技日新月异。文论夺路而出，前仆后继。其根本目的，无非要揭示危机，张扬批判，为自己寻求生存之道。然而，它们的精神抗议屡屡受挫，学术革命频生流变。如此反复，就导致一些变革后遗症，例如游戏癖好、意义虚无、理论商品化，等等。

第三，文论的另类，更因其富有挑战精神、革新冲动。针对传统，文论一再发出攻讦挑战。他们扮演破除迷信的英雄，却每每因其离经叛道，而令人心生惶恐，或备受传统抵制。此时，英雄角色难免逆转，变成某种麻烦制造者。

第四，以专业论，文论多属于杂交理论或跨学科知识。其间派系复杂，难以通约。以文学为例：它身为人文核心，却一再遭到外来理论入侵，从语言学、心理学、人类学，直到大众传媒、分析哲学，好比一场狂欢舞会，文学戴上假面，频繁与人对话，不断更换舞伴，致使它嗓音变异，面目全非（胡家峦等，1992）[103-104]。

既然西方文论研究是这般艰巨繁难，它自身又有如许毛病，我们还有必要深入研究吗？针对此一问题，本书谨向读者听众说明基本立场如下。

第一，虽说坚持研究，本书对文论群抱有辩证看法。依笔者陋识，西方学术受危机驱动，犹如骑上一匹科学野马。欧美学者控制不了它，又欲罢不能。就学术而已，危机自有其进步意义，例如它打破学术界限，促进全盘改进。又如它逼迫西学面向东方，寻求对话，补充资源。然而，危机的进步待遇，实难掩盖它的灾变性质。本书以为，把握其中福祸相依的关系，才是我们认识西方文论的关键。为此我不赞同漠视新学的保守心态，也反对不顾国情的盲目跟进。

第二，面对西学多变，要多一些平常心，以便冷静分析，从长计议。中国古人谓，变乃天道：它既是学术发展规律，亦是资本主义逻辑使然。今后二十年，欧美社会的文化、学术变革仍将延续，并且不以我们的意志为转移。对此中国学者第一无需惊慌，第二不可轻率拒斥。拒斥，等于作茧自缚，封闭僵化。个中输赢之道，不难从我国加入 WTO 的努力中见出：即引进技术，改造国企，实现中国经济腾飞，与列强平等交往（韦子木，1999）[135]。

事实上，文论并非西洋专属的福音，而是一种畸变产物。畸变原因，一如马克思而言，来自资本主义扩展欲望，变革逻辑。众所周知，战后资本主义依赖科技进步，步入相对稳定的阶段，问题是，它的上乘建筑饱受挤压，严重变形，与以往的危机不同，新一轮危机大多聚集在精神文化层面，如今它病入膏肓，日益侵蚀西方文化的神经与骨髓。而它引发的矛盾更多涉及西方人基本生存意义，诸如理性权威、主体作用、历史目的、语言再现、价值判断，等等。

围绕基本问题的不绝争议，集中到人文学科，便形成尾大不掉的灾变局面。一方面，我们看到人文学术远远落后于科技进步。为生存计，它须强使自己科学化，此乃喜新厌旧的根本原因。另一方面，为完成意义阐释、文化解码的传统使命，人文学术不得不从精神道义出发，与科学冲突、与理性抵牾，直至对抗资本主义如此矛盾，久结不散，逐渐深化，终于引发学者们所说的叙事危机、表征危机、知识合法性危机，亦及人文研究的范式危机。西方的危机，理当引起中国人警觉。值此现代化高歌猛进之时，我们尤其需要提前了解并且预防那些导致西方文明困境的后现代文化矛盾。

提醒各位，本书是一项有关西方文论症候群的尝试性研究。研究对象庞杂，中外研究未有规范，而文论仍在发展变化中，一时尚不可定论。鉴于种种不确定性，本书专为初学者设置了一套文论导游图，它们彼此关联，侧重不同；力求文字生动，道理浅白，脉络清楚；将西方文论的百年沧桑，缩写为一套省去了一应学术注解、繁杂索引的“后现代史话”，分别针对不同读者和听众之需，起到一定的激励与警示作用。本书的主干内容宽大纵深、左右交织、上下勾连。后理论时代西方文论症候研究的文化思想背景，事关西方人文学术的百年剧变。此番剧变，一方面涉及概念、方法和认识变化，一方面又折射社会、文化和政治的矛盾。其次，我们面对的文论，绝非文学独家专利。从总体看，它蔓延广泛、深入体制，现已汇成一股人文变革大势。若想治理这种“以变为生”的庞杂文论，单靠两项专业技能，显然不敷应用。于是本书试用文注化思想史的综合之法，大胆跨越学科，比较流派，兼顾互动。

近年来，国内不乏文论研究成果。缺点是各自为战、缺少贯通。即便集中几路专家，新编一部文论史，也难免陷入理论荆棘，难以自拔的困境。这里牵扯到一个重大研究原则：即文论文本的解读，须与其文化背景紧密相连。换言之，所有理论文本，一旦脱离其赖以生发、流行和变异的文化历史语境（Context)，就会变得难以理解，或惨遭误读。有鉴于此，本书采用综合比较之法，复以文论症候思潮为论述主脉，绘制出了一幅西方文论史的百年流变图；并在思潮形成的社会历史环境基础上，大致梳理出新学框架，勾勒出它们派生沿革的思想脉络，以便评价其优劣长短。

西方文论迷宫的学派格局、家族谱系，彼此间的复杂关系，既纠结互动，又交融依托。这些追踪研究的出发平台为我们遗留了许多悬而未置的悬念：西方文论下一步中国化的应用方向何在？那些围绕中西文化思想史根本性问题的争端，有无可能得到化解？而中国文艺理论的学术基石为求自身发展，又将如何应时而变、与时俱进？针对当下学术界的主要争议，本书很努力地做出了一些客观务实的交代，但始终没有针对上述问题做出精准无误的解答；希望以此搭建一个有关西方文论把握原则的出发平台，帮助读者跟踪考察、概述而观，继而再开展有主见、有创见的世界诗学构建研究。

参 考 文 献

[1] Abrams M H. A Glossary of Literary Terms [M]. 7th ed. Shanghai: Foreign Language Teaching and Research Press, 2004.

[2] Abrams M H. The Mirror and the Lamp: Romantic Theory and the Critical Traditio [M]. Oxford: Oxford University Press, 1953.

[3] Bradbury M, McFarlane J. (eds.). Modernism: 1890-1930 [M]. London: Penguin 1976.

[4] Brook-Rose C. A Rhetoric of the Unreal [M]. Cambridge: Cambridge University Press, 1981.

[5] Culler J. Literary Theory: A Very Short Introduction [M]. Oxford: Oxford University Press, 1997.

[6] Eagleton T. Exiles and Émigrés: Studies in Modern Literature [M]. London: Chatto and Windus Ltd., 1970.

[7] Eagleton T. Literary Theory, an Introduction [M]. Minneapolis: University of Minnesota Press, 1996.

[8] Eagleton Terry. The English Novel, an Introduction [M]. Oxford: Blackwell Publishing, 2005.

[9] Edel Leon, Gordon N. Ray (ed.). Henry James and H. G. Wells [M]. London: Rupert Davis, 1958.

[10] Levenson Michael. Modernism [M]. Shanghai: Shanghai Foreign Language Education Press, 2000.

[11] Lukacs Georg. Realism in Our Time: Literature and the Class Struggle [M]. Trans. John and Necke Mander. New York and Evanston: Harper and Row, 1964.

[12] Martin Wallace. Recent Theories of Narrative [M]. Ithaca: Cornell University Press. 1986.

[13] Moore G E. Principia Ethica [M]. Cambridge: Cambridge University Press, 1903.

[14] Plato. The Republic [M]. Book 6. Trans. B. Jowett. 3rd ed. Oxford: Clarendon Press 1888.

[15] Qian Z M. The Modernist Response to Chinese Art [M]. Charlottesville and London: University of Virginia Press, 2003.

[16] Selden Raman. A Reader's Guide to Contemporary Literary Theory [M]. 4th ed. Beijing: Foreign Language Teaching and Research Press, 2004.

[17] Smith James Harry (Ed.), Edd Winfield Parks. The Great Critics: An Anthology of Literary Criticism [M]. 3rd ed. New York: W. W. Norton & Company, 1967.

[18] Stein Murray. Transformation: Emergence of the Self [M]. College Station: Texas A & M University Press, 1998.

[19] Thickstun W R. Visionary Closure in the Modern Novel [M]. London: Macmillan. 1988.

[20] 刘勰. 文心雕龙 [M]. 徐正英，罗家湘，译. 郑州：中州古籍出版社，2008.

[21] 王国维. 人间词话 [M]. 北京：人民出版社，2012.

[22] 艾布拉姆斯. 镜与灯 [M]. 郦稚牛，张照进，等译. 北京：北京大学出版社，2004.

[23] 蔡仪. 文学概论 [M]. 北京：人民文学出版社，1979.

[24] 陈伯海. 中国诗学之现代观 [M]. 上海：上海古籍出版社，2006.

[25] 陈铭. 意与境 [M]. 杭州：浙江大学出版社，2001.

[26] 成复旺. 神与物游——中国传统审美之路 [M]. 济南：山东人民出版社，2007.

[27] 崔海峰. 王夫子诗学范畴论 [M]. 北京：中国社会科学出版社，2006.

[28] 戴维·洛奇. 二十世纪文学评论 [M]. 葛林，等译. 上海：上海译文出版社，1987.
[29] 恩斯特·卡西尔. 人论 [M]. 甘阳，译. 上海：上海译文出版社，1985.
[30] 利维斯. 伟大的传统 [M]. 袁伟，译. 北京：三联书店，2002.
[31] 傅璇琮，许逸民，等. 中国诗学大词典 [M]. 杭州：浙江教育出版社，1999.
[32] 高奋. 西方现代主义文学的源与流 [M]. 宁波：宁波出版社，2000.
[33] 哈罗德·布鲁姆. 西方正典 [M]. 江宁康，译. 北京：译林出版社，2005.
[34] 侯维瑞. 现代英国小说史 [M]. 上海：上海外语教育出版社，1985.
[35] 卢文格. 自我的发展 [M]. 韦子木，译. 杭州：浙江教育出版社，1999.
[36] 蒋孔阳. 美在创造中 [M]. 南宁：广西师范大学出版社，1997.
[37] 今村仁司，等. 马克思、尼采、弗洛伊德、胡塞尔——现代思想的源流 [M]. 卞重道，周秀静，等译. 石家庄：河北教育出版社，2002.
[38] 赖力行，李清良. 中国文学批评史 [M]. 长沙：湖南教育出版社，2003.
[39] 雷体沛. 艺术与生命的审美关系 [M]. 北京：人民日报出版社，2006.
[40] 李维屏. 英美现代主义文学概观 [M]. 上海：上海外语教育出版社，2000.
[41] 李振声. 梁宗岱批评文集 [M]. 珠海：珠海出版社，1998.
[42] 梁漱溟. 东西文化及其哲学 [M]. 上海：上海商务印书馆，1921.
[43] 林同华. 宗白华全集 [M]. 合肥：安徽教育出版社，1994.
[44] 吕同六. 20世纪世界小说理论经典（上、下）[M]. 北京：华夏出版社，1995.
[45] 罗伯特·汉弗莱. 现代小说中的意识流 [M]. 程爱民，王正文，译. 长沙：湖南人民出版社，1987.
[46] 罗伯特·凯根. 发展的自我 [M]. 韦子木，译. 杭州：浙江教育出版社，1999.
[47] 布雷德伯里，麦克法. 现代主义 [M]. 胡家峦，等译. 上海：上海外语教育出版社，1992.
[48] 苗力田. 亚里士多德全集 [M]. 北京：中国人民大学出版社，1997.
[49] 默里·斯坦因. 变形：自性的显现 [M]. 喻阳，等译. 北京：中国社会科学出版社，2003.
[50] 钱穆. 现代中国学术论衡 [M]. 长沙：岳麓书社，1986.
[51] 钱钟书. 管锥编 [M]. 北京：中华书局，1979.
[52] 乔纳森·布朗. 自我 [M]. 陈浩莺，等译. 北京：人民邮电出版社，2004.
[53] 贝西埃，库什纳，等. 诗学史 [M]. 史忠义，译. 北京：百花文艺出版社，2001.
[54] 申丹，韩加明，王丽亚. 英美小说叙事理论研究 [M]. 北京：北京大学出版社，2001.
[55] 盛宁. 文学：鉴赏与思考 [M]. 北京：生活·读书·新知三联书店，1997.
[56] 王博. 庄子哲学 [M]. 北京：北京大学出版社，2004.
[57] 王岳川. 二十世纪西方哲性诗学 [M]. 北京：北京大学出版社，1999.
[58] 伍蠡甫. 西方文论选（上、下）[M]. 上海：上海译文出版社，1979.
[59] 徐复观. 中国艺术精神 [M]. 上海：华东师范大学出版社，2001.
[60] 叶维廉. 中国诗学 [M]. 北京：人民文学出版社，2006.
[61] 伊夫·塔迪埃. 20世纪的文学批评 [M]. 史忠义，译. 北京：百花文艺出版社，1998.
[62] 殷企平，高奋，童燕萍. 英国小说批评史 [M]. 上海：上海外语教育出版社，2001.
[63] 赵一凡. 西方文论关键词 [M]. 北京：外语教学与研究出版社，2006.
[64] 殷企平. 小说艺术管窥 [M]. 北京：百花文艺出版社，1995.
[65] 袁可嘉. 现代主义文学研究 [M]. 北京：中国社会科学出版社，1989.
[66] 张大明. 西方文学思潮在现代中国的传播史 [M]. 成都：四川教育出版社，2001.

［67］ 张德明．批评的视野［M］．上海：上海社会科学出版社，2004．
［68］ 张耕云．生命的栖居与超越［M］．杭州：浙江大学出版社，2007．
［69］ 张乾元．象外之意——周易意象学与中国书画美学［M］．北京：中国书店，2006．
［70］ 张寅彭．中国诗学专著选读［M］．南宁：广西师范大学出版社，2006．
［71］ 朱光潜．朱光潜全集［M］．合肥：安徽教育出版社，1987．
［72］ 朱立元．当代西方文艺理论［M］．上海：华东师范大学出版社，2001．
［73］ 朱良志．中国艺术的生命精神［M］．合肥：安徽教育出版社，2006．
［74］ 朱通伯．英美现代文论选［M］．上海：上海译文出版社，1996．
［75］ 宗白华．美学与意境［M］．北京：人民出版社，1987．